Inocência Perdida

Série Aliança de Sangue — Livro 01

Tradução
ANDRÉIA BARBOZA

AUTORA BESTSELLER DO USA TODAY

Lexi C. Foss

CABELOS E OLHOS ESCUROS.

Proporcionalmente perfeita.

Nenhum incidente registrado. Sem sinais de desobediência. A submissa perfeita.

Poliglota. Fluente nos assuntos atuais. Alta aptidão para matemática.

Digeri todas as informações enquanto memorizava o portfólio exposto diante de mim. Após dois anos de pesquisa, finalmente encontrei uma candidata ideal e bem a tempo também.

Item número dezessete: mulher branca de vinte e dois anos com traços marcantes.

Mas sua falta de instintos rebeldes me preocupava. Era possível moldá-la para o que eu precisava?

Qualquer virgem de sangue que eu escolhesse exigiria o mesmo treinamento intenso. Isso poderia perturbar uma mente mais fraca, tornando meu investimento financeiro discutível. Mas eu tinha que tentar.

A foto da morena reluziu na iluminação do quarto. Tudo estava à mostra, incluindo os seios macios, a cintura fina e os quadris femininos. Linda demais. Ela custaria uma pequena fortuna.

Passei o polegar sobre o lábio inferior. Havia um fogo em seus olhos, quase negros, que as outras não tinham. Eu usaria isso a meu favor. Criá-la e moldá-la como o veneno perfeito.

A Aliança do Sangue nunca anteciparia isso.

Cem anos de conspiração, todos culminando nas mãos de uma mulher bonita. Ela seria a melhor arma já criada, e eu a possuiria. Por inteiro.

Sim.

Essa era a certa.

Com sorte, ela não desmoronaria sob o meu comando. Se acontecesse, eu a faria se recuperar. E começaria tudo de novo. Até o final do jogo.

O qual eu venceria.

A qualquer custo.

Mesmo que isso significasse sacrificar a vida dela, além da minha.

Que se foda a Aliança de Sangue.

A Aliança de Sangue

Inocência Perdida

Para Julie, por me inspirar a escrever este universo…

INOCÊNCIA PERDIDA

Série Aliança de Sangue — Livro 01

Houve um tempo em que a humanidade governava o mundo enquanto lycans e vampiros viviam em segredo.

Esse tempo já passou.

Bem-vindo ao futuro, onde as linhagens superiores fazem as regras.

PROSSIGA POR SUA CONTA E RISCO.

A Aliança de Sangue

O direito internacional substitui toda a governança nacional e será mantido pela Aliança de Sangue — um conselho global dividido em partes iguais entre lycans e vampiros.

Todos os recursos devem ser distribuídos igualmente entre lycans e vampiros, incluindo território e escravos de sangue. No entanto, a posição social e a riqueza ficarão a critério de cada grupos e casas.

Matar, machucar ou provocar um ser superior é passível de punição com morte imediata. Todas as disputas devem ser apresentadas à Aliança de Sangue para julgamento final.

Relações sexuais entre lycans e vampiros são estritamente proibidas. No entanto, parcerias de negócios, quando proveitosas e adequadas, são permitidas.

Os seres humanos são classificados como propriedade e não possuem direitos legais. Cada um será marcado através de um sistema de classificação com base no mérito, inteligência, linhagem, habilidade e beleza. Priorização a ser estabelecida no nascimento e finalizada no Dia do Sangue.

Por ano, doze mortais serão selecionados para competir pelo status imortal do sangue, a critério da Aliança de Sangue. Desses doze, dois serão mordidos para a imortalidade. Os outros vão morrer. Criar um lycan ou vampiro fora desse processo é ilegal e passível de punição com a morte imediata.

Todas as outras leis ficam a critério dos grupos e da realeza, mas não devem desafiar a Aliança de Sangue.

Parte Um

A ESCOLHA INOCENTE

ÐARIUS

— O ITEM DEZESSETE É UMA MULHER BRANCA, de vinte e dois anos, com cabelos cor de mogno e olhos cor de chocolate. O ser humano mede cerca de um metro e setenta, pesa cinquenta e nove quilos e fala inglês, espanhol, japonês e alemão. As outras aptidões intelectuais estão detalhadas na página nove do seu guia.

Estudei a morena no palco e me lembrei das qualidades que memorizei uma hora antes. O perfil dela se adequava aos meus gostos e propósitos — inteligente, poliglota, linda e inocente. Exatamente o que eu precisava.

Os olhares vorazes na sala confirmaram que seria um empreendimento caro, mas eu gostava de um desafio.

— Vamos começar os lances em um milhão? — O apresentador corpulento parecia bastante satisfeito com esse valor.

Dobrei a oferta balançando a minha placa.

Seu sangue doce despertava meus sentidos mais básicos, que esse era o ponto exato. Ela vinha de uma raça rara de humanos que se assemelhava à ambrosia para a minha espécie e sua virgindade apenas aumentava o fascínio. A perda da sua inocência alteraria um pouco o sabor, mas não muito. Daí o seu valor. Eu poderia mantê-la por dias, meses, anos ou a eternidade, se eu escolhesse.

Uma jovem bonita para possuir e fazer o que eu desejasse. E eu o faria, só não seria da maneira que todos antecipavam.

Sorri quando levantei a placa novamente, triplicando a quantia do meu vizinho.

Essa mulher me pertenceria até o final da noite. Para transar. Para comer. Para matar. Para fazer o que eu quisesse.

Pobre coisa. Quase senti pena dela. Mas ela parecia forte o suficiente nua na plataforma para que todos nós examinássemos seus atributos. Eu duvidava que ela visse muito além das nossas pernas, considerando os holofotes que iluminavam seu belo corpo e rosto.

Tão linda.

E toda minha.

Capítulo um

Juliet

SAPATOS PRETOS ELEGANTES.

Isso era tudo que eu sabia sobre o meu futuro.

Sem nome nem sem rosto, apenas um vampiro que ofereceu o valor mais alto na sala pelo meu corpo e sangue.

— Se lembre do seu propósito — minha dama de companhia murmurou enquanto puxava um vestido branco leve sobre a minha cabeça. Isso me deixou mais exposta do que no palco há poucos instantes.

— Sim, senhora. — As palavras queimaram na minha garganta seca. Ficar nua em uma cerimônia para uma sala cheia dos monstros mais ricos da sociedade não era nada comparado ao que viria a seguir.

Vinte e dois anos de treinamento me ensinaram o que esperar

e como me comportar.

Fazer reverência.

Não fazer contato visual.

Obedecer.

Três regras de etiqueta que todas as virgens de sangue seguiam. Se eu tivesse sorte, ele poderia me deixar viver depois.

Minha dama de companhia colocou uma capa vermelha sobre meus ombros e a amarrou no pescoço, escondendo o vestido. Um falso senso de honradez que servia como uma forma de preservar minha inocência para meu novo mestre.

— Você está pronta, minha filha — a dama de companhia me disse enquanto puxava o capuz sobre meus cabelos castanhos. A capa e o vestido eram os únicos itens que me permitiam levar. Não podia nem pegar um par de sapatos.

— Obrigada, senhora. — Uma resposta automática provocada por anos de disciplina rigorosa. Se eu tivesse o desempenho esperado, um dia também poderia me tornar dama de companhia e instruir futuras virgens de sangue com o protocolo adequado. Mas tinha que suportar e sobreviver à minha própria iniciação primeiro.

Minhas mãos se aqueceram quando as portas da sala de cerimônias se abriram. Dois vampiros estavam me esperando no corredor branco. Não eram acompanhantes, mas sim, guardas que pretendiam garantir minha cooperação.

Fugir nunca foi opção.

Nem brigar.

Sobreviver significava seguir o procedimento.

Engoli o desejo de gritar. Isso nunca terminava bem. Aconteceria, eu concordando ou não.

— Não o deixe esperando — minha dama de companhia sussurrou com cautela na voz.

Parte do ritual era andar por aquele corredor por livre e espontânea vontade. Ou era o que deveria parecer. Era realmente possível concordar com algo quando não havia escolha?

— Bom dia para você — murmurei. Uma versão de despedida da única mulher que já considerei parte da família. Não que eu tivesse ousado contar isso a ela. A emoção significava fraqueza quando externada, e eu não podia permitir que alguém me considerasse patética. Não se eu quisesse viver.

— Para você também — ela respondeu.

Inclinei a cabeça em sinal de respeito antes de iniciar o caminho em direção ao meu futuro — ao vampiro que eu chamaria de senhor.

Minhas pernas ficavam mais pesadas a cada passo. Nunca me aventurei para fora deste complexo. O que existia depois da porta da frente além de uma noite sem estrelas?

Os guardas seguiram de ambos os lados, tomando cuidado para não me tocar. Eu pertencia a outra pessoa agora. Eles só podiam me controlar se eu escolhesse lutar, o que eu não faria.

Meus pés descalços não faziam barulho contra o mármore imaculado enquanto a capa farfalhava suavemente por sobre minhas pernas. Eu podia sentir os guardas me inspecionando. Todos me viram nua naquele palco — como um animal em um leilão. Era exatamente assim que a sociedade me via.

Um animal sem direitos.

Parei na entrada principal do edifício e examinei meu destino — uma maçaneta de porta. Uma vez que eu a virasse, não haveria retorno. Não sem a permissão do meu senhor.

Mas não havia escolha.

Nunca tive uma.

Minha linhagem única me colocou aqui desde o nascimento.

Os guardas ao meu lado se mexeram, uma indicação de que minha hesitação não havia passado despercebida. Se me demorasse mais tempo, estaria em risco de insubordinação. Não queria acabar lá de novo.

Meu coração batia acelerado quando abri a porta vi que já era tarde da noite. Uma limusine esperava na entrada da garagem de forma ameaçadora. Sem luzes externas. Vampiros preferiam o escuro. Apenas o corredor atrás de mim iluminava o lado de fora.

Pisei na varanda e me encolhi quando meus pés tocaram a superfície fria. As sensações aumentaram a cada passo e senti dor quando atingi a calçada de paralelepípedos que levava ao meu destino.

Os guardas seguiram ao meu lado com olhares vigilantes.

E então a porta de trás da limusine se abriu.

Imediatamente me inclinei em reverência, meus joelhos tocaram a pedra irregular, minha testa e palmas das mãos encontraram o chão. Vampiros de status exigiam submissão completa e absoluta, especialmente um mestre. Cumprimentá-lo de qualquer outra maneira resultaria em punição, e eu preferia evitar isso na minha primeira noite em suas mãos.

Sapatos caros apareceram na minha visão periférica quando uma voz profunda falou:

— Eu assumo daqui.

— É claro — o guarda à minha direita respondeu.

Eles desapareceram com passos silenciosos, me deixando à mercê do meu novo dono.

Ele me tomaria aqui? No gramado? Para todos verem?

Tremi com a perspectiva muito real.

Ele era meu dono.

Permaneci em posição de obediência, aguardando o inevitável. Minha dama de companhia me preparou para esse momento. Ela me ensinou todas as respostas e banalidades apropriadas para agradar meu novo mestre. Mas nada poderia ter me preparado para a realidade.

E se eu errar?

E se não aguentasse a dor?

— Levante-se — ele ordenou.

Senti a bile quando me forcei a obedecer. Meus olhos continuaram em seus sapatos enquanto eu permanecia com as mãos cruzadas na frente do corpo de forma graciosa.

Silêncio.

Um teste à minha obediência? Vampiros adoravam um bom motivo para invocar a disciplina, especialmente com inocentes.

Infelizmente para ele, eu me destacava nesses jogos. E me recusava a me abater.

Ele me circulou lentamente e com passos silenciosos, mesmo na noite tranquila.

Me concentrei em respirar de forma constante quando ele parou bem na minha frente. O cheiro de hortelã-pimenta fez cócegas nos meus sentidos, assim como um toque de algo decididamente masculino. Na tensão da noite, eu mal conseguia discernir seu terno preto, mas ele cheirava à elegância e prestígio. Todos os vampiros eram assim.

Ele arrancou o capuz da minha cabeça com tanta rapidez que me desequilibrei e minha pulsação acelerou. Prendi a respiração quando ele traçou a linha do meu rosto com a ponta do dedo.

Um homem estava me tocando.

O que era proibido.

Até agora.

Eu sabia o que me esperava, mas o calor do seu toque era diferente de tudo que imaginei. Minha dama de companhia me disse para esperar movimentos frios e severos. Não essa exploração gentil do meu rosto. Ele parou no queixo e inclinou minha cabeça para cima e para os lados, inspecionando meu pescoço.

— Você foi ferida de alguma forma? — ele perguntou, sua voz mais suave agora.

Sua escolha de palavras me confundiu até que eu conseguisse entender seu significado. Engoli em seco duas vezes antes de responder:

— Ninguém me tocou antes de você, senhor.

Apenas damas de companhia eram permitidas em meus aposentos. Os guardas vampiros podiam olhar, mas não tocar e, de toda forma, a tentação era diluída. As damas de companhia satisfaziam os guardas como forma de treinamento para as virgens de sangue. Alguns desses episódios permaneceriam nos meus pesadelos nos próximos anos. Supondo que eu sobrevivesse por tanto tempo.

— Eu disse machucada, não tocada — ele respondeu enquanto abaixava meu queixo. — Entre na limusine.

— Sim, senhor. — Fiz uma reverência antes de atender ao seu comando.

Deixei o capuz abaixado, pois ele não o puxou de volta e me movi pelo banco para permitir sua entrada. Ele se acomodou ao meu lado e fechou a porta com firmeza.

Sozinha.

Com um vampiro faminto.

Meu estômago revirou quando a razão para minha dama de companhia negar o jantar hoje à noite se tornou óbvia. Ela não queria que eu vomitasse no meu novo mestre.

Apertei as mãos no colo quando a limusine começou a se mover e me esforcei para não cravar as unhas nas palmas das mãos. Pelo menos, ele não me tomou na calçada. Isso tinha que ser um sinal positivo. Mas agora estávamos muito isolados e envoltos na escuridão.

Parecia mais ameaçador assim.

Seu deslocamento não ajudou. Ele estava se aproximando de mim ou se afastando? O farfalhar de tecido sugeria que ele estava se despindo.

Deveria remover a capa também? Não. Ele faria isso por mim.

Ah, minha deusa. Íamos fazer isso agora. Eu preferia o couro macio ao concreto do lado de fora, mas...

— Qual é o seu nome? — ele perguntou, interrompendo meus pensamentos.

Engoli os nós em minha garganta para poder forçar uma resposta.

— O que você desejar, senhor. — Ele podia ouvir a rouquidão da minha voz? O nervosismo escapando quando eu deveria manter o controle?

A emoção vai te matar, minha dama de companhia disse mais de uma vez. *Controle-se.*

— Não foi isso o que perguntei — ele respondeu com segurança em sua voz. — Qual é o nome que você recebeu no nascimento?

Pisquei. Isso não seguia o protocolo adequado. Os mestres escolhiam a identidade de uma virgem de sangue. Quem ou o que eu era antes de conhecê-lo não se aplicava mais. Apenas meu treinamento importava. Mas seu tom não deixava espaço para desobediência. Eu obedeceria, porque era preciso.

— Juliet.

Houve mais farfalhar em seu lado do carro, seguido por um toque de seda. Ele estava tirando a gravata? Alguns dos guardas faziam isso quando queriam testar a tolerância à dor de uma dama de companhia. Amarravam suas mãos ou usavam o tecido como uma venda em seus olhos. Um calafrio percorreu minha coluna. *O que ele estava planejando fazer comigo?*

— Juliet. — Parecia que ele estava provando meu nome e vendo se era do seu agrado. — Eu sou Darius.

Congelei. Isso definitivamente quebrava o protocolo. Uma virgem de sangue sempre se referia ao seu mestre como senhor. Nunca pelo seu nome. Minha dama de companhia não me preparou para uma conversa tão distorcida. Que tipo de jogo ele estava jogando?

Nenhuma resposta pareceu apropriada, então fiquei em silêncio. Sua provocação não me convenceu a quebrar o decoro.

A luz brilhou ao nosso redor, incomodando meus olhos. Eles se fecharam automaticamente enquanto eu tentava recuperar a compostura o mais rápido possível, mas ele viu minha reação assustada. Seu olhar vampírico não ardia com o brilho repentino dentro da limusine.

Algo apareceu, mas não consegui ver.

Meu coração batia forte enquanto eu tentava recuperar o controle das minhas emoções errantes. Me senti enjoada, tonta e desamparada, tudo ao mesmo tempo.

Lágrimas umedeceram minhas bochechas, tanto pelo brilho abrupto acima como pelo terror que crescia no meu peito. Me preparei para isso. Sei o que esperar. Isso não devia estar acontecendo.

Pare de reagir.

Foco.

Respire.

Meus pulmões se recusaram a funcionar quando fechei as mãos. Todo tipo de punição encheu meus pensamentos. Não havia passado nem dez minutos, e ele conseguiu romper minhas barreiras e me forçar a escorregar.

Ao acender as luzes. De todas as coisas para me desencorajar...

— Aqui. Isso vai ajudar — ele murmurou enquanto empurrava algo frio e sólido na minha mão. — Beba.

Envolvi os dedos trêmulos ao redor da haste fina e levei a taça aos lábios. Algo ácido e frutado tocou minha língua, fazendo minhas pálpebras se abrirem. O líquido espirrou da minha boca quando ofeguei.

— Bem, isso foi gracioso — ele observou, se curvando para pegar algo de um armário perto de seus pés.

Ele havia tirado o paletó e a gravata, ficando com a camisa preta que havia desabotoado no colarinho para revelar um vislumbre da pele morena.

Meus olhos se moveram por vontade própria para listar seus belos traços.

Cabelo escuro cortado de forma elegante.

Maçãs do rosto definidas.

Maxilar quadrado.

Olhos verdes impressionantes emoldurados por cílios grossos e escuros.

Ah, não.

Abaixei meu olhar imediatamente. No momento de choque e confusão, encarei o rosto do meu mestre.

Isso poderia dar mais errado? Eu conhecia as regras, mas levou só alguns minutos para jogá-las pela janela.

— Me perdoe, senhor — sussurrei. — O álcool me assustou.

— Era expressamente proibido. Virgens de sangue não bebiam. Nunca. Isso contaminava nossas linhagens.

Ele arrancou a bebida da minha mão trêmula e colocou uma toalha em meus dedos.

— Limpe-se, Juliet.

Senti um nó na garganta com emoção reprimida. O desempenho ruim refletia não apenas em mim, mas também em minha dama de companhia. Além de me castigar, ele faria o mesmo com ela.

Como consegui estragar tudo de forma tão espetacular?

Usei o pano para limpar a mão e a capa e comecei a me ajoelhar para limpar as gotas no chão, mas a mão dele no meu pulso me impediu. Ele não disse nada por um bom tempo, então me perguntei se ele estava lutando para determinar como me machucaria primeiro. Vampiros eram notórios por sua crueldade. Testemunhei tantas execuções, açoites, estupros públicos e banhos de sangue que podia muito bem imaginar suas intenções para comigo.

Ele soltou meu pulso para apagar as luzes. Fiquei quieta nas sombras da limusine, esperando. Meus membros tremiam de confusão e medo, de forma feroz demais para me esconder. Não que isso importasse mais. Ganhei mais do que minha sentença. Um pouco de emoção incontida não melhoraria nem pioraria o castigo que estava por vir.

— Está perdoada, Juliet — ele falou baixo. — Vamos viajar por algum tempo. Recomendo que você durma.

— Deseja que eu durma, senhor? — O abandono em minha voz não pôde ser evitado. Ele disse que me perdoava, mas vampiros eram famosos por mentir. Sabia que não devia deixar essas palavras me acalmarem.

— Sim. Descanse.

— C-como desejar, senhor. — Ele pretendia me acordar com crueldade? Essa seria a minha punição por me comportar mal? Isso parecia bastante dócil, mas dependia de sua metodologia.

Fechei os olhos em uma falsa tentativa de seguir seu comando, mas sabia que meu batimento cardíaco me denunciava. Ele saberia a verdade, mas eu tinha que tentar.

Qualquer coisa para acalmá-lo.

Meu mestre.

Era meu dever obedecer, dar meu corpo e sangue a um mestre vampiro até que ele não me quisesse mais.

Não havia escapatória.

Nem lugar para onde fugir.

Siga as regras ou morra.

Não queria morrer.

Capítulo dois

JULIET

— SENHORITA. — Senti uma sacudida seguida por — Por favor, você deve acordar.

Pisquei, assustada com a voz desconhecida. Não pertencia à minha dama de companhia ou a qualquer outra mulher que eu conhecesse.

Me sentei na cama estranha e olhei em volta. Azul e dourado enfeitavam todo o quarto enorme, iluminado à luz de velas.

— Onde estou?

— Na casa do mestre Darius — uma mulher robusta com cabelos grisalhos me informou. — Ele mencionou que você poderia estar grogue devido à longa soneca e também como um efeito colateral da bebida.

A transpiração pontilhava minha testa e mãos. A última coisa de que me lembrava era de tentar dormir, depois mais nada. Nem sabia por quanto tempo viajamos ou para onde ele me levou.

— Mestre Darius quer sua presença no jantar — a mulher mais velha falou enquanto colocava um vestido preto revelador sobre os lençóis. — Você deve usar isso.

Eu a observei.

— Você é minha nova dama de companhia? — A idade indicava sua humanidade, mas não a reconheci como uma das abençoadas.

— Er, não, sou criada do mestre Darius. Muitas de nós, assim como outros criados, cuidamos da mansão. Seus olhos azuis franziram. — Pode me chamar de Ida, querida. Darius me disse para te chamar de Juliet.

Franzi a testa.

— Ele disse?

— Sim, ele está errado?

— Ah, claro que não. Se ele escolheu Juliet, é assim que devo ser chamada. — Mas era bizarro que ele tivesse escolhido meu nome verdadeiro. Será que ele havia gostado?

Ida me olhou com interesse.

— Ouvi rumores da sua espécie. Mestre Darius lhe aguarda para um aperitivo.

Estremeci com o significado de suas palavras. Meu corpo seria seu *aperitivo* para o *jantar*. Supus que era melhor que o gramado do lado de fora do Coventus ou na limusine.

— Vou me preparar — falei em tom de voz baixo enquanto me levantava dos lençóis de seda.

Alguém tirou minha capa, me deixando com o vestido branco simples que vestia. Puxei-o por cima da cabeça e o troquei pelo vestido preto. Não era menos revelador do que minha roupa anterior, com o corpete e saia com fendas. Minhas pernas estavam expostas até os quadris e os seios estavam pronunciados sob o material transparente. Vestuário típico de virgem de sangue. Embora, normalmente, uma mulher na minha posição só usasse cores mais escuras depois de perder a virgindade.

A menos que...

Ele me tomou enquanto eu dormia?

Meus braços se arrepiaram com a perspectiva muito real.

Talvez esse fosse o verdadeiro propósito de me embebedar.

Vi um espelho no canto, perto de uma porta onde era possível ver azulejos. *Um banheiro.* Será que era destinado só para o meu uso? *Não importava.*

Me movi pelo piso de madeira, aterrorizada com o que poderia ver, mas achei minha aparência normal, com exceção dos cabelos desalinhados pelo sono. Nenhuma marca visível no meu pescoço, braços ou coxas. E não me sentia dolorida em lugar algum. Pelo que minha dama de companhia me disse, doeria, talvez por dias. Se ele tivesse me tomado, eu deveria saber.

— Tem escova e outros itens essenciais ali — Ida falou, me lembrando da sua presença. Ela ficou de lado, com as mãos cruzadas diante de si, curiosa. — Precisa de ajuda?

Limpei a garganta.

— Não, senhora, mas obrigada.

Ela sorriu.

— Vou te esperar na porta então. — Ela apontou para o grande painel de madeira do outro lado do quarto e inclinou um pouco a cabeça antes de me deixar no banheiro.

Uma criada humana. Que intrigante. Eu não imaginava que vampiros e lycans os empregariam. Minha linhagem era muito estimada e rara para ser influenciada pela humanidade. Éramos propriedades desde o nascimento e protegidas por guardas vampiros. Ou talvez encarceradas fosse a melhor palavra para descrever. Não que eu pudesse usá-la em voz alta.

Encontrei uma escova no banheiro e comecei a pentear os cabelos castanhos em ondas volumosas. Minha dama de companhia afirmou que era a minha melhor característica, então eu iria mostrá-lo de maneira adequada. Depois de terminar, escovei os dentes e dei alguns outros toques femininos. Eu já havia sido preparada e depilada para o leilão, então não demorei muito para caminhar em direção a Ida.

Ela sorriu com gentileza e os olhos enrugaram nos cantos.

— Eu gostaria que todos nós pudéssemos ser tão confiantes. — Ela me entregou um par de sapatos de saltos de dez centímetros ao falar.

— Perdão? — perguntei confusa enquanto me calçava.

— Nada, querida. O mestre Darius está esperando. Ele está com dois convidados.

Meu coração acelerou enquanto caminhávamos.

— Convidados?

— Sim. Mestre Trevor e mestre Ivan.

Engoli o tremor que borbulhou na minha garganta.

— Os dois estão aqui para jantar? — *Para desfrutarem de mim?*

— Sim — ela respondeu enquanto me acompanhava por uma escada muito larga que levava a um grande vestíbulo no andar de baixo.

Três vampiros ao mesmo tempo? Quase tropecei com o pensamento. Certamente Darius não poderia querer que todos me possuíssem esta noite. A menos que ele pretendesse que eu morresse, nesse caso, com certeza faria isso.

— Por aqui — Ida falou quando chegamos ao último degrau. Meus saltos bateram no piso de mármore, anunciando nossa caminhada. Isso me fez lembrar do som de uma bateria antes de uma execução, ou talvez fosse só o meu coração batendo em um ritmo sinistro.

A maioria das virgens de sangue não retornava ao Coventus. Nosso sangue era tão potente e viciante que os vampiros mal conseguiam se conter e nos secavam.

Foi o que minha dama de companhia me avisou.

Eu não poderia fazer nada para detê-lo, se esse fosse seu desejo. Gritar só tornava o momento mais interessante. Eu era o equivalente a um bife caro destinado a ser devorada ou saboreada, o que meu mestre preferisse.

Esse pensamento costumava trazer lágrimas aos meus olhos, mas aprendi há muito tempo que o destino nunca mudaria seu curso. Pelo menos, o meu fim seria rápido.

Ida bateu em uma porta de madeira escura.

— Entre. — A voz profunda de Darius provocou uma vibração no meu baixo ventre. Me lembrei do rosto que combinava com o tom de voz e de seus olhos verdes brilhantes. Eu nunca deveria ter olhado.

— Ele quer que você entre, querida, não eu — Ida murmurou

com um aceno encorajador.

Claro que ela preferiria que eu participasse do banquete e não ela. Autopreservação clara. Eu não poderia culpá-la por isso.

— Você foi muito gentil comigo — disse a ela. — Obrigada.

Seus lábios se curvaram em um sorriso confuso.

— Foi um prazer. — Ela balançou a cabeça. — Vá agora antes que ele chame de novo.

Eu assenti.

— Sim, é claro. — Vampiros não apreciavam ter que esperar.

Empurrei a porta e olhei para dentro, encontrando a sala iluminada por mais velas. Uma longa mesa de mogno enfeitava o centro do cômodo, com cadeiras suficientes para acomodar um exército. Talheres e pratos caros adornavam quatro posições e diante deles havia uma variedade de pratos com aromas que faziam cócegas no meu nariz.

Mestre Darius estava encostado na parede do lado da porta, e os dois colegas que usavam terno ao seu redor.

— Senhor — cumprimentei quando assumi minha posição no chão perto de seus pés, com a testa tocando o chão de mármore.

Seus olhos pareciam ferro quente contra a minha pele exposta, deixando marcas enquanto admiravam minha posição submissa. Eles não disseram nada, mas senti cada palavra não dita. Fome e excitação deixavam o ar espesso, agitando meu estômago enquanto esperava o primeiro a atacar.

Esse é o meu propósito, lembrei a mim mesma enquanto estabilizava minha respiração.

Inspire. Um, dois, três.

Expire. Um, dois, três.

Focar em inspirar e expirar fez pouco para acalmar meu coração. Eu não conseguia encobrir o som terrível de seus sentidos predadores. Parecia um farol que me atraía ainda mais para eles.

Um tremor percorreu minha coluna.

Três em uma. Já havia visto isso várias vezes. Eu seria capaz de lidar com suas penetrações? Morreria rapidamente?

Deusa, rezei, evocando o poder mais alto da Terra. *Por favor, faça com que isso termine rapidamente...*

O som dos sapatos soava baixinho contra o chão enquanto eles me circulavam.

— Ela é primorosa — um deles murmurou. — E não há como negar a tentação.

— Sim. — O tom de voz masculino familiar incitou meu treinamento e exigiu rendição completa. Ele me possuía de todas as maneiras.

— Mas ela pode ser reprogramada? — a terceira voz perguntou, seu tom decididamente estrangeiro.

— O tempo dirá — Mestre Darius respondeu enquanto se agachava diante de mim. — Vai fazer isso toda vez que me vir? — Seu dedo encontrou meu queixo quando me forçou a encontrar seu olhar. — Porque já estou irritado.

— Senhor? — perguntei, confusa enquanto tentava olhar para qualquer lugar, exceto para seu rosto. Encontrar o olhar de um mestre era expressamente proibido. Isso sugeria desafio, e eu não queria aborrecê-lo a esse ponto.

Ele apertou meu queixo com força, levando lágrimas aos meus olhos.

— Olhe para mim, Juliet. — Engoli em seco e me forcei a obedecer. Aquelas íris verdes afiadas queimaram as minhas. Tão lindo de um jeito hipnótico, mas letal. E muito mais velho.

— Você não deve se curvar dessa maneira, a menos que eu solicite expressamente. Entendeu?

Na verdade, não...

— Posso solicitar esclarecimentos, senhor? — Uma pergunta ousada, que poderia me render uma punição, mas eu precisava de mais detalhes para cumprir.

— Pode — ele respondeu, e podia jurar que ele quase estava se divertindo.

— Como prefere que eu me curve? — perguntei. — Fui treinada assim, mas, como isso o desagrada, vou reajustar meus métodos.

— Nada de se curvar — ele esclareceu.

— Devo fazer reverência então?

— Não. — Ele largou meu queixo e se levantou. — Levante-se, Juliet.

— Sim, senhor. — Me levantei rapidamente e desviei o olhar

mais uma vez para o chão.

Silêncio.

Não sabia o que ele queria que eu fizesse com as mãos, então as deixei ao lado do corpo enquanto os três admiravam meu vestido.

— Ela é realmente adorável — um dos homens murmurou.

— De fato — meu mestre respondeu. — Vamos comer?

Meu estômago revirou com as palavras casuais. Nada de pedidos ou exigências, apenas jantar.

— Estou faminto.

— Eu também.

— Excelente — meu mestre disse enquanto se movia para o meu espaço pessoal. Fiquei quieta enquanto ele colocava a mão nas minhas costas.

Era isso.

Meus momentos finais.

Se eu obedecesse, seria menos doloroso.

Puxei o cabelo para cima, expondo o pescoço e esperei.

Por favor, seja rápido.

Capítulo três

PUTA MERDA, o cheiro dela era incrível.

Meu criador, Cam, me avisou da tentação provocada por uma virgem de sangue, mas nunca o levei a sério. No entanto, depois de várias horas na limusine ao lado de Juliet, finalmente compreendi.

A mulher era irresistível.

Meus incisivos doíam com a necessidade de prová-la — mesmo que por um segundo. Trevor e Ivan sentiriam isso também, mas a honra os impedia de tentar qualquer coisa.

E, caramba, aquela reverência. Se colocar em uma posição tão submissa despertou todas as minhas necessidades mais sombrias, o que, obviamente, era o objetivo.

Aquilo tinha que parar. Tudo o que ela fazia, todas as palavras que dizia eram sinais expressos de submissão que foram arraigados nela por anos de doutrinação. Não deveria me agradar, mas, caramba, eu estava bem excitado.

A diversão de Ivan era aparente. Claro que ele estava gostando daquilo. Ele foi super a favor da ideia ridícula do nosso amigo membro da família real de que eu comprasse uma virgem de sangue por status. Supondo que eu aguentaria a tentação de tomá-la antes da hora, isso daria certo.

A pulsação de Juliet era aparente em seu pescoço exposto, provocando meus instintos. Eu poderia devorá-la, e ela não faria nada para impedir — talvez até me encorajasse.

Mas não seria real.

Todas as respostas eram ensaiadas para agradar o vencedor do leilão. Não que eu a culpasse. Ela era vítima da sua linhagem.

Coloquei a palma da mão na parte inferior das costas dela para puxá-la mais para perto e com a outra, segurei sua nuca. Ela se inclinou em meu toque e fechou os olhos, mas seus lábios tremeram um pouco.

Medo.

Parecia que nem todo o treinamento poderia prepará-la de forma adequada para esse momento. Não era de se surpreender.

Passei o polegar sobre a pulsação dela e sua mandíbula tensionou.

Humm, uma lutadora se escondendo sob a superfície. Ela queria viver em um mundo onde a maioria dos humanos preferia a morte. Fascinante.

Me inclinei para inalar sua fragrância viciante. Tão doce e atraente. Saber que não precisava resistir apenas aumentou meu desejo de prová-la. De tomá-la.

Meus lábios encontraram sua pulsação e beijaram seu pescoço com intensidade. Ela parecia derreter contra mim, seu corpo reconhecendo a que se destinava. Mas sua mandíbula permaneceu tensa.

Escolhi bem.

Muito muito bem.

Mordisquei a pele macia, tomando cuidado para não rasgar a superfície, antes de colocar meus lábios em sua orelha.

— Se curve ou faça reverência na minha presença novamente, e vou te morder na próxima vez, Juliet. — Acariciei sua bochecha quando ela estremeceu, antes de se afastar para desviar o olhar. — E espero que olhe para mim quando eu estiver falando com você.

Ela piscou, como se estivesse atordoada.

— Mas o decoro diz que...

Mordisquei seu pulso, silenciando a resposta ensaiada.

— Não me importo com o que o decoro diz, Juliet.

Lambi o arranhão criado pelos meus incisivos e fechei os olhos quando sua essência encontrou minha língua. Puta merda. O que eu não daria para afundar meus dentes em sua veia e me fartar.

Mas eu precisava dela viva e desejava sua permissão. Isso tornaria o ato de tomá-la ainda mais doce. Porque eu a teria por livre e espontânea vontade. Eventualmente.

Me permiti mais uma prova enquanto Trevor e Ivan nos observavam com inveja no olhar. Não era apenas o sangue dela que os provocava, mas o vestido revelador. Eu o escolhi para mostrar a eles como ela seria lucrativa e suas expressões confirmaram todas as minhas suspeitas.

— Peço desculpas por desagradá-lo, senhor — Juliet sussurrou.

Suprimi o desejo de grunhir. Meus irmãos aristocráticos desejavam esse comportamento obediente. A submissão eu entendia e gostava, mas sua subserviência era evocada pelo medo de punições severas. Eu preferia o tipo de reprimenda prazerosa, algo que Juliet logo aprenderia.

Mas tinha algumas paredes a derrubar primeiro.

E vinte e dois anos de etiqueta arraigada.

— Você deve fazer o que eu digo, correto?

— Sim, senhor.

— Então você vai obedecer aos meus pedidos para não se curvar ou fazer reverência em minha presença a menos que seja solicitado. — Fiz um enorme esforço para me afastar do seu pescoço e inclinei a cabeça de uma maneira que impossibilitava que ela evitasse meu olhar. — E fará contato visual sempre que estivermos falando um com o outro. Entendeu?

— Eu... — Ela engoliu em seco, mas encarou meu olhar com cautela. — Sim. Claro, senhor.

— Excelente. — Soltei sua nuca e a levei em direção à mesa. — Sente-se.

— Você sempre foi talentoso com as damas, Darius — Trevor comentou com humor evidente.

— Devemos tomar notas — Ivan concordou.

— Para quando comprarmos nossas próprias bonecas? — Trevor perguntou em tom divertido.

— Com certeza. Quero uma ruiva.

— Humm, sim, estou desejando uma morena agora.

— Acho que todos estamos, amigo.

— Chega — grunhi enquanto ajudava Juliet a se acomodar na cadeira. Ela ficou muito quieta e manteve o foco na mesa enquanto eu me sentava ao seu lado. Parecia que o contato visual exigiria certo trabalho.

Trevor e Ivan estavam sentados à nossa frente, as expressões cheias de diversão.

— Por que vocês dois apareceram? — questionei.

— Você sabe o porquê — Ivan respondeu. — O Trevor queria ver seu brinquedo novo.

Revirei os olhos.

— Ela não é um brinquedo.

— Ela é uma boneca ambulante com sangue delicioso — Trevor murmurou — Definitivamente um brinquedo.

Juliet não reagiu à descrição grosseira e permaneceu com a expressão complacente e as mãos cruzadas no colo. Esse tipo de controle seria útil mais tarde.

Peguei uma travessa de pato assado e coloquei algumas fatias em seu prato antes de me servir.

Trevor e Ivan seguiram o exemplo, se servindo com a boa comida de Gladice. Eles tentavam comprá-la de mim com frequência, mas sempre recusei. Eu tinha uma das melhores chefs da região e não planejava desistir dela tão cedo. Todos os meus criados eram meus. Eu os protegia com ferocidade, como faria com a bela garota ao meu lado.

Ela olhou a comida que coloquei na sua frente antes de olhar timidamente em volta da mesa.

Sorri quando finalmente compreendi. Juliet esperava ser o

prato principal. Definitivamente, uma tentação que eu poderia ceder em outra noite, quando estivéssemos sozinhos. Supondo que ela estivesse disposta.

Meus amigos obviamente chegaram à mesma conclusão, porque ambos sorriram com a sua confusão.

Pobre garota. Ela não tinha ideia para o que eu a arrastei, mas ela logo descobriria.

Coloquei o braço sobre as costas da sua cadeira, ocupando seu espaço pessoal e pressionei meus lábios em sua orelha novamente.

— Vampiros também comem comida, querida.

Era uma indulgência desnecessária, já que não precisávamos disso para sobreviver, mas meu paladar apreciava o sabor.

— Eu sei — ela sussurrou. — Claro que sei disso. — Essa última parte parecia mais para ela do que para mim, mas respondi de qualquer maneira.

— Que bom. — Mordisquei seu pulso e pensei em outra coisa. — Você saberá quando estiver pretendendo te morder, Juliet. Porque vou te avisar antes da nossa primeira vez.

Ela se assustou com minhas palavras, sua percepção confusa pelo que o Coventus havia colocado em sua linda cabeça. O que ela não percebia era que nem todos os vampiros eram criados iguais. E eu me orgulhava de ser um rebelde.

— Coma — disse a ela enquanto me endireitava. — Você precisará das suas forças.

Juliet exigia uma introdução gradual às minhas necessidades. Se eu apressasse, ela morreria, e eu precisava dela muito viva. Também exigiria a sua confiança e essa seria a emoção mais complicada de todas. Porque nenhum humano confiava em um vampiro.

Trevor levantou sua taça de vinho em um brinde.

— Às novas tentativas.

— Ao futuro — Ivan acrescentou.

— À mudança — respondi, saudando os dois com minha taça.

Juliet foi a única que não brindou, porque ainda não entendia. Mas ela entenderia. E logo.

Sorri quando ela pegou o garfo para atender minha demanda. Esse pequeno hábito de obediência seria útil nos próximos meses.

Ela faria o que eu quisesse, onde eu quisesse.

Não era um brinquedo, mas um ativo. Com seios perfeitos e o rosto de uma deusa, ninguém suspeitaria dela. E eu possuiria cada centímetro seu, que era de dar água na boca.

— Parece que você terá muito o que treinar, Darius — Ivan falou enquanto acenava para Juliet, que estava apreensiva. Ela pegou uma fatia de carne e a mordiscou com cuidado antes de pousar o garfo com uma expressão confusa.

— Eles não permitem pato no Coventus? — perguntei de forma seca.

Ela me olhou com seus grandes olhos castanhos e fez uma careta.

— Eu... sim... mas não é bem assim.

— Assim como?

— Rico — ela sussurrou. — É decadente, senhor. — Ela começou a baixar o olhar em sinal de submissão, mas desistiu antes que eu pudesse comentar sobre isso. Sim, seu treinamento de obediência com certeza se adequaria aos meus planos.

— Você quer dizer que é saboroso — interpretei. — Deixe-me adivinhar: eles te forçavam a viver com o essencial e proibiam todos os alimentos com sabor real? — Técnica típica de lavagem cerebral. Também servia para manter seu corpo em forma, o que certamente haviam conseguido.

— Meu sangue é puro, senhor.

— Puro. — A palavra tinha gosto azedo na minha língua. A sociedade pretendia controlar sua aparência para aumentar seu valor, não fortalecer sua linhagem. Ela teria o mesmo sabor, independentemente do que consumisse e sua virgindade não afetaria seu sabor natural. — Meus irmãos a moldaram na mulher perfeita, Juliet. Deliciosa, recatada e linda. Posso garantir que os hábitos alimentares enraizados em você afetam apenas uma dessas características e não é o seu sangue.

Experimentei o pato e o achei assado com perfeição, como sempre, enquanto Juliet franzia a testa. Não era a sua melhor expressão, mas eu preferia isso ao medo que irradiava dela.

— Me perdoe, senhor, mas não entendo o que quis dizer. Isso é uma espécie de teste? — Ela umedeceu os lábios. — Não desejo falhar com você.

Trevor riu quando Ivan balançou a cabeça com um sorriso confuso. Os dois estavam gostando demais disso. Eles sabiam que minha paciência quase nunca se sustentava nesses tipos de assuntos, mas dificilmente eu poderia culpar a mulher pelo que minha espécie havia feito com ela.

Coloquei o garfo de lado e passei o braço em volta da sua cadeira novamente. Ela parou de respirar enquanto eu traçava a base do seu pescoço com o dedo indicador.

— Você negou o champanhe na limusine — murmurei. — Porque o álcool é proibido, certo?

Seus olhos — ainda encarando os meus como instruído — brilharam. Muito por seu nível de pânico estar diminuindo.

— Sim — ela sussurrou. — Sinto muito, senhor.

Levei um momento para perceber o que ela quis dizer — cuspir a bebida depois que exigi que ela tomasse um gole. A maioria dos vampiros em minha posição teria punido a garota por se comportar de maneira insolente, mas eu vi essa atitude como algo completamente diferente.

— Já te perdoei — lembrei a ela. — Mas gostaria de te ensinar uma lição.

Seu coração batia forte, seduzindo todos os vampiros na sala, inclusive eu. Trevor e Ivan pararam de comer, o foco mudando para a virgem assustada e a pulsação agitada.

— Claro, senhor. — As palavras eram tão suaves que quase não as ouvi.

Apoiei os braços em seus ombros para abraçá-la enquanto eu dizia:

— Me dê sua mão, Juliet.

Ela exibiu a mais próxima de mim, como se seu corpo fosse uma marionete para eu comandar. Segurei seu pulso com a mão livre e levei-o aos meus lábios para um beijo.

Seu corpo tremia, desmentindo sua expressão impassível. Eu realmente sentia falta dos dias em que as fêmeas humanas forneciam, pelo menos, um pouco de atrevimento ou luta. Talvez eu pudesse incutir um pouco disso ao longo do tempo.

— Você aprendeu que álcool e alimentos saborosos vão

manchar sua linhagem, não é? — Tracei seu pulso com a língua e gostei da maneira como ele pulou sob o meu toque. Tão adorável.

Ela assentiu.

— Sim, senhor.

— Você também aprendeu que manter seu sangue puro é importante para agradar seu mestre?

Outro aceno, este mais firme.

— Excelente, então essa deve ser uma lição fácil, querida. — Mordisquei sua pele macia, provocando um rubor na mão. — Vou te provar agora. — Não esperei pela sua confirmação, pois não era necessário. Ela conhecia seu propósito.

Meus incisivos perfuraram sua veia com facilidade praticada, puxando apenas o suficiente de sua doce essência para satisfazer minha curiosidade e não excitar a fome interior.

Caramba, meus instintos murmuraram enquanto meu estômago se apertava com a necessidade de mais.

Seria tão fácil arrastá-la para o meu colo e tirar tudo dela. Aquele vestido não deixava nada para a imaginação — um simples rasgo o removeria. E ela concordaria com todos os meus pedidos.

Porque ela pertencia a mim.

Merda. Nunca esperei que isso fosse tão erótico. Possuir uma pessoa era moralmente errada e, no entanto, não conseguia me arrepender.

Uma noite e meu controle já ameaçava escapar por uma única prova do seu sangue delicioso. Eu esperava que fosse sedutor — até viciante —, mas não essa inclinação erótica para tomá-la por completo.

Ela estremeceu quando me permiti mais um gole e sua doce excitação vibrou no ar. Havia escolhido de forma inconsciente introduzir prazer com minha mordida em vez de dor. Seus pequenos tremores quase me incentivaram a continuar, mas tínhamos uma lição a terminar. Soltei sua veia — com um esforço considerável — e lambi sua ferida enquanto observava seu olhar sonolento.

— Experimente o vinho — eu disse a ela com uma pitada de compulsão subjacente no meu tom. — Agora.

Ela levantou a taça com a mão livre e levou-a aos lábios antes de perceber o que eu exigia.

— Senhor...

— Agora — repeti.

As lágrimas brilhavam em seu olhar enquanto ela seguia meu comando e bebia o vinho tinto. Sua garganta estremeceu ao engolir, e ela fechou os olhos. Não a castiguei pela desobediência, mas, em vez disso, lambi seu ferimento e a mordi novamente com gentileza, desta vez com um pouco mais de profundidade para meu próprio prazer.

Seus lábios se separaram em um gemido enquanto eu infundia endorfinas na mordida — minha forma de elogiá-la por seguir minhas exigências. A taça de cristal em sua mão tremia e sua cabeça encostou no meu braço.

Sem terror agora, apenas pura e total felicidade, e era sedutor pra caramba. Se não fosse a nossa audiência, eu a teria pressionado ainda mais. Eles tiveram mais do que um show hoje à noite — um show que apenas solidificaria meus planos para ela.

Facilitei seu retorno à realidade, retirando lentamente os incisivos e curando suas marcas com a língua. Alguns da minha espécie preferiam deixar as feridas abertas como uma forma de declarar propriedade, mas eu a queria saudável e sem marcas. Sua pele macia era bonita demais para ser danificada.

Seus cílios grossos tremiam quando ela abriu os olhos amendoados e encontrou meu olhar novamente. Muito bem-comportada.

— Você é tão doce agora como era há poucos momentos, Juliet — murmurei. — O álcool altera apenas seu estado mental e, em excesso, pode causar ganho de peso. Mas não tem poder sobre seu sangue delicioso, amor. Amanhã vou te provar novamente, se precisar de mais provas.

Beijei seu pulso mais uma vez antes de voltar sua mão para o colo.

— Agora jante e pare de se preocupar com regras que não têm significado nesta casa. Vou lhe dizer o que espero e você cumprirá. Entendido?

Suas bochechas ficaram com um tom de vermelho atraente enquanto ela caminhava através da nuvem de desejo. Imaginei que era um sentimento estranho, algo que sua dama de companhia não a teria ensinado, porque ela não sabia que existia.

Como cidadãos de segunda classe, não era prometido aos humanos o direito ao prazer de qualquer espécie. Dor, com certeza. Prazer, não. Isso não tornava ilegal minha concessão de gratificação, apenas não era habitual. No entanto, eu suspeitava que a maioria dos seres da minha espécie permitia isso em certos graus, dependendo de nossas tendências.

Sua língua rosa umedeceu os lábios e depois ela assentiu.

— Sim, senhor.

— Então considero esta lição encerrada — respondi enquanto afastava o braço de seus ombros. — Desfrute da sua refeição.

Porque, com certeza, gostei da minha, mesmo que mal se qualificasse como aperitivo.

Capítulo quatro

A LUA BRILHAVA do lado de fora das portas da varanda do meu quarto. Iluminava o pátio e o denso conjunto de árvores intermináveis que cercavam os arredores da propriedade.

Passei a maior parte da noite admirando a vista de tirar o fôlego. A casa de Darius proporcionava uma falsa sensação de calma que não existia nas paredes ao redor do Coventus. Algo novo e bastante... reconfortante.

Ontem à noite, ele solicitou minha presença para jantar, depois me dispensou após a sobremesa.

Não se alimentou de forma adequada nem me ofereceu a seus convidados.

Não entendi esse jogo.

Minha dama de companhia havia me preparado para todas as

situações, ou assim eu pensava. Mas meu senhor seguia um conjunto de regras estranhas. Ele me forçou a tomar álcool, algo expressamente proibido. No entanto, eu gostei. Talvez demais.

Ou talvez fosse sua mordida.

Minhas coxas se apertaram com a lembrança da sua boca na minha pele. Nunca em meus sonhos mais loucos esperei por isso.

Havia sido diferente de todas as cenas que testemunhei entre minha dama de companhia e os vampiros durante meu treinamento. Ela geralmente chorava em silêncio enquanto eles a tomavam como queriam. E quando ela gritava, eles a puniam ainda mais.

O silêncio era uma habilidade importante, ensinada desde quando erámos novas. Os vampiros preferiam suas servas calmas, que lhes permitissem acesso total ao que desejavam. E eu estava preparada para isso com Darius. Esperava que ele me machucasse enquanto satisfazia suas necessidades. Em vez disso, ele me permitiu sentir.

Meus lábios amaçaram se curvar de um jeito que raramente acontecia.

É um truque, minha mente sussurrou. *É algum tipo de truque.*

Sim. Do tipo prazeroso.

Por enquanto.

Uma batida assustou meus devaneios. Pisquei e olhei em direção à porta. Fiquei esperando que ela se abrisse.

— Juliet? — A voz profunda provocou uma vibração na parte inferior do meu abdômen.

Por que ele não entrou direto?

Outra batida.

Estranho.

Fui até a porta destrancada e abri para Darius, que usava um terno e esperava por mim no corredor.

— Senhor — murmurei, e meus joelhos se dobraram um pouco por instinto. Me lembrando da sua ordem para não fazer reverência ou me curvar, me endireitei e vi sua sobrancelha arqueada. — É um hábito formal, senhor. — Não que isso fosse desculpa. Meu corpo deve seguir todos os seus caprichos por instinto, independentemente do treinamento anterior.

— Posso entrar? — ele perguntou.

— Sempre. — Me afastei enquanto me forçava a continuar olhando para seu rosto em vez de desviar. Sua mandíbula definida e maçãs do rosto esculpidas eram fáceis de se admirar. Era em seu olhar intenso que eu tinha que prestar atenção – eu poderia facilmente me perder naquelas esferas verdes.

— A Ida me informou que você esteve em seus aposentos a noite toda — ele murmurou. — Não está com fome?

O banquete da noite passada me ofereceu sustento suficiente por uma semana.

— Me sinto bastante satisfeita no momento. — Usei o copo que havia no banheiro para beber água quando senti sede.

— Entendo. — Ele cruzou as mãos costas enquanto olhava para mim. — Você é livre para passear pela mansão sempre que quiser.

— Senhor? — Isso parecia... inadequado.

Ele arqueou uma sobrancelha.

— Você precisa de um tour?

— Eu... — Eu precisava? — Você gostaria de me levar para um tour?

Ele me estudou por um longo momento antes de falar.

— Esse hábito de obediência já está tentando minha paciência, Juliet. Se troque para algo mais apropriado e vou lhe dar uma nova lição.

— Claro, senhor. — Toquei o robe que estava usando. — O que você prefere que eu vista?

Ele sorriu.

— O que eu prefiro que você vista? — Ele coçou a mandíbula antes de apalpar a parte de trás do pescoço. — Prefiro você sem nada, se eu for honesto.

Desamarrei a faixa de seda ao redor da minha cintura e deixei o robe cair no chão.

— Como desejar, senhor.

Seu sorriso se desfez.

— Isso... — Ele parou quando seus olhos focaram nos meus seios expostos e continuaram a descer para examinar cada centímetro do meu corpo.

A nudez não me incomodava, mas nunca fiquei tão perto de um homem sem roupa. E ele poderia me tocar à vontade.

Isso deveria ter me assustado, mas meu estômago parecia apertar de uma maneira completamente diferente. Especialmente quando suas pupilas se dilatavam com a fome revelada.

Ele queria me morder novamente.

Eu achava que também queria isso.

Um calor desconhecido seguiu em seu olhar, acariciando todos os meus nervos e despertando uma sensação estranha entre minhas coxas. Lutei para permanecer imóvel e manter um comportamento calmo quando ele encontrou meu olhar mais uma vez com um brilho decididamente voraz.

— Fui sarcástico — ele murmurou enquanto se aproximava. Afastou minhas mechas onduladas para um lado, expondo meu pescoço para sua visão. — Mas sua interpretação literal não é algo que eu possa castigar.

Seu corpo roçou o meu enquanto ele pressionava os lábios em meu pescoço.

— Se eu dissesse para você me agradar oralmente – agora – você ficaria de joelhos?

Minha boca ficou seca com a perspectiva.

Testemunhei sexo oral inúmeras vezes durante o treinamento, fiz exercícios orais para praticar, mas nunca realizei o ato em um homem real — era estritamente proibido tocar em um membro do sexo oposto antes do leilão. Não me importava, já que sempre pensei que o ato me causaria repulsa, mas a ideia de explorar Darius de um jeito tão íntimo me atraía de uma forma sombria.

— Esse é o seu desejo, senhor? — sussurrei.

— Com uma boca como a sua, imagino que seria o desejo da maioria dos homens, Juliet. — Seus dentes roçaram meu pulso. Tremi com a lembrança sensual que sua boca evocava e me vi desejando sua mordida.

Nada disso era o que eu esperava. Antecipei palavras duras, penetração dolorosa e o destino muito real da morte. Não essa cena sensual.

Abri a boca para perguntar se ele me queria de joelhos, mas as palavras congelaram na minha garganta quando ele agarrou meus quadris e me puxou para si. Meu coração acelerou com a prova muito real da sua excitação crescendo contra meu ventre.

Uma exigência silenciosa para que eu agisse? Eu não tinha certeza.

A transpiração umedeceu minhas mãos quando levantei os dedos para traçar a borda do seu cinto. Ele pegou meu pulso e me girou, pressionando minhas costas em seu peito. Meu pulso disparou com o movimento rápido e inesperado, depois ofeguei quando ele acariciou meu abdômen, me mantendo no lugar.

Não conseguia respirar, não com seus lábios provando meu pescoço.

Ah, deusa...

Sua língua traçou um padrão hipnótico que me deixou delirando em seus braços. Uma onda de calor me atingiu, centralizando no estômago e espiralando para fora.

Um gemido me escapou enquanto eu lutava para entender todas essas sensações. Calor, frio, tensão em todos os membros...

A palma da sua mão começou a descer.

Lentamente.

A respiração ficou presa na minha garganta, incerta enquanto ele explorava o espaço recém-preparado entre meus quadris. Tiraram todos os meus pelos antes do leilão, algo que minha dama de companhia afirmou que meu novo mestre preferiria.

— Hora de uma nova lição — ele sussurrou.

— S-senhor? — Eu não...

Meus joelhos dobraram quando suas presas perfuraram minha pele.

Intensamente.

De repente.

E muito mais forte do que na noite passada.

Mas também, muito bom.

Ele me segurou de encontro a si com um braço em volta do meu peito e uma mão no meu estômago. Estremeci com o aperto possessivo e o calor em minhas veias. A maioria dos vampiros não infundia suas mordidas com endorfinas, mas Darius o fazia. E fiquei muito agradecida por isso.

Seu nome quase escorregou dos meus lábios quando ele provou

minha essência. Queimou de uma maneira intensa que fez minhas coxas se apertarem em resposta e meus olhos fecharem.

Esse era o meu propósito e parecia tão certo em seus braços.

O medo que eu esperava sentir neste momento foi substituído por uma paixão que eu nunca soube que existia. Os humanos não deveriam se sentir assim, ou talvez, não nos era *permitido sentir*, fosse o termo mais preciso. A natureza proibida do nosso abraço apenas aumentou meu prazer.

Sua mão se aventurou mais para baixo, até um lugar que eu não sabia que queria ser tocada até agora. Sabia que isso pertencia a ele e entendia que ele era o dono do meu corpo, mas a realidade superou minhas suposições.

Agarrei seu antebraço, precisando de algo para me segurar enquanto ele alcançava minha entrada escorregadia. Meus membros tremiam quando ele deslizou um dedo dentro de mim e me penetrou, entrando e saindo.

Foi avassalador e poderoso.

Eu não sabia o que pensar, não conseguia me lembrar de como respirar.

Tudo que eu podia fazer era sentir.

Sua boca.

Sua mão.

Seu calor.

Balancei contra ele de forma arbitrária, incapaz de me impedir de procurar mais, precisando de mais.

— Darius... — Minhas pernas tremiam de forma incontrolável. Seu braço em volta dos meus seios era a única coisa que me mantinha na posição vertical.

Me senti cativada, protegida e possuída.

Ele deu uma mordida perigosa no meu pescoço, com tanta força que vi estrelas enquanto provocava mais dessa euforia em mim, tanto com a mordida como com os dedos.

Eu não conseguia me mover, tão cativada por todas as sensações que meu corpo inteiro pareceu congelar. E então fui derrubada por uma onda arrebatadora que me deixou ofegante, implorando e gemendo.

Ele me rasgou ao meio.

Arrancou o ar dos meus pulmões.

Queimou minha pele e me deixou tremendo loucamente.

— É isso aí, Juliet — ele sussurrou, seus lábios roçando minha orelha. — Sinta.

Estremeci contra ele conforme meus membros se recusavam a funcionar. Minha boca permaneceu aberta em um gemido sem fim enquanto o fogo chamuscava todos os meus nervos.

Pareceu levar uma eternidade para que as sensações avassaladoras diminuíssem.

E mais alguns minutos depois para eu perceber que estava no colo de Darius.

Estávamos na minha cama comigo aconchegada a ele.

Sua boca roçou minha testa e têmpora enquanto ele não parava de sussurrar coisas tranquilizadoras no meu ouvido.

Pisquei, atordoada.

O que acabou de acontecer?

Darius colocou meu cabelo atrás da orelha e segurou minha bochecha.

— Você goza de um jeito lindo, querida. — Ele traçou meu lábio inferior com a ponta do dedo enquanto falava. — Estou ansioso para sentir isso quando estiver dentro de você.

Senti a pulsação em meus ouvidos. Ele pretendia fazer isso agora?

Seu dedo deslizou na minha boca, me apresentando a um sabor almiscarado que eu nunca havia experimentado.

Percebi que era *meu gosto*.

Esta era a mão que ele usou para me dar prazer.

Minhas pernas se apertaram, despertando um tremor.

Seus olhos brilhavam com fogo quando suguei minha essência da sua pele.

— Vou gostar muito de te ter de joelhos — ele sussurrou de um jeito sombrio enquanto traçava meus lábios. — Mas não agora.

Sua boca capturou a minha, me chocando profundamente.

Vampiros não beijavam humanos.

Mas este, definitivamente, estava me beijando.

A língua de Darius deslizou através das minhas defesas, me persuadindo a responder. Nunca havia experimentado algo assim, mas achei bastante agradável, especialmente a maneira como seus lábios acariciaram os meus.

Tentei devolver o movimento, aprendendo suas preferências a cada caricia. Minha essência se misturou à dele, aprofundando nosso beijo e criando uma atmosfera intoxicante de dependência.

Seus dedos entrelaçaram meus cabelos, me segurando enquanto ele devorava minha boca, e eu gemi de satisfação. Ninguém nunca me tocou dessa maneira, como se eu fosse importante.

Embora eu entendesse que tudo isso era resultado de meu objetivo temporário aqui, uma pequena parte de mim esperava que pudesse se tornar minha realidade permanente.

Darius afastou sua boca de mim e pressionou a testa na minha enquanto nossas respirações pesadas enchiam o ar. Ele havia terminado sua lição agora e me livraria da minha virgindade? Ou ele tinha outra coisa em mente?

Eu não sabia mais o que esperar.

Ele quebrou todas as formalidades.

E se alimentou sem me machucar.

— Prazer — Darius murmurou. — Agora você o experimentou. — Ele me beijou de novo, com mais suavidade desta vez, antes de se afastar para olhar nos meus olhos. Suas íris tinham escurecido para um verde floresta de um jeito hipnótico e bonito.

— Juliet. — Ele pronunciou meu nome com uma autoridade que exigia atenção.

— Sim, senhor? — Pensei que talvez tivesse dito seu nome em voz alta antes, mas não conseguia me lembrar. Outra regra quebrada.

— Você deve se oferecer a mim quando desejar prazer, não porque deseja atender a um comando. Entendeu?

Pisquei para ele. Suas palavras eram claras, mas o significado por trás delas me confundiu. Meu dever era fornecer sangue e sexo. Por que meu desejo entraria em nosso acordo?

Ele arqueou uma sobrancelha, esperando.

— Sim, senhor. — As palavras saíram antes que eu pudesse detê-las enquanto meu treinamento assumia. *Um mestre descontente era um mestre irado.*

— Ótimo. — Ele roçou os lábios na minha testa e me colocou de lado. — Agora vista uma roupa da sua escolha e me encontre no corredor. Quero te mostrar algo.

Capítulo cinco

AQUILO CORREU BEM.

Merda.

Esfreguei a mão no rosto e usei a parede como apoio enquanto esperava Juliet se juntar a mim no corredor. Era melhor que vestisse roupas ou eu perderia o controle.

Quando soube que ela não havia saído do quarto a noite toda, pensei que seria necessário ter uma conversa sobre expectativas. Deveria ter deixado Ida lidar com isso. Mas, não. Decidi que um passeio pela casa seria uma boa forma de começar a fazer Juliet confiar em mim.

Em vez disso, quase transei com ela.

O que você prefere que eu vista?

Falei a primeira coisa que me veio à cabeça, e ela entendeu de forma literal.

Primorosa nem começava a descrever Juliet nua. Suas curvas delicadas e a pele macia foram projetadas com o gênero masculino em mente.

E aqueles lábios... falei sério. Mal podia esperar para tê-los em volta do meu pau. Que agora estava duro como pedra.

A porta rangeu quando Juliet girou a maçaneta.

Prendi a respiração.

O que uma mulher criada para usar vestidos transparentes prefere usar quando pode escolher? Deixei Ida encarregada do guarda-roupa de Juliet. Quem podia imaginar o que ela comprou?

— Isso é aceitável, senhor? — Juliet perguntou baixinho enquanto se juntava a mim no corredor.

Preferi quando ela me chamou de Darius no quarto. Foi o primeiro deslize em sua fachada educada, e eu pretendia continuar por esse caminho. Talvez na forma de mais orgasmos.

Escondendo minha diversão com essa promessa, me virei para examinar sua escolha de roupa. Um vestido preto sem alças que terminava logo abaixo da bunda e abraçava todas as suas curvas. Ótimo. Exatamente o que meu pau pedia.

Pelo menos, não era transparente.

Pigarreei e assenti.

— É, sim. — Eu teria que encontrar uma razão para ela se curvar em algum momento só para ver o que ela usava por baixo. Podia apostar que não havia nada.

E agora esse pensamento me torturaria durante toda o nosso passeio. Fantástico.

Nota para mim mesmo: solicitar a Ida que compre um guarda-roupa mais apropriado para Juliet.

— Vamos? — Não esperei que ela concordasse quando comecei a seguir na direção oposta da escada. Seus pés descalços se moveram silenciosamente pelo piso de madeira enquanto ela me seguia com obediência. O estrondo em seu estômago me disse que ela mentiu sobre estar fome ou só agora estava percebendo que precisava de comida. Eu abordaria esse assunto após nossa primeira parada.

— Esta — gesticulei para a porta mais próxima da dela — é a

entrada dos meus aposentos.

Seus olhos escuros se arregalaram quando virei a maçaneta.

— Nervosa? — Não pude evitar a provocação quando entrei na área de estar. Ficar nua diante de mim não foi um problema, mas mostrar a ela meus aposentos provocava um rubor em suas bochechas. Intrigante.

— Sim, senhor — ela sussurrou enquanto parava ao meu lado. Seu cheiro suculento me envolveu, fazendo meus incisivos doerem pela necessidade. A mordida em seu quarto tinha sido para ela, não para mim. Eu ansiava muito mais, mas exigia que ela entendesse primeiro. Sem isso, tudo falharia.

Mas isso não me impediu de me divertir um pouco.

Coloquei a palma da mão na sua nuca e entrei em seu espaço pessoal. Seus seios roçaram meu peito quando ela respirou fundo. Surpresa misturada com medo e algo decididamente feminino brilhava em seu olhar.

Desejo.

Pressionei os lábios em sua orelha.

— Pode entrar no meu quarto sempre que quiser, querida.

Acariciei seu pescoço no local em que a mordi mais cedo. A pele já havia sarado, graças aos meus cuidados. Um dia, eu a marcaria como minha, assumindo que ela atendesse às minhas expectativas.

— Mas devo avisá-la — acrescentei enquanto arrastava os dentes sobre sua pele macia. — Quando vier me visitar aqui, assumirei que você precisa de prazer e exigirei que o favor seja devolvido. — Minha língua traçou sua pulsação crescente para pontuar o aviso.

Sorri quando Juliet arqueou o pescoço em um convite silencioso. Ela não tinha ideia do que estava fazendo, mas teria. Em breve.

— Venha, Juliet — sussurrei. — Ainda temos várias paradas em nosso passeio. — Dei um beijo demorado em sua garganta e deslizei o nariz sobre sua clavícula corada.

Possuí-la valeria a espera.

Soltei sua nuca e a deixei de pé no centro da área de estar. Ela finalmente me alcançou na escada, apoiando os pés na madeira.

Olhei para suas bochechas coradas e lutei contra um sorriso. A mulher exibia sua excitação lindamente.

— Como mencionei antes, você pode passear pela propriedade quando quiser — murmurei enquanto subíamos ao vestíbulo. — Se eu precisar de você para um compromisso social, avisarei. E quanto a tentar escapar, eu não recomendaria.

Hectares de terra e árvores cercavam a mansão e, além disso, havia pequenas colônias de lycans. Eles não seriam muito gentis com uma virgem de sangue errante.

— Fugir? — Juliet repetiu com a voz calma. — Para onde eu iria?

— Tem razão — concordei enquanto a levava para a cozinha. Gladice deixou um prato no balcão para Juliet. Levantei a tampa para verificar se estava quente e decidi que serviria. — Coma alguma coisa, depois vamos continuar. — Puxei um banquinho e arqueei uma sobrancelha, desafiando-a a discutir.

Ela estudou a oferta com uma expressão curiosa enquanto se acomodava no assento almofadado. O vestido subiu nas coxas, não que ela parecesse notar ou se importar. Mais uma vez, me perguntei o que ela usava por baixo. Seria tão fácil descobrir, mas o mistério quase me divertia mais.

Peguei um jogo de talheres em uma gaveta e entreguei a ela quando me sentei na sua frente na ilha da cozinha.

— Obrigada — ela murmurou enquanto selecionava o frango no prato.

Cruzei os braços sobre a bancada de mármore.

— Não precisa me agradecer por nada, Juliet. — Fui sincero.

O mundo que ela conhecia não se parecia com o que eu me lembrava. Por toda a vida, disseram a Juliet que seu único objetivo na Terra era ser fodida e sangrar. E ainda que o predador em mim entendesse isso, o homem em mim ficava horrorizado.

Vampiros e lycans eram raças superiores — sem dúvida —, mas com esse status vinha um senso de responsabilidade do qual meus irmãos pareciam ter se esquecido. Mesmo escravas mereciam ter direitos.

Ela comeu em silêncio, mas as perguntas irradiavam do seu olhar. Continuei quebrando as formalidades incutidas em sua cabeça, mas ela não argumentava. Doía ver uma mulher tão aleijada pelos ensinamentos da sociedade, e me doía ainda mais ver que Juliet não conhecia nem percebia sua natureza destruída.

Ainda assim, nada era comparado ao que eu tinha que fazer a seguir.

Era quase cruel, mas precisava quebrar sua bolha e só conhecia uma maneira de fazer isso.

Contando a verdade.

— Não sou muito versado na sua educação, além do dossiê que recebi durante o leilão. Você fala várias línguas, suas habilidades aritméticas são adequadas e é a favor da biologia – todos itens que admiro. O que não sei é o quanto você conhece de história.

Ela terminou de mastigar e apoiou o garfo no prato. Seus olhos buscaram o local, procurando por algo antes de pousar na pia.

Percebendo o que ela precisava, me levantei e peguei um copo para encher de água. Seus olhos curiosos encararam os meus quando entreguei a ela. Outra formalidade arruinada: eu servia a serva.

Juliet tomou um gole a mais do que o necessário antes de deixá-lo de lado.

— Obrigada... — Ela mordeu o lábio, interrompendo o resto das palavras que eu disse a ela que não eram necessárias há poucos instantes.

— Você tem permissão para me agradecer — esclareci. — Mas não é obrigatório.

Seus olhos amendoados sugeriam que precisávamos começar por aqui, e não com a lição de história. Vinte e dois anos no Coventus a haviam moldado em uma escrava perfeita para os padrões dos vampiros. Obediente, subserviente e respeitadora. Eu precisava reorganizar sua percepção das regras.

— Terminou de comer? — perguntei antes que ela pudesse falar. Ela havia consumido a mesma quantidade da noite anterior, mas queria ter certeza.

— Sim, senhor.

— Excelente. — Me afastei do balcão. — Me siga.

Ela não esperou ser avisada duas vezes e seguiu atrás de mim.

— Minha educação incluiu uma compreensão completa da

Aliança de Sangue. Também sou versada em geografia, nas famílias reais de vampiros, clãs reais e assuntos do governo geral.

Olhei por cima do ombro.

— O que faz de você a escrava perfeita para alguém da classe.

— E exatamente por isso a escolhi. — Mas nada disso é história, Juliet. Ninguém te ensinou sobre o mundo antes das regras dos lycans e vampiros?

Seu cenho franzido respondeu à minha pergunta.

— Não, claro que não — murmurei enquanto passávamos pelo grande salão de baile. — O Coventus não gostaria que você soubesse dessas coisas. Fortalece seu treinamento acreditar que sempre foi assim.

— Eu... não sei responder, senhor.

— Imaginei que não saberia. — Parei do lado de fora de um conjunto de portas de vidro e me virei para encará-la. — Você existe para servir e agradar aos vampiros aristocratas. Seu sangue, especificamente, é a razão pela qual você foi escolhida para esse caminho. Mas a vida nem sempre foi assim, Juliet.

Empurrei as portas para a biblioteca e entrei com o olhar no dela.

— Antes de te dar uma tarefa, quero esclarecer algumas coisas entre nós.

Sua atenção se voltou para as estantes do chão ao teto que cercavam todas as paredes disponíveis na sala antes de espiar as janelas com vista para o vibrante pátio do jardim atrás de mim. Ela engoliu em seco quando olhou de volta para mim, suas bochechas ficando vermelhas de remorso. Levantei uma mão antes que ela pudesse se desculpar por estar distraída. Eu entendia. Era uma visão magnífica. Por isso a construí.

— O medo é um belo mecanismo de treinamento. É o que minha espécie instiga nos humanos para garantir certo comportamento. — Entrei em seu espaço pessoal e segurei seu queixo para inclinar sua cabeça para trás. — Não desejo que você tenha medo de mim, Juliet. Embora aprecie sua obediência, também busco sua disposição.

Passei o polegar sobre seus lábios, silenciando qualquer resposta programada que ela tivesse planejado.

— Minhas regras são simples. Não ligo para formalidades em minha casa e espero que cuide de si mesma. Você é livre para andar por aí à vontade, o que inclui tudo e qualquer coisa dentro dos limites da propriedade. Quando eu precisar de algo, eu a informarei. Caso contrário, seu tempo é seu. Entendeu?

Ela me observou com as pupilas dilatadas pela incerteza.

— Eu... acho que sim, senhor. — A hesitação em seu tom, juntamente com aqueles olhos reveladores, não me deixou com grande confiança em sua compreensão.

Em vez de explicar mais, soltei seu queixo e me virei para uma área da biblioteca que continha alguns dos meus livros favoritos. Tarefas eram coisas que ela podia apreciar, e eu tinha uma horrível para ela.

Peguei alguns dos textos mais antigos das prateleiras e os coloquei em uma mesa perto da lareira. Isso seria suficiente para iniciar sua reeducação. Quando me virei para explicar, a encontrei observando o item ao lado da lareira, perto do sofá de grandes dimensões.

— Uma televisão — expliquei ao lado dela. — Essa tecnologia não é mais criada, mas os humanos adoravam cinema. — A minha ainda funcionava com o media player anexado. Só a usava quando meu lado nostálgico exigia. — Pelo que sei, ainda são bastante populares na comunidade lycan.

— O que isso faz? — ela perguntou com a cabeça inclinada para o lado.

— Exibe filmes como se fosse um livro ganhando vida. Podemos assistir algum dia.

Ela piscou para mim.

— Isso é algo que requer permissão? — Finalmente encontrei algo que a intrigou.

— Não — murmurei. — Mas requer um tutorial. — Um que eu não tinha paciência para esta noite. — Tenho uma tarefa para você primeiro.

Ela olhou os livros sobre a mesa.

— Você deseja que eu leia?

— Sim. — Apertei as mãos nas costas para não tocá-la. Nenhuma quantidade de calmante da minha parte suavizaria minhas intenções com ela. — Você pode saber como a Aliança de Sangue opera hoje, mas não sobre como ela surgiu.

Juliet pegou o primeiro texto - um livro de história global.

— Havia um conselho antes disso?

— Havia muitos, incluindo vários governos humanos.

— Governos humanos? — ela repetiu, erguendo as sobrancelhas.

— Leia — murmurei. — Quando terminar, venha me encontrar e discutiremos mais. — Fiz um movimento para deixá-la, mas parei quando passei por outra prateleira e pensei melhor. — Quando terminar, selecione alguns livros desta prateleira. Eles devem fornecer as evidências necessárias para você acreditar. — Os manuscritos continham várias figuras, todas representando as guerras mundiais e algumas a respeito da tentativa de expurgo de linhagens imortais.

Os humanos falharam. Miseravelmente.

— Não planejo viajar pelas próximas três semanas, Juliet. Também não temos compromissos. Portanto, fique à vontade para tomar seu tempo e vir até mim quando estiver pronta. — Comecei a seguir em direção à porta e parei novamente. — E pode ler onde quiser, mas não se esqueça de comer. Lembre-se, você tem permissão para explorar a propriedade sem acompanhante.

— Sim, senhor — ela falou, com o foco no livro e não em mim.

Que começasse a reciclagem.

Capítulo seis

— ONDE ESTÁ A BONECA? — Ivan perguntou enquanto passava devagar pelas portas de vidro.

Me abaixei no chão e me virei.

— Está se referindo a Juliet?

— Boneca parece mais apropriado, mas, sim. — Ele parou ao meu lado com as mãos enfiadas nos bolsos da calça.

Completei várias flexões antes de me levantar. O exercício não era necessário, mas eu precisava da distração hoje.

— Está na biblioteca. Lendo.

Ivan bufou.

— Foi o que você disse semana passada.

— E ainda está lá. — Estiquei os braços sobre a cabeça e girei o pescoço. — Quer fazer uma corrida comigo?

Meu melhor amigo me olhou e balançou a cabeça, confuso.

— Por que você simplesmente não vai transar com ela? Não é por isso que ela está aqui?

Deixe para Ivan pensar com o pau em vez de com a razão.

— Você sabe por que ela está aqui.

— Sim, eu sei, e parte disso exige transar com ela. — Ele acenou com a mão para a minha calça. — Quero dizer, isso é um absurdo, companheiro. Você nem gosta de correr.

Era verdade, mas eu precisava de uma distração física para me impedir de procurar o perfume delicioso que chamava todos os meus instintos.

Juliet já estava na biblioteca há dez dias, raramente saindo, mesmo para dormir. Tive que me impedir várias vezes de entrar lá para lembrá-la de comer. Felizmente, Ida fez essa parte para mim.

Quando mencionei três semanas, nunca imaginei que Juliet fosse demorar tanto tempo. Só pretendia que ela lesse alguns livros e depois me fizesse perguntas. Mas não, ela simplesmente continuou folheando as páginas sem o menor sinal de preocupação. Eu queria usar a verdade para quebrar seu condicionamento, mas não parecia estar funcionando.

O que significava que eu estava morrendo de fome sem motivo.

Eu poderia entrar lá e transar com ela — como Ivan falou de forma tão eloquente — e então obrigá-la a seguir minhas ordens. E eu faria, se fosse o caso.

Ivan cruzou os braços de maneira condescendente.

— Já tentou falar com ela?

— Minhas palavras não serão suficientes, não com o treinamento que ela recebeu. — Passei os dedos pelos cabelos e soltei um suspiro. — As virgens de sangue são submetidas desde muito jovens e a servidão está arraigada em sua psique. Esse tipo de lavagem cerebral não se supera com tanta facilidade.

— Mas você acha que alguns livros vão fazer isso?

— Isso fornecerá a Juliet um contexto histórico do que os humanos costumavam significar para este mundo e criar dúvidas. — Uma vez que eu conseguisse isso, poderia reorganizar seu pensamento e provocar uma necessidade de vingança. — Mas ela já leu mais de quinze livros e não pediu nenhum esclarecimento.

— Será que ela acha que é tudo ficção? — Ivan perguntou.

Também considerei essa possibilidade.

— Se for o caso, não sei como convencê-la do contrário.

Vampiros e lycans haviam reestruturado completamente o mundo para ocultar todas as pistas de que um governo da humanidade existiu. A esperança não vivia mais aqui. Todos os meus livros eram considerados propaganda ilegal, não que eu tivesse a intenção de desistir deles.

— Você irá descartá-la por uma nova? — O tom de Ivan sugeria que ele não dava a mínima, mas eu sabia que, no fundo, ele se importava. — Supondo que ela esteja com defeito, quero dizer.

— Se ela se mostrar incapaz de ser treinada, teremos que buscar uma alternativa — admiti. O novo plano não exigiria uma substituição, mas uma abordagem mais drástica. — Mas meu objetivo é que não chegue a isso.

— Certo, porque você quer a obediência dela, o que ainda digo é uma perda de tempo. — Seus olhos escuros brilharam à luz da lua quando ele os semicerrou. — Você tem os meios para concluir esta tarefa, mas se recusa a fazer o que precisa ser feito. Apenas force-a a beber algumas vezes e transe com ela, Darius. Então ela será sua *Erosita* e você poderá controlá-la.

Apertei a parte de trás do pescoço para me impedir de dar um soco nele. O cretino estava certo, é claro. Eu poderia resolver esse problema em algumas noites, se me dedicasse a isso. Mas ansiava pelo consentimento dela. Não exigiria, a possuiria, mas queria que ela estivesse disposta, não que fosse coagida.

— Você está jogando um jogo mental precisassem necessidade — Ivan continuou —, porque está entediado.

— Ou talvez eu queira ser melhor do que os homens que pretendo matar — sugeri enquanto revirei o pescoço novamente. — Sério, preciso correr. — Qualquer coisa para me distrair dos pensamentos de entrar na biblioteca e fazer exatamente o que meu amigo sugeriu.

— Não, você precisa se alimentar — Ivan grunhiu. — Acabei de aproveitar a companhia de uma prostituta de sangue bonita e, no entanto, minhas presas estão doendo com o cheiro da sua Juliet.

— Ahhhh, você está preocupado comigo. Isso é fofo. — Eu

me afastei, sabendo que o idiota escolheria me seguir. Ele sempre fazia isso.

— Você é um idiota — ele murmurou quando encontrou meu ritmo. — Um lunático do caralho também.

— Você xinga demais.

— Vá se foder.

Sorri

— Sugestão anotada e ignorada.

— Como se isso te chocasse. — Ele puxou as mangas do suéter caro até os cotovelos, mais por hábito do que por necessidade. — E você pode fazer tudo o que quiser, companheiro, mas nós dois sabemos do que você precisa.

Minhas mãos se fecharam.

— A coroação será em seis meses. Tenho tempo de sobra para reprogramá-la. Vai ficar tudo bem.

— Está bem — ele repetiu. — Admito que a Juliet é linda e seu cheiro é como de um anjo, mas ela é a casca de mulher e nem de longe será capaz do que você precisa para fazer isso. Você acabará obrigando-a de qualquer maneira.

Aumentei o ritmo e joguei minha frustração na terra.

Ivan não estava dizendo nada que eu já não soubesse. Juliet tinha os ativos, mas se não conseguisse convencê-la a usá-los da maneira que precisava, teria que forçá-la. Ela era um investimento muito caro para ser descartado e a compra de uma substituta criaria especulações com as quais eu não podia lidar.

Tinha que continuar com o processo.

O primeiro passo era destruir seu condicionamento.

O segundo, seria convencê-la a trabalhar comigo.

E o terceiro seria treinar todos os seus instintos.

Em seis meses.

Não era a melhor linha do tempo, mas poderia ser feito. Supondo que eu tivesse escolhido a virgem de sangue certa.

Me abaixei quando bati nas árvores que ladeavam o pátio e encontrei minha trilha preferida na floresta. Ivan xingou ao meu lado por causa dos sapatos, mas não recuou.

Nenhum de nós precisava do treino. Estávamos congelados para sempre nos nossos trinta anos, graças à genética dos vampiros, mas eu ainda desfrutava de fazer um bom esforço físico. Expurgava energia desnecessária e mantinha meus reflexos sob controle.

— Juro que você é parte lycan — Ivan murmurou enquanto pulava sobre uma raiz estendida. — A próxima coisa que eu sei é que você vai me mudar.

— Você reclama demais. Da próxima vez, vou ligar para o Trevor.

— Ah, certo, como se ele fosse se enlamear por sua causa.

Verdade. Trevor apenas esperaria no começo da floresta até que eu voltasse.

— Pelo menos, seria uma corrida tranquila.

— Você não me chamou para vir pelo silêncio.

E era por isso que eu considerava Ivan um dos meus melhores amigos. Ele me conhecia quase tão bem quanto Cam me conheceu.

Corri em silêncio por alguns minutos antes de admitir:

— Quero falar sobre o plano secundário.

— Não brinca.

— Ainda não desisti da Juliet — continuei, ignorando o seu comentário. — Mas encontrei o bode expiatório certo.

Ele pulou sobre um tronco e pousou com habilidade.

— Lycan ou vampiro?

— Nenhum dos dois. Um ladino. — Dei a volta em uma árvore larga e subi uma ladeira íngreme sem interromper meu ritmo. Um dos muitos benefícios do vampirismo era o aumento da velocidade, a agilidade e a capacidade de manter uma conversa enquanto corria.

— Tornar isso um ataque desonesto afasta a culpa de nós e liberaria a cadeira do soberano novamente — acrescentei.

— E mantém seu nome no escuro — Ivan apontou. — Anulando, assim, o propósito — Ivan apontou.

— Não necessariamente. — Pulei sobre uma rocha maciça e usei uma insinuação da minha velocidade vampírica aprimorada para me impulsionar com mais rapidez. — Isso prolonga um pouco o jogo, mas existem outras maneiras de inserir meu nome nas massas.

Ivan assobiou.

— Você está falando de anos depois, companheiro. Nosso amigo da realeza não ficaria feliz com isso, e os outros também não.

— É um plano de contingência — esclareci. — Para ser usado se Juliet não der certo. — Mas eu tinha toda a intenção de conquistá-la. — Ela ainda é a nossa melhor opção.

— É por isso que digo para acabar logo com isso, para que possamos começar o treinamento. — Ele circulou uma árvore e me encontrou do outro lado. — Ou a dê para mim e lidarei com isso para você.

Uma imagem vívida de Ivan *lidando* com Juliet turvou minha visão. Ela não recusaria, talvez até gostasse. Assim como ela gostou da minha mordida enquanto eu estava no seu quarto...

Seu corpo se moveu com sensualidade contra o meu quando ela se rendeu aos prazeres do meu toque. Ainda podia ouvir seus gemidos e o jeito que ela disse meu nome enquanto estava no auge do clímax. Meu pau estremeceu com a lembrança sensual, depois morreu com o pensamento da sugestão de Ivan.

Eu podia imaginar isso claramente — seu corpo pegando o dela enquanto suas presas penetravam em seu pescoço macio...

De jeito nenhum.

Uma energia negativa atravessou minhas veias, aqueceu meu sangue e nublou meu melhor julgamento.

Minha.

Ninguém, além de mim, tocaria na inocência de Juliet.

Dei uma cotovelada no idiota no meio do caminho, fazendo-o cair no chão com um grunhido.

Só de pensar que ele tinha o direito...

Minhas mãos se fecharam quando pensei em atingi-lo novamente com mais força. Parte da minha necessidade violenta era resultado da sede de sangue e fome desnecessária. Mas a outra parte era toda possessão.

— Ela é minha, Mikhail — avisei, usando o sobrenome dele. — O único que irá lidar com a Juliet serei eu.

— Idiota possessivo — ele resmungou quando se levantou do chão. — Foi uma oferta, não um pedido.

— Eu recuso.

— É óbvio. — Ele sacudiu algumas folhas do cabelo. — Quer lutar ou continuar correndo?

A hostilidade tingiu o ar entre nós. Ivan sabia muito bem como eu reagiria à sua "oferta", sugerindo que o cretino estivesse testando meus instintos possessivos de propósito. Parecia que ele queria brigar. Eu poderia aproveitar o esforço e ele seria um desafio decente.

— As duas coisas — decidi. Chutaria seu traseiro, depois continuaria minha corrida.

— Ótimo. Me bata então — ele provocou. — Ou tente.

Eu sorri.

— Da última vez que você me desafiou assim, acabei com seu rosto bonito.

Ele deu de ombros.

— Eu melhorei.

— Você chorou.

— Mentira. — Ele ficou em posição de luta. — Agora quero chutar seu traseiro só para provar minha teoria.

— Ah, é? E qual seria?

— Que estou bem alimentado e você está morrendo de fome. Talvez depois você finalmente se alimente.

Bufei.

— Mesmo meio morto, eu poderia superar você.

— Você está falando do Trevor — ele corrigiu. — Você me ligou porque queria um oponente real além da conversa animada.

Eu não poderia negar o que ele dizia.

— Pare de falar e me bata, Ivan.

Ele sorriu.

— Com todo o prazer.

Capítulo sete

HAVIA DEZESSETE LIVROS espalhados pelo chão da biblioteca — todos descrevendo um mundo onde os humanos governavam.

No entanto, nenhum deles mencionava lycans ou vampiros.

Exceto o que estava na minha mão.

Eu o encontrei enfiado nas prateleiras e o rabisco de uma letra masculina na capa chamou minha atenção.

A formação.

Parecia um caderno e não um texto de referência, mas, ao folhear as páginas manuscritas, finalmente encontrei algumas palavras que reconheci.

Me encolhi na cadeira enorme perto da lareira — aquele se tornou meu LUGAR preferido na última semana e meia — e comecei a ler as páginas.

Tudo começava com a descrição de uma guerra mundial entre humanos, algo que eu já havia lido cinco ou seis vezes nos outros livros. Era onde a maioria dos livros terminava, mas este começava — outro sinal de que eu havia escolhido algo novo.

Olhei as palavras familiares sobre armas nucleares e concordei com os comentários severos sobre humanos claramente querendo destruir o mundo. Então diminuí a velocidade ao ler uma nova passagem sobre os lycans.

O Clã Cyrus nos expulsou primeiro. Eles foram descobertos no final do século XXI por uma unidade paramilitar que procurava uma mulher desaparecida de uma cidade vizinha. Aparentemente, o Alpha gostou da filha do governador e a sequestrou. Então, na verdade, tudo mudou por causa de uma mulher.

Definitivamente, isso era um diário.

Continuei lendo sobre como os seres humanos tentaram testar os lycans de várias maneiras, resultando em falhas na compreensão de sua biologia. Alguns governos tentaram usar a genética deles para fins militaristas, mas falharam.

Enquanto isso, lycans e vampiros se reuniram em segredo para discutir o futuro da humanidade. Vários homens do clã ficaram furiosos com o tratamento do Clã Cyrus e exigiram retaliação, dando aos que desejavam um mundo reformado uma plataforma para se apoiar. Com isso, a Aliança de Sangue foi formada.

A cadência das palavras me fez lembrar de Darius. Considerando que o caderno estava enfiado em suas prateleiras, parecia apropriado que lhe pertencesse.

Virei a página, aprendendo mais sobre a revolta, onde as espécies superiores organizaram um ataque que destruiu mais da metade da raça humana e assumiu o controle do mundo.

Os seres humanos foram divididos em campos para serem testados. Espírito, força, inteligência, beleza e linhagem contribuíram para o destino de cada ser menor. A maioria foi exterminada, restando apenas trezentos mil pela triagem oficial.

A Aliança de Sangue elaborou requisitos legais adequados para lycans e vampiro e dividiu os mortais em seus campos requeridos. Todos os direitos morais foram removidos, rebaixando a humanidade para propriedade e, assim, proclamando-os como objetos a serem possuídos e controlados conforme desejado.

Tremi com a descrição muito real do meu propósito neste mundo. Os vampiros me viam como alimento vivo para ser apreciada à vontade e ignorada.

Porém, Darius abriu meus olhos para uma consideração totalmente diferente da minha espécie. Ele me permitiu olhá-lo, falar com ele e me concedeu prazer.

Mas tudo podia ser arrancado das minhas mãos com uma mera palavra sua.

Passei as unhas na página, considerando o propósito. Ele me pediu para revisar os textos, afirmando que eu deveria procurá-lo quando terminasse de ler os itens no chão e vários das prateleiras. Fiz o que ele me pediu, mas ainda não entendia por que ele havia me dado essa tarefa.

Ele queria me torturar com a história da minha espécie? Como os humanos foram menosprezados como brinquedos e usados para o prazer de vampiros e lycans?

Ou era puramente informativo e uma maneira de aprimorar meu treinamento geral?

Passei para a próxima seção, que definia os vários setores mortais. Fazendas de sangue, academias, competições de seleção imortal, haréns reais, antros de criação de clãs, campos de procriação humana — meus olhos semicerraram em um parágrafo que dizia respeito especificamente a mim.

As virgens de sangue são, talvez, a revelação mais intrigante. As linhagens são únicas e consideradas viciantes de forma quase letal. Foi feita uma provisão especial para permitir sua reprodução genética para uso exclusivo dos vampiros e, em troca, os lycans receberam sua própria linha mortal para jogos de lua cheia.

Mas o que é realmente fascinante é que essas virgens de sangue estão sendo preparadas para a sociedade de elite. Tanto homens quanto mulheres vivem em limites separados e são treinados nas artes dos assuntos intelectuais — ao contrário da maioria dos humanos — para se misturar melhor com a alta sociedade.

Eles também são preparados para serem escravos sexuais perfeitos, embora a maioria seja usada apenas uma vez antes de ser descartada. Os sortudos retornam ao Coventus para treinar futuras virgens enquanto a maioria é enviada para o ciclo de criação para procriar e, eventualmente, para as fazendas.

Meus lábios se separaram na última linha da página.

Ciclo de criação — para procriar mais virgens de sangue.

Minha dama de companhia sempre dizia que a maioria retornava ao Coventus. As anotações de Darius indicavam que não era esse o caso, que meu destino seria fazer sexo até que eu me provasse não ser mais proveitosa.

Minha espinha se arrepiou.

Eu existia para servir meu mestre, fornecendo a ele acesso ilimitado ao meu sangue e corpo. Esse era o único objetivo do meu ser. Não significava nada, apenas uma escrava para ser usada como ele desejasse.

E então eu seria descartada e usada para procriar mais para prazer futuro.

Mas esses livros descreviam uma história em que os humanos costumavam governar — não de forma boa, considerando todas as batalhas e guerras, mas pelo menos eles viviam. Enquanto tudo o que fiz foi servir.

Pisquei para afastar as lágrimas quando a confusão provocou buracos na minha existência borbulhante.

Por que eu?

Por que esse era o meu destino?

Por causa do meu sangue.

E como uma maldição, eu seria forçada a produzir mais da minha espécie. Então, essa criança seria enviada ao Coventus para ser treinada, assim como eu, para servir a um novo mestre antes de continuar o ciclo.

Meu estômago revirou, me lembrando de que eu havia me esquecido de comer novamente hoje. Mas o que isso importava?

Joguei o diário no chão e encontrei o livro de história que descrevia uma líder forte e feminina — humana. Ela não sorria, mas seus olhos revelavam inteligência e determinação. Os meus nunca se pareceriam com os dela. Quando me olhei no espelho, vi um ser sem alma que nada sabia sobre a vida. Porque eu residia em uma concha moldada pelos vampiros que eram superiores a mim.

Eles eram mais poderosos, mais fortes e imortais. Isso concedia a eles a capacidade de controlar todos que eram considerados inferiores e de possuir uma pessoa como eu.

Os humanos costumavam ter direitos.

Por que Darius exigiu que eu descobrisse tudo isso?

Só servia para provar meu lugar e tirar toda a minha esperança. Era isso que ele queria me mostrar? Caso eu tivesse ideias sobre o que estávamos fazendo aqui?

Preferia o meu estado de ignorância, sabendo apenas que a Aliança de Sangue sempre existiu como poder superior. Onde os humanos nunca estiveram em posição de autoridade. Onde eu não tinha noção de um futuro otimista.

Ele tirou tudo isso de mim com esta biblioteca.

Por quê?

Coloquei o livro da líder de lado e me levantei, determinada.

O que eu tinha a perder? Ele pretendia me usar e me jogar fora mesmo. Eu também poderia exigir uma explicação. Talvez ele me matasse por causa disso. Mas até isso tinha que ser melhor do que a procriação forçada.

Minhas mãos se fecharam quando saí da biblioteca e me virei em direção ao vestíbulo. Ele me disse para ir aos seus aposentos em busca de prazer. Também me disse para encontrá-lo quando eu terminasse. Bem, eu estava farta.

Que se danem as regras e a etiqueta.

Precisava de respostas e as queria agora.

— Juliet — Ida me chamou quando cheguei ao pé da escada.

Normalmente, eu responderia a ela com um sorriso recatado ou uma saudação educada, mas minha boca se revoltou contra as duas ações quando me virei para encará-la. Se ela notou minha falta de cortesia, não demonstrou.

— Se está procurando Mestre Darius, ele está lá fora com o Mestre Ivan. — Ela piscou e se afastou daquele seu jeito estranhamente tagarela.

Darius obviamente não havia lhe dado a mesma tarefa de leitura que eu, ou ela não ficaria tão contente com seu destino.

Por outro lado, ela não seria enviada aos campos de criação para produzir mais virgens de sangue.

Meus lábios se apertaram.

Do lado de fora.

Eu ainda não havia me aventurado além das portas desta casa grande. Darius me deu permissão para andar por aí à vontade, mas eu temia que pudesse ser um teste. Agora não me importava mais se eu passaria ou não.

Algo doce fez cócegas no meu nariz no caminho pela cozinha até a sala de jantar. Alguns dos criados de Darius estavam por ali, me olhando de forma curiosa enquanto eu segui direto para as portas de vidro que levavam ao pátio de grandes dimensões.

Hesitei. Essa poderia ser exatamente a forma como ele queria que eu reagisse e poderia estar lá fora esperando para me punir.

Mas ele também me disse para encontrá-lo quando eu terminasse de ler.

Os pelos dos meus braços se arrepiaram quando considerei quebrar a regra da qual minha dama de companhia me alertou para nunca violar. Exigir a atenção de um vampiro fazia o humano ganhar um castigo severo e até mesmo a morte.

Mas ele me instruiu a encontrá-lo depois que eu concluísse minha tarefa, e eu havia acabado com esses livros.

Preferia morrer a ser forçada a procriar.

E as fazendas?

Estremeci. Só o termo pintava uma imagem que eu não queria na minha cabeça.

Não era o meu futuro.

Eu me recusava a aceitar.

Por que você tem uma escolha?

Olhos humanos brilharam na minha cabeça novamente a partir da foto da líder que claramente havia vivido. Como eu me pareceria se enfrentasse Darius? Uma guerreira? Ou encararia o céu noturno sem vida?

Isso realmente importava?

Meus lábios se fecharam com força quando virei a maçaneta.

Eu não tinha nada a perder. Não havia vida para valorizá-la. Apenas regras que ditavam todas as minhas ações. Darius já havia quebrado várias. O que era mais uma?

O pátio de pedra congelou meus pés descalços enquanto eu caminhava para fora. Dei vários passos até perceber a gravidade do que havia acabado de fazer.

A única vez que me aventurei ao ar livre foi quando os guardas me escoltaram até a limusine de Darius. E, no entanto, acabei de sair como se isso não significasse nada.

Sem alarmes.

Sem guardas.

Pisquei.

Se conseguisse chegar a uma porta no Coventus, estaria cercada assim que tocasse a maçaneta. Não que eu tivesse pensado em tentar. Não havia motivo. Por que eu escaparia? Para onde eu iria?

A luz da lua iluminava um caminho para as árvores, quase me chamando para segui-lo. Pela janela, eu sabia que a floresta seguia ao longe, mas tinha que terminar em algum momento. Para onde isso me levaria? Para um destino pior? Melhor?

Dei um passo à frente e parei com a nova textura abaixo de mim.

Grama.

Que pitoresco.

Me ajoelhei para tocar as folhas frias quando um sussurro à esquerda me fez ficar de pé.

— Juliet... — O murmúrio acariciou meu ouvido, anunciando a presença de Darius assim que ele se materializou atrás de mim. O calor envolveu meu corpo quando ele pressionou seu peito nas minhas costas e envolveu o antebraço na parte de baixo do meu abdômen. — Olá, querida. — Ele deu um beijo no meu pescoço assim que Mestre Ivan apareceu diante de mim. Nem sequer considerei fugir e dois vampiros poderosos já estavam me prendendo entre eles.

Ivan se aproximou o suficiente para me tocar, mas não o fez. A luxúria brilhava em seus olhos castanhos quando ele me olhou com uma arrogância que eu nunca poderia igualar. Ele sabia que poderia me dominar com um movimento da mão e se empertigou com esse conhecimento. Seus lábios se curvaram em um sorriso, chamando minha atenção para o sangue brilhando no canto da boca. Isso dava um apelo voraz ao seu rosto bonito.

— Sem reverência e fazendo contato visual — ele meditou. — Mesmo na presença de um convidado. Eu chamaria isso de progresso, Darius.

Suas palavras jogaram água fria na minha cabeça, me fazendo ficar parada no lugar. Eu não tinha a intenção de olhar para o rosto dele ou encontrar seu olhar, mas havia entrado em um ritmo casual depois de passar muitos dias na biblioteca. Estava perdida em uma névoa de história e me esqueci de todo o meu treinamento.

Ou talvez eu tenha *escolhido* esquecer.

— Verdade. — Os lábios de Darius roçaram no meu pulso com a única palavra. — Você se aventurou aqui fora para nos alimentar, querida?

— A-alimentar? — repeti, sentindo a garganta seca.

Ivan passou os dedos pelos cabelos escuros e me avaliou com as pupilas dilatadas.

— Acho que sua Juliet tinha outras intenções. Que pena.

— Ivan está certo? Você me procurou com um objetivo diferente, Juliet? — Darius empurrou meus cachos para um lado, expondo toda a base da minha garganta enquanto eu lutava para me lembrar de como respirar. — Terminou de ler? — Seus dentes arranharam minha pele sensível, fazendo meu abdômen se contrair.

Agora eu sabia as sensações que acompanhavam sua mordida e uma parte sombria dentro de mim ansiava por outra. Era como se tivesse sido ontem que ele me segurou no meu quarto, mas eu sabia que não havia sido. Talvez á uma semana? Eu estive...

— Juliet. — Ele mordiscou meu pescoço em aviso, me trazendo de volta ao momento. — Você completou a tarefa que eu te dei? É por isso que se juntou a nós?

Engoli em seco — ou tentei. O calor nas minhas costas desmantelou minha determinação. Eu queria exigir respostas, mas a intenção e a possibilidade real não se assemelhavam.

Ele poderia me quebrar como faria com um galho.

Ou me mandar embora para procriar mais humanos...

— Li — respondi devagar, com a voz rouca. — As virgens de sangue entram no ciclo de reprodução antes de serem enviadas para as fazendas. — Engoli em seco novamente antes de acrescentar — Esse é o meu destino. — Uma nota azeda apareceu em meu tom, algo que eu nunca tinha ouvido antes. Ele não me deu tempo para contemplar.

— Humm, você encontrou meu diário. — Ele me virou em seus braços com a velocidade ultra rápida e entrelaçou os dedos nos meus cabelos. O luar projetava sombras assustadoras em seu rosto enquanto destacava suas íris verdes. Elas ardiam com uma fome que eu quase podia sentir, e ele parecia ter um hematoma na face direita. Fiquei bastante satisfeita ao ver aquilo, apesar de não ter conseguido determinar o porquê.

— Parece descontente com seu destino, Juliet — ele continuou. — Alguma razão específica para isso?

— Descontente — repeti, testando a palavra — por ser obrigada a procriar mais da minha espécie? Que minha descendência será oferecida ao lance mais alto e forçada a continuar o ciclo? E que inevitavelmente irei para uma fazenda? — Cada palavra fortaleceu minha voz, me elevando de um sussurro a um tom que eu nunca tinha ouvido sair da minha boca antes. — Depois de descobrir que os humanos costumavam ter direitos?

Por que ele me ensinou isso?

Ele quis me torturar?

Zombar do meu destino?

Provocar a pobre garota humana com uma falsa esperança que não existia mais?

— Eu diria que ela parece descontente — Ivan comentou com um sorriso na voz.

Minhas mãos se fecharam em resposta. Uma reação violenta que eu nunca havia considerado...

— Parece que sim — Darius concordou, sorrindo.

Essa diversão presunçosa fez com que cravasse minhas unhas nas palmas das minhas mãos. Quanta crueldade da parte deles em pegar uma pessoa fraca e rir da situação. Eu nunca tive escolha.

Estava mais do que descontente.

Minha cabeça girou com uma série de detalhes que nublaram meus pensamentos em uma névoa vermelha. Emoções estranhas fluíram através da minha consciência, aquecendo meu sangue.

Isso me consumiu.

Agarrou todos os nervos, exigindo algo que eu não conseguia articular.

Meu peito zumbiu com a necessidade de gritar.

E meus punhos cerraram com o desejo de machucar.

Não poderia fazer isso. Não conseguia respirar. Não com ele tão perto.

Tentei me afastar do seu domínio, mas ele não se mexeu. Em vez disso, riu.

Meus olhos se arregalaram quando um fogo floresceu em meu coração, fazendo com que meus instintos ficassem fora de controle.

Queria machucá-lo.

Chutá-lo.

Dar um soco nele.

Matá-lo.

Todos eles.

Nunca sequer considerei isso uma opção, mas saber que os humanos haviam lutado por suas vidas contra a espécie dele incentivou todos os tipos de pensamentos.

— Sim — ele murmurou. — Aí está a emoção que eu queria.

— Sim, boa sorte em domesticá-la, companheiro — Ivan falou enquanto se dirigia ao pátio dos fundos. — Não invejo a tarefa.

Capítulo oito

NO MOMENTO EM QUE o perfume de Juliet atingiu meus sentidos, voltei para a propriedade com Ivan atrás de mim. Eu raramente usava a habilidade de teletransporte, mas queria saber o que a trouxe para fora.

E eu não poderia estar mais encantado com a expressão furiosa no seu rosto. Suas bochechas tinham um lindo tom de rosa e isso aprofundou o fascínio de seus lábios carnudos. Mas foi o brilho em seus olhos escuros que mais me intrigou.

Esta era a mulher que eu queria convidar para jogar.

— O que mais você leu no meu diário? — perguntei. — Sobre o vínculo imortal?

Seu nariz se alargou.

— Você pretende me usar para o meu propósito e me enviar

para um campo de reprodução.

Eu sorri.

— Esse é o caminho normal, mas me diga o que mais você leu.

Ela tentou se afastar novamente, mas eu a segurei.

— Não desejo procriar! — ela gritou, me chocando.

— Juliet.

Ela se contorceu violentamente, seu corpo tremendo de emoção não reprimida enquanto lágrimas enchiam seus olhos.

Certo, gostei da raiva.

Disso, nem tanto.

Queria destruir o treinamento dela, não a própria mulher.

— Pare — exigi, segurando-a com mais firmeza. — Juliet.

— Não — ela sussurrou com a voz entrecortada. — Prefiro morrer. — Suas pernas cederam, deixando-a mole em meus braços. Eu a levantei com facilidade, embalando-a no meu peito enquanto ela chorava baixinho.

Minha determinação vacilou ao ver seu treinamento entrando em ação enquanto ela chorava. Manifestações de forte emoção eram punidas por minha espécie, daí sua tentativa de mascarar os soluços, permanecendo quieta.

Balancei a cabeça.

— Você não leu além da parte sobre procriação, não é?

Seus lábios se moveram, mas nenhum som escapou.

Interpretei isso como uma confirmação de que ela não terminou o diário. Ela provavelmente ficou chocada demais com aquilo. Uma pena, considerando que isso lhe daria um vislumbre da esperança de que ela tanto precisava.

Ivan entrou na casa ao primeiro sinal de emoção e me encontrou na porta dos fundos quando me aproximei. Ele não disse uma palavra enquanto eu passava por ele e pela equipe com Juliet.

Pensei em levá-la para o seu quarto, mas decidi que um desvio até a biblioteca beneficiaria a nós dois.

Ela não se mexeu nem fez barulho enquanto eu caminhava pela sala em que ela praticamente viveu nesses últimos dez dias.

Andei até seu arranjo bizarro de livros no chão. Vi uma foto familiar de uma ex-presidente e isso me lembrou de uma época em que os humanos governaram sem sucesso. Juliet deve ter achado isso fascinante, já que a deixou na cadeira para todo mundo ver.

Segurando-a com um braço, me inclinei para pegar o diário do chão.

— Você não terminou de ler.

— Não me importo — ela conseguiu sussurrar. — Me castigue. Me mate. Eu não ligo.

Essas últimas palavras foram mais murmuradas do que pronunciadas, mas entendi a determinação em sua expressão. Ela preferia a morte ao seu futuro. Eu não poderia culpá-la. A maioria sentiria o mesmo se estivesse em seu lugar.

Me acomodei na espreguiçadeira com ela no colo.

— Não quero te matar, Juliet. — Seria um desperdício de uma virgem de sangue primorosa. Afastei o cabelo do seu rosto bonito com a mão livre e estendi o diário com a outra. — Termine de ler.

Ela recusou o caderno e se encolheu no meu peito.

— Não. — Uma nota suplicante aumentou seu tom quando ela baixou o queixo para esconder o rosto.

— Não? — repeti, impressionado com sua recusa.

Ela parecia estar me negando e buscando conforto ao mesmo tempo. Uma combinação estranha, resultado de ter seu mundo virado de cabeça para baixo. Eu não pediria desculpas, mas poderia ser indulgente com ela. Até certo ponto.

— Então vou ler para você. — E esperava que a explicação adicional ajudasse a nossa situação.

Folheei as páginas familiares, procurando minha recontagem do processo de classificação.

Este diário tinha sido o meu jeito de lidar com a formação do nosso novo mundo.

Como ex-professor, eu morava em uma terra de livros e pesquisas. O costume de documentar as coisas veio naturalmente, mas parei de escrever quando a Aliança de Sangue alcançou um *status quo,* há quase um século. Sua operação era perfeita pelos cem anos aparando arestas e removendo todos aqueles que se opunham ao movimento — como Cam.

Os sussurros de uma revolução haviam morrido com a morte proclamada do meu criador, me deixando sem nada de novo para documentar.

Até recentemente, pelo menos.

Encontrei a seção que queria, terminando com a linha sobre as fazendas. Juliet não confirmou, mas eu tinha certeza de que era ali que ela havia parado de ler, então pulei para a próxima página.

— Existem poucos selecionados que são dotados de uma eternidade de servidão. Alguns podem considerar a morte alternativa preferível sob esses novos costumes, já que a cerimônia que antes exigia um acordo mútuo agora era manchada pela escravidão. Embora a sociedade zombe da noção da união de companheiros, ela ainda é considerada uma prática aceitável sob as leis da Aliança de Sangue.

Fiz uma pausa para garantir que tinha a sua atenção e a encontrei estudando o livro na minha mão. Seus ombros ainda tremiam, mas os soluços pararam. Tomei isso como um sinal para continuar.

— Uma vez que uma virgem de sangue – ou qualquer ser humano – passe pela cerimônia, ele é considerado propriedade valiosa e recebe certas permissões. Uma dessas concessões é a capacidade de participar de eventos sociais com seu mestre. Embora a sociedade de elite zombe do ritual, é inevitavelmente reverenciada e ganha certo prestígio que inspira inveja a muitos. Tocar a virgem de sangue de outro vampiro, especialmente uma que tenha direitos cerimoniais, é punível com a morte imediata.

E essa última parte foi o que mais me intrigou. Pois alguns homens não resistiam ao proibido, principalmente com alguém do calibre de Juliet. Marcá-la como minha *Erosita,* o que no passado seria considerado uma esposa, a tornaria irresistível aos meus irmãos, especialmente aqueles que ansiavam por poder.

Abaixei o diário e foquei na linda mulher aconchegada em meu colo. Ela usava outro daqueles vestidos curtos, me fazendo pensar no que Ida havia comprado para ela. Será que havia calça e camiseta comum?

— Eu... — Juliet umedeceu os lábios e franziu a testa. — Não entendo o que está tentando me dizer.

Sim, eu supunha que ela não entendia. Ou talvez ela suspeitasse, mas não queria ter esperança. Coloquei o diário na mesa lateral e passei os braços ao redor da sua cintura para abraçá-la.

O movimento reconfortante provavelmente a confundiu ainda mais, mas foi mais para mim do que para ela. Gostava da sensação de abraçar uma mulher, especificamente alguém com um cheiro tão delicioso.

— O objetivo de ler todos esses livros era te dar uma visão da história da humanidade. — Olhei para a variedade de itens no chão. Tudo, desde a mitologia antiga até a última guerra mundial estava ali. — Você leu tudo isso?

— Sim — ela sussurrou. — Mas não terminei o diário.

Já havia percebido.

— Você leu mais do que o suficiente para entender que os lycans e os vampiros nem sempre governaram e que o mundo nem sempre operou como é agora.

Ela assentiu enquanto parte do fogo ainda brilhava em seus olhos sedutores.

Ótimo. Era isso o que eu ansiava nela, essa raiva. Ajudaria a fazer essa conversa a fluir para minha vantagem.

— Se você acha que o tratamento dado às virgens de sangue é injusto, então deveria testemunhar um Dia do Sangue. — Saber que eu poderia fazer o que quisesse sem vingança não ajudava em nada. Mas sabia que seria muito mais doce se ela concordasse em me ajudar ao invés que obrigá-la a agir.

— Então o objetivo era me mostrar que minha vida poderia ser pior?

Sorri com o toque de irritação em seu tom.

— Não, querida, o objetivo era te dar contexto. Veja bem, tenho uma proposta para você e não poderia oferecê-la sem essa lição de história.

Ela se virou no meu colo para encontrar o meu olhar. Exigi que ela fizesse contato visual sempre que conversávamos, mas isso parecia diferente. Mais forte, mais confiante — como se ela sentisse que tinha o direito de me observar. Isso demonstrou uma falha em seu condicionamento e me animou.

— Uma proposta — ela repetiu, com o cenho franzido. — Sou sua para atender ao seu comando, senhor. Por que gostaria de me oferecer alguma coisa?

Segurei a parte de trás de seu pescoço e passei o polegar sobre seu pulso firme. Ela se acalmou consideravelmente desde que chegamos na biblioteca. Suas bochechas coradas e olhos inchados continuaram presentes, mas a respiração voltou ao normal.

— Humm. — Seus lábios eram atraentes demais. Tentei ignorá-los, mas estando tão perto dela, com seu corpo macio no meu colo, não pude resistir. — Seu objetivo sempre foi servir a um mestre com a intenção de que fosse temporário, certo?

Os batimentos cardíacos de Juliet aumentaram — só um pouco —, mas o brilho habitual de medo em seus olhos não apareceu quando ela assentiu. *Intrigante.*

— Pelo que entendi, te ensinaram a esperar a morte. — Servia como uma maneira de treinar os humanos a não reagir ao inevitável. Também funcionava como um mecanismo de lavagem cerebral para lembrá-los de seu lugar na base da cadeia alimentar. Eu a observei de perto e acrescentei — Não quero que seu serviço seja temporário.

Vi a ponta da sua língua umedecer os lábios quando minhas palavras atingiram o alvo.

— Você se refere... à cerimônia? Do seu diário?

— Sim. — Tracei a base do seu pescoço com o polegar e acompanhei o movimento com os olhos. — Mas quero algo em troca.

— O que você iria querer de mim? — ela perguntou baixinho.
— Já sou sua.

— Humm, é verdade. — Entrelacei os dedos em seus cabelos e a puxei para mais perto, deixando um centímetro entre nossas bocas. — Possuo seu corpo e sangue, mas o que desejo é a sua alma.

— Deseja me matar, senhor? — ela respirou contra meus lábios.

— Não, querida, quero te transformar no veneno perfeito. — Deslizei o nariz ao longo de sua bochecha corada antes de dar um beijo em seu pescoço.

Tentação personificada.

Meus incisivos doíam para mordê-la. Dez dias sem seu sangue foram longos demais. Peguei alguns dos doadores que moravam na minha propriedade, mas isso não diminuiu nem um pouco meu apetite. Na verdade, só me fez desejá-la ainda mais.

Ela engoliu em seco.

— Um veneno?

Sorri contra seu pescoço.

— Sim. Letal.

— Não tenho certeza se compreendo, senhor.

— Você é irresistível, Juliet — respirei em seu ouvido. — Ao fazer você ser minha durante a cerimônia, estou criando um fruto proibido do qual minha espécie não poderá resistir. E usarei essa tentação em meu favor. — Ela era o veneno perfeito, e eu pretendia explorá-la de acordo.

— Mas como você vai me usar, senhor? O que será exigido de mim? — A excitação engrossou seu tom quando seu corpo respondeu instintivamente aos meus desejos não reprimidos. Esse tipo de treinamento não podia ser ensinado. Tudo estava relacionado à linhagem dela e sua resposta natural a minha proximidade. Alguns consideravam um mecanismo de acasalamento, enquanto outros, um presente dos céus. Eu pensava nisso como uma oportunidade.

— Eu poderia responder de várias maneiras, querida. — Mas sabia o que ela queria dizer. — Se concordar com a cerimônia, vou usá-la para destruir meus inimigos. Eles nunca saberão o que os atingiu. E, definitivamente, vou te usar para satisfazer todas as minhas necessidades também. — Porque tê-la aqui e não desfrutar da delícia da sua companhia seria um desperdício de uma companheira de cama perfeita. — Mal comecei a demonstrar o que posso te oferecer, Juliet. — Dei um beijo embaixo da sua orelha e sorri ao sentir seu arrepio. — E acredito que mostrei que morar aqui pode ser bastante agradável para nós dois, não é?

— Mas... — Ela limpou a garganta. — Isso continuaria?

— Minha sedução?

— E as outras coisas — ela falou.

— Está se referindo ao prazer?

Ela gemeu enquanto eu explorava a base do seu pescoço com a língua.

— S-sim. — Não sabia dizer se ela disse aquilo como um

convite para que eu continuasse ou em resposta ao meu esclarecimento. Talvez os dois.

— Como mencionei durante a sua excursão pela propriedade, você é bem-vinda ao meu quarto sempre que desejar mais prazer. — Me movi para encontrar seu olhar. — Mas, hoje à noite, eu preciso disso.

Seu peito subiu e desceu em rápida sucessão. Foi tão bonito. Queria puxar seu vestido para revelar aqueles seios lindos e mordiscar cada centímetro. Dessa vez, eu tomaria, mas também daria.

— Meu objetivo é satisfazer suas necessidades, sejam elas quais forem — ela falou baixinho.

— Humm, mas insisto que você me dê tudo, Juliet. — Me afastei da tentação de seu sangue para capturar seu olhar hipnótico. — Você foi treinada para conviver com a alta sociedade, para conversar em vários idiomas e seduzir com o olhar. Todas as características admiráveis, mas o que desejo ensinar a você é muito diferente do que você já sabe.

Ela me olhou com uma inocência que eu planejava destruir. Imaginei que isso me faria o vilão da sua história, ou talvez o salvador.

— Concorda em aprender mais, Juliet? — Diminuí o aperto em seus cabelos para passar os dedos por seus cachos grossos. — Em troca, posso te oferecer a cerimônia inicial. Isso lhe concederá privilégios únicos na sociedade e te marcará como minha, te protegendo de qualquer futuro alternativo. E vai parar o seu envelhecimento. — Pelo menos, temporariamente. A troca de sangue teria que ser repetida várias vezes antes de eu reivindicar seu corpo, mas mesmo os estágios iniciais dariam a ela certos direitos e pontos fortes.

— Parar meu envelhecimento? — ela repetiu.

— Sim. O vínculo entre nós lhe concederá a imortalidade, querida.

Suas pupilas flamejaram.

— Imortalidade? — Uma nota de reverência tocou sua voz suave. Claramente, ela não havia entendido meu comentário sobre a eterna servidão do diário. — E, hum, o que a cerimônia exige?

— Sua vontade de atender às minhas necessidades — respondi. — Quanto ao ritual em si, você vai beber de mim. — *E eu vou te comer intensamente.*

Os olhos dela se arregalaram.

— Isso é proibido, senhor.

Eu sorri.

— Não, apenas o contrário é proibido. A cerimônia é permitida. Você entenderá depois que formos ao nosso primeiro compromisso social.

Vários iriam ridicularizar minhas ações, mas a maioria as invejaria. Virgens de sangue, especialmente alguém tão tentadora quanto Juliet, eram raras e cobiçadas. Comprá-la foi o primeiro passo para chamar a atenção para o meu ressurgimento na sociedade. Mantê-la seria o segundo. Às vezes, era preciso jogar o jogo antes de destruí-lo.

Peguei seus cachos sobre um ombro e me forcei a relaxar na cadeira. Tocá-la era uma obsessão, e eu precisava me concentrar.

— Imortalidade, prazer e segurança, Juliet. É isso que ofereço. Em troca, quero sua conformidade e cooperação em tudo o que desejo. Não será fácil, e você fará coisas para mim das quais não gostará, mas acredito que os benefícios superarão os pontos negativos no final. No entanto, a decisão é sua.

Capítulo nove

JULIET

"NO ENTANTO, A DECISÃO É SUA".

Não era verdade. Nada na minha vida era decisão minha. Minha existência se resumia a oferecer sexo e sustento a um mestre — algo que sempre aceitei. Não era um debate ou opinião, apenas um fato da vida.

Porém, os livros espalhados ao nosso redor pintavam um mundo diferente, um mundo onde os humanos tiveram escolhas e foram autorizados a viver como desejavam.

Esse mundo não prevalecia mais.

Eu não tinha direitos aqui.

Nem escolhas.

Viveria pelo prazer de Darius pelo tempo que ele me quisesse. Minha dama de companhia me preparou para a inevitabilidade de ser descartada, embora ela nunca tenha mencionado as alternativas.

O diário esclareceu tudo. As virgens de sangue não eram necessariamente mortas por seus mestres, mas eram enviadas para outro lugar para procriar.

E a um grupo seleto era oferecido a cerimônia.

Darius não explicou o que tudo isso implicava, mas deduzi o suficiente para entender sua proposta.

Se eu recusasse, ele me devolveria ao Coventus ou me mandaria para algum lugar pior. Ou talvez até me matasse. Ele poderia fazer isso e ninguém se importaria.

No entanto, ele alegou que a decisão era minha.

Uma mentira.

Aceitar a cerimônia era a única opção, mesmo que exigisse que eu desse tudo a ele. Mas meu objetivo era agradá-lo, com ou sem a oferta de imortalidade. Isso tornava sua proposta um presente, já que ele não me devia nada.

E morar com ele até agora não tinha sido tão horrível quanto eu esperava no início. Ele dava prazer quando a maioria provocava dor. Mesmo agora, seu olhar continha uma fome voraz que ele controlava com facilidade admirável. Pelo meu conhecimento limitado, os vampiros não esperavam, eles tomaram. No entanto, Darius tinha uma paciência que eu admirava e um toque que eu desejava.

Não havia escolha.

Eu aceitaria.

Recusar não me beneficiaria em nada, mas concordar me concederia uma oportunidade, mesmo que temporária.

Nunca seria realmente consentimento, não sem outra alternativa viável. Mas os humanos não tinham o direito de decidir. Nós só fazíamos como nos era dito. O que facilitou minha resposta.

— Farei o que quiser, senhor. — *É por isso que estou aqui.*

— Humm. — Ele inclinou a cabeça para o lado e passou o polegar sobre o lábio inferior. — Você fará, sim, mas não é exatamente isso que eu queria. — Suas pupilas dilataram enquanto ele me observava. — Bem, suponho que isso seja um começo.

Podemos revisitar meus requisitos depois que eu te ensinar mais sobre o que desejo que você faça.

— Claro, senhor. — Eu duvidava que isso me convencesse do contrário. Mesmo que ele escolhesse me transformar em veneno – seja lá o que isso significasse – eu faria o que ele me pedisse. Porque não havia outra opção a menos que eu quisesse procriar ou ser enviada para as fazendas. Felizmente, eu não o decepcionaria.

— Então iniciaremos a cerimônia — ele murmurou e suas mãos pousaram nos meus quadris.

Engoli em seco.

— Agora?

— Sim. — Ele me segurou com mais firmeza. — Monte em mim.

A eletricidade percorreu minha espinha enquanto eu me mexia para me sentar com as pernas abertas em seu colo. O movimento esticou o tecido do vestido, fazendo com que subisse para mais próximo dos seus dedos.

— Você não precisa beber muito de mim. — Ele deslizou a mão para cima e para baixo nas laterais do meu corpo, provocando uma trilha de calor através do tecido fino. — Mas vou exigir mais do seu sangue em troca, principalmente porque não me alimentei bem nas últimas duas semanas.

Observei suas olheiras. A maioria dos vampiros requeria nutrição diária, mas os mais velhos e mais fortes podiam sobreviver com pouco. O fato de ele não ter me procurado todos os dias para uma refeição dizia muito sobre seu status. Eu não havia considerado isso até agora.

Mas se ele não tivesse se alimentado muito, como disse, realmente precisaria muito de mim. Isso intensificaria sua mordida e, potencialmente, o prazer que a acompanhava. Ele mencionou a exigência mais cedo.

Um tremor percorreu meus membros enquanto eu pensava no que isso implicaria. Com certeza ele pretendia tirar minha virgindade também.

Isso me machucaria.

Mas eu também poderia gostar.

Há algo de muito errado comigo.

Todas as leituras e conversas inesperadas haviam atrapalhado meu ser. Eu não sabia mais o que esperar, mas uma coisa era certa.

— Estou pronta, senhor. — Agradá-lo não seria um sofrimento, mesmo que ele me infligisse dor. Empurrei meu cabelo para um lado para expor a garganta e facilitar seu acesso. Era minha maneira de convidá-lo a se alimentar, não que ele precisasse de convite.

Suas mãos desceram pelas minhas coxas expostas quando ele relaxou na espreguiçadeira e me olhou com os olhos enevoados. Todos os vampiros eram atraentes, mas minha respiração falhou com o desejo que irradiava dos belos traços de Darius. Ele realmente era um dos homens mais bonitos que já vi.

Não, isso definitivamente não seria uma dificuldade.

Ele passou os polegares na barra do vestido e puxou o tecido para cima. Os pelos dos meus braços se eriçaram quando ele contornou meu traseiro.

Engoli em seco.

Ele vai me tocar de novo.

Prazer...

O ar frio encontrou minha intimidade, provocando um tremor profundo.

Sim.

— Humm, como eu pensei — ele murmurou enquanto o tecido se avolumava ao redor da minha cintura. — Você não está usando nada por baixo deste vestido. — Seu olhar se desviou para o ápice entre as minhas coxas.

— Fui instruída a nunca usar roupas de baixo — sussurrei.

— Uma regra que pode continuar — ele falou enquanto sua mão alcançava o zíper nas minhas costas. Ele o abriu lentamente, pouco a pouco.

Minha respiração ofegou quando ele terminou. Eu já estive nua na sua frente antes, mas isso parecia diferente. Minha pulsação acelerou, não por medo, mas por desejo.

Quase pedi para que ele me mordesse, mas segurei as palavras antes que elas pudessem escapar em um gemido.

Ele puxou o vestido para baixo, expondo meus seios. Os mamilos se transformaram em picos dolorosos enquanto eu esperava o que viria a seguir.

Mas ele afastou as mãos e relaxou na cadeira.

— Linda.

Minha pele esquentou sob sua lenta inspeção visual. A sensação se agitou entre minhas pernas, implorando para que eu encontrasse atrito enquanto eu lutava para permanecer imóvel.

Ah, deusa...

Eu queria me contorcer.

Me deitar contra ele.

Procurar conforto.

Alguma coisa. *Qualquer coisa.*

— Senhor — murmurei, minha voz soando estranha aos meus ouvidos.

— Sim, Juliet? — Ele cruzou as mãos atrás da cabeça. — O que deseja?

— Eu... — Umedeci os lábios. — Gostaria de agradá-lo.

Ele ergueu uma sobrancelha.

— É mesmo?

Assenti.

— Sim. — Isso me daria uma distração da dor que se formava e também me permitiria tocá-lo – explorá-lo. — Ah, sim. Muito. — As palavras fluíram sem a minha permissão, mas não poderia retirá-las, mesmo que quisesse. A diversão irradiava dele.

— Muito bem. De joelhos, Juliet. — O comando em sua voz me acalmou e forneceu a orientação que eu desejava.

Saí do seu colo e fui para o chão, assumindo uma posição submissa, conforme solicitado. Este era o treinamento que eu compreendia. Ele se moveu para colocar os pés ao lado dos meus, me apoiando entre suas coxas fortes.

— Você pode me agradar de duas maneiras — ele murmurou enquanto abria a calça. Não era o tipo que ele usava normalmente, era do tipo esportivo. Achei que ele pretendia tirá-la, mas ele levou o pulso à boca e o mordeu com força suficiente para tirar sangue. — Beba.

— Para a cerimônia — sussurrei.

— Sim. — Ele levou a ferida aos meus lábios. — Antes que feche.

— Sim, senhor. — Não podia recusar, não quando ele usava esse tom. Agarrei sua mão e lambi com timidez a área que ele desejava.

Sua essência doce tocou minha língua, me surpreendendo.

Isso... não era horrível.

Na verdade, era bastante agradável.

Fechei os lábios sobre a laceração puxei mais para a minha boca. Sua mão agarrou a minha enquanto a outra apertava a parte de trás da minha cabeça para me segurar. Interpretei isso como um sinal para continuar bebendo e o fiz.

Um zumbido fervia em minha cabeça, fazendo meus olhos se fecharem. Isso me obrigou a chupar mais. Respondi de forma instintiva, puxando cada vez mais seu sangue e engolindo até que ele enfiou os dedos nos meus cabelos e me puxou para longe do seu pulso.

Minha respiração estava ofegante enquanto meu corpo desejava mais, mas ele me segurou com facilidade.

— Quero que faça isso com o meu pau. — Seu tom agudo me tirou do meu torpor e me forçou a agir. Ele me soltou para puxar a calça. Meu coração acelerou ao ver sua ereção proeminente. Nem todos os homens eram iguais, e Darius faria muitos dos que eu tinha visto passar vergonha.

E ele pretendia colocar isso dentro de mim...

Minhas coxas se apertaram em resposta.

— Sua boca, Juliet. Agora.

— Sim, senhor — respondi, me aproximando.

Posso fazer isso.

Minha dama de companhia havia me ensinado várias técnicas, tanto em demonstrações quanto na prática de itens com formas semelhantes. Mas nunca segurei um homem dessa maneira.

Agarrei a base e movi a mão com hesitação.

Tão quente... eu não esperava por isso. Nem pela pele macia.

Ele pulsou na minha palma, me incentivando a deslizar a mão novamente, desta vez com mais pressão que antes.

— Pare de me provocar e chupe meu pau — ele exigiu.

Me inclinei para frente e o tomei profundamente em minha boca, do jeito que sabia que ele iria gostar. Ele inclinou a cabeça para trás e gemeu em sinal de aprovação. Algo que senti em cada fibra do meu ser. Engoli o máximo que pude antes de recuar e começar de novo.

— Puta merda — ele grunhiu e suas mãos agarraram minha cabeça para ajudar a guiar meus movimentos.

Um desejo intenso se formou entre minhas pernas quando o imaginei entrando no meu corpo enquanto ele fazia isso com a minha boca.

Ah, deusa, nunca pensei que iria querer isso, mas eu queria.

Minhas coxas se apertaram enquanto eu gemia ao redor do seu eixo grosso.

— Faça isso de novo — ordenou com a voz rouca. — Diga meu nome.

Eu obedeci, não porque ele mandou, mas porque eu precisava.

— Darius — seu nome escapou da minha língua contra a cabeça antes de eu chupá-lo com tanta força que atingiu o fundo da minha garganta.

Ele segurou meu cabelo dos dois lados e se empurrou ainda mais para dentro de mim, tornando impossível respirar. Agarrei seus quadris em busca de apoio quando ele começou a estocar entre meus lábios.

Darius grunhiu meu nome e uma série de xingamentos enquanto eu lutava por ar. Cada impulso forte provocava uma dor que latejava dentro de mim, provocando um desejo de que ele me tomasse da mesma maneira selvagem.

Lágrimas ardiam nos meus olhos quando seus dedos se curvaram com mais firmeza, puxando meus fios. Seus movimentos deram um sinal que reconheci.

— Respire fundo, Juliet — ele murmurou.

Inspirei o máximo que ele permitiu e relaxei a garganta da melhor forma que consegui para aceitar seu prazer. Ele se aprofundou ainda mais, e meus lábios bateram na base do seu pênis enquanto gozava com um gemido possessivo.

Minhas pernas tremiam enquanto eu tentava não me engasgar com a invasão implacável. Ele afrouxou o aperto apenas o suficiente para me dar espaço para respirar e engolir enquanto permanecia na minha boca.

Encontrei seu olhar quando terminei, fazendo com que seus lábios se curvassem.

— Você vale tudo o que paguei e muito mais, querida. — Ele passou os dedos pelos meus cabelos enquanto se afastava da minha boca devagar. — Mas ainda preciso me alimentar.

— Sim, senhor — sussurrei. Minha garganta estava dolorida. Ele sorriu.

— Tire o vestido.

Peguei o tecido na minha cintura, puxando-o pela cabeça e jogando-o no chão enquanto continuava ajoelhada diante dele. Ele se levantou e se vestiu a apenas alguns centímetros do meu rosto.

A palma da sua mão acariciou minha bochecha enquanto ele olhava para mim.

— Você fica linda com meu pau na sua boca. Faremos isso de novo muito em breve.

Estava prestes a concordar com seus desejos quando Darius pressionou o polegar nos meus lábios, me silenciando.

— Se deite na espreguiçadeira com as pernas abertas — ele murmurou. — De barriga para cima.

Meus joelhos protestaram quando tentei me levantar, e ele estendeu a mão para me ajudar a sair do chão. Aceitei murmurando um "obrigada" antes de me acomodar na posição que ele pediu.

Ele me admirou por um momento, seu olhar tocando todos os ângulos expostos.

— Suba um pouco mais.

Me movi até minha cabeça bater na almofada de cima da cadeira enquanto ele se ajoelhava na parte de baixo da espreguiçadeira. Suas mãos apertaram minhas panturrilhas antes de deslizar mais para cima para abrir mais minhas pernas.

Meus ombros se contraíram quando ele se apoiou nos cotovelos e ficou entre as minhas coxas, colocando o rosto diretamente acima da minha vagina.

— Humm, você está brilhando. Eu aprovo, querida.

Estremeci quando ele deu um beijo de na minha parte mais sensível.

— Ah... — Cravei as unhas nas almofadas. — Senhor... — Minha pelve se contraiu enquanto ele sugava minha intimidade. —

Eu... — Eu não tinha palavras.

Parecia...

Surpreendente.

Contraditório.

Tremi mesmo quando um calor surgiu por dentro. Seus dedos percorreram minhas coxas e se juntaram a sua boca para me torturar ainda mais. Dois dedos entraram em mim ao mesmo tempo, me fazendo gritar e gemer simultaneamente.

Nunca, nem nos meus sonhos mais loucos, eu esperava algo assim.

Sua língua... não sabia que poderia se mover dessa maneira. Darius empurrou e girou exatamente onde eu mais o desejava. Minhas pernas tremiam sob seu ataque enquanto minhas veias esquentavam com um fluido exuberante.

Seus dentes arranharam meus nervos delicados, enviando um choque pelo meu corpo. Ele não quis me morder lá. Isso machucaria demais e...

Um grito ficou preso na minha garganta quando ele perfurou minha pele logo acima, não o suficiente para se alimentar, mas o suficiente para que eu sangrasse.

— D-Darius — gemi baixinho quando a chama dominou todos os aspectos do meu ser. Ele fez alguma coisa, provocou algum tipo de onda de êxtase através de mim com isso, deixando cada parte minha pulsando de forma incontrolável.

— Se deixe levar, Juliet. — As palavras vibraram na minha macia, me fazendo estremecer. Então ele me chupou com força e vi estrelas.

Não me importava mais com o grito alto ou com o nome dele soando pelo ar. Ele fez algo tão incrível, tão poderoso, que eu nem conseguia começar a entender.

Minha alma se separou do corpo, voltou e escapou novamente. Isso me deixou tremendo, gemendo e chorando. Não consegui parar. Ondas de euforia me atingiram e mal registrei que Darius havia se movido do meu centro para a minha coxa. Seu polegar circulou meu ponto íntimo enquanto ele bebia diretamente da minha artéria femoral, me enfraquecendo a cada minuto.

Mas não consegui me concentrar o suficiente para me importar.

Apenas senti.

E flutuei.

E senti a luxúria me atingindo.

— Darius — sussurrei quando a escuridão fez com que as estrelas se apagassem. Uma parte de mim sabia que estávamos seguindo um caminho perigoso. Lutei para ficar consciente o suficiente para avisá-lo, implorá-lo...

— D... — Minha boca estava mais seca do que deveria. Pesada. Tentei umedecer meus lábios, mas não conseguia mexer a língua.

Tudo parecia muito mais frio do que há alguns instantes.

Anestesiado.

Darius.

A escuridão consumiu minha visão enquanto eu piscava em uma noite sem estrelas.

Estava tão sozinha.

Sempre acreditei que ia morrer...

Nunca esperei desejar viver.

Até hoje.

Até Darius me inspirar esperança.

Outra piada cruel de vampiro.

Eu deveria saber...

Capítulo dez

DARIUS

— DURMA — sussurrei enquanto cobria Juliet com um cobertor. Ela estava muito pálida, mas seu coração batia forte em meus ouvidos. As marcas em suas coxas já estavam curadas. — Minha maravilhosa Juliet.

Afastei os cachos do seu rosto e me inclinei para beijar sua testa. Havíamos acabado de iniciar o processo cerimonial, mas seria o suficiente por enquanto. De manhã, eu começaria o seu treinamento. Talvez depois que tomasse sua linda boca novamente.

Tirar sua virgindade teria que esperar. Por enquanto. Queria testá-la primeiro para determinar até onde ela estaria disposta a ir para me *agradar*.

Independentemente disso, ficaria com ela. Ela provou

totalmente seu valor quando estava de joelhos, mas se eu pudesse treiná-la para além do quarto, seu valor para mim seria infinito.

— Estou impressionado que você tenha chegado até aqui — Ivan falou. Ele se encostou na parede do meu quarto com os braços cruzados. — Mas você ainda tem um caminho a percorrer, companheiro. Ela é uma boneca linda, mas a aparência não é tudo para este trabalho.

Passei o dedo pelo braço dela e me virei.

— Ela tem espírito.

— Sim, mas é suficiente?

— Só o tempo dirá — admiti. — Mas com a motivação adequada, acho que sim.

Ivan coçou o queixo.

— Se você conseguir isso, ganhará aquele assento.

— Nós dois sabemos que isso é mais do que poder.

Seus olhos castanhos brilharam.

— Sim, mas é um benefício colateral.

— Benefício colateral — eu repeti, meu olhar caindo sobre a beleza descansando na minha cama. — Veremos nossos inimigos caírem nas mãos de sua própria criação.

Seria a mais doce vingança e muito merecida.

— Se alguém pode fazer isso, é você — Ivan declarou enquanto se afastava da parede. — Você sempre imaginou o impossível.

Eu sorri.

— Prefiro chamar isso de desafio.

— Claro, companheiro. — Ele saiu com um aceno, me deixando sozinho com a minha futura *Erosita*. A pobre Juliet queria me agradar, mas não fazia ideia do que eu realmente desejava dela.

— Você vai aprender — murmurei enquanto passava os dedos pela sua bochecha. — E quando eu tiver sucesso, você será a arma mais letal do meu arsenal.

Sedutora e mortal.

E minha para ser treinada.

Que se foda *a Aliança de Sangue*.

Parte Dois

INOCÊNCIA REIVINDICADA

Capítulo onze

— ELA NÃO ESTÁ PRONTA — Ivan murmurou para que só eu pudesse ouvir.

Tomei o bourbon enquanto observava a sala.

— Sim, esse é o ponto.

— Você está arriscando a vida dela, Darius.

— Essa é minha prerrogativa e escolha, Ivan. — Além disso, ela estaria bem à minha vista e quando estivesse em apuros, eu a salvaria. Esta noite tinha como objetivo apresentar Juliet ao nosso futuro juntos, não fazer mal a ela.

Arrumei a gravata enquanto Ivan balançava a cabeça.

— Quando o show começa?

— Assim que o Viktor expressar seu interesse — respondi.

— Bem, considerando que ele está salivando em cima dela, não vai demorar muito.

Sorri, concordando.

O vestido transparente de Juliet não deixava nada para a imaginação, mas ela o usava lindamente. Não era confiança, mas aceitação. Colocar o corpo em exposição para uma sala cheia de vampiros mal a perturbava. Ela mantinha os olhos escuros baixos, usando sua obediência em seu proveito.

E seu sangue...

Puta merda, despertou a sala inteira. Todo mundo sentiria sua castidade, bem como seu propósito aqui — entreter e fornecer sustento.

E ninguém poderia tocá-la sem a minha permissão, porque ela me pertencia.

Para transar.

Para dar prazer.

Para devorar.

Para dividir.

Para o que eu quisesse.

Seu olhar escuro encontrou o meu e depois desviou novamente. Reprimi um sorriso em sua demonstração flagrante de desafio. Era expressamente proibido olhar diretamente nos olhos de um mestre sem permissão, mesmo que eu o tenha permitido em casa. No entanto, aqui havia um risco para nós dois.

Talvez ela me surpreendesse depois de tudo.

— Ele está interessado — Ivan murmurou ao meu lado. — Idiota depravado.

Sorri contra o copo de vidro.

— Você está bravo porque assumi a tarefa de matá-lo.

— Não, estou chateado por você estar arriscando a vida dela por um trabalho que eu poderia fazer enquanto ele dormia — ele respondeu.

Bufei. Ele estava certo, é claro, mas haveria consequências se Ivan assassinasse um membro de prestígio da Aliança de Sangue. Mas Juliet nos deu uma oportunidade única.

Tocar na propriedade de outro vampiro sem permissão resultava em consequências terríveis. O dano à propriedade aumentava o crime, tornando a morte um resultado mais do que aceitável. Mesmo para membros políticos de alto escalão.

— Olhe para ele — Ivan acrescentou de um jeito sombrio. — Ele a colocará deitada em segundos. Ela não tem chance.

Observei o homem loiro e dei de ombros.

— Dei uma faca a ela.

— Que ela mal sabe usar — Ivan rebateu.

Semântica. Demonstrei os principais movimentos a ela anteriormente.

— Tudo o que ela precisa fazer é criar uma cena, talvez interromper o processo, e eu cuidarei do resto.

— Porque isso será fácil para uma mulher com a sua história. — Ivan balançou a cabeça. — Você superestima as habilidades dela.

— Pelo contrário, estou bem familiarizado com os talentos dela. — A insinuação aprofundou minha voz enquanto eu observava Juliet. Eu a deixei ir ajudar outra humana a distribuir aperitivos e bebidas na sala, algo que eu esperava que a deixasse à vontade. Isso também lhe dava um objetivo maior, que lhe permitiria se misturar livremente com os convidados enquanto era contemplada ao máximo.

— Nada disso tem a ver com ajudar a assassinar um vampiro — meu amigo mais antigo grunhiu. — Me deixe cuidar disso.

— Não. — Dei um comando simples. Poucos seriam corajosos o suficiente para ousar argumentar. — Não posso quebrar o condicionamento dela até que eu entenda completamente como funciona. Então você não irá intervir. Eu cuido disso.

Os lábios de Ivan se apertaram apenas o suficiente para eu perceber. Claramente ele não aprovava meus métodos, mas permaneceu quieto.

— Cuidado, velho amigo — provoquei baixinho. — Ou vou começar a pensar que realmente se importa com a garota.

Ele zombou disso.

— Ela é a porra de uma boneca. — O termo favorito de Ivan e Trevor para o meu lindo brinquedo. — Só acho que você está desperdiçando um investimento significativo.

Isso era verdade. Juliet custou uma pequena fortuna, mas esse era exatamente o ponto. Possuí-la aumentou meu prestígio, algo que me deu influência na arena política. Os vampiros admiravam a riqueza acima de tudo, porque isso equivalia a idade e poder, e eu possuía as três características em abundância.

— Darius — uma voz profunda soou à minha esquerda. Não era meu objetivo para a noite, mas um membro importante da sociedade.

— Sebastian. — Estendi a mão. — Há quanto tempo.

— Sim — ele concordou enquanto retribuía o gesto. — Estava começando a pensar que você havia decidido hibernar por toda a eternidade.

Ivan riu.

— Não, apenas um século.

Fingi diversão.

— É difícil hibernar com o Ivan constantemente aparecendo para me irritar.

— Saúde. — Ivan tomou o resto da bebida e colocou o copo de lado. — Alguém tinha que garantir que você estivesse vivo.

— Claramente estou bem — respondi. — Só tenho apreciado a minha privacidade ultimamente.

— Sim, quando soube que você havia ido ao leilão mais recente, pensei que isso seria um erro. — Sebastian olhou com interesse para Juliet do outro lado da sala.

— Como pode ver, não foi — respondi. — Decidi que era hora de me aprofundar nas partes mais refinadas da sociedade e desejava algo delicioso para me acompanhar.

— Diria que você conseguiu. — Sebastian ainda não havia tirado os olhos dela, algo de que eu não podia culpá-lo inteiramente. Esse era o propósito dela, afinal.

— Sim, acredito que sim — murmurei, satisfeito com sua avaliação.

— É bom ter você de volta. — O tom e o olhar de Sebastian não demonstravam falsidade quando ele finalmente se concentrou em mim. — Pelo menos, suponho que esse seja o objetivo da sua presença hoje à noite?

— Estou entrando devagar. — Terminei o bourbon e coloquei o copo na mesa ao lado do de Ivan. — Este evento parecia razoável para socializar. Talvez eu participe da coroação ainda este ano. — Verdade absoluta, considerando que eu pretendia ser coroado o novo soberano desta região. Não que alguém fora do meu círculo soubesse disso – ainda.

Sebastian arqueou as sobrancelhas.

— Você quer se envolver na política?

Me permiti um sorrisinho.

— *Me envolver* é muito forte. Digamos que esteja interessado em me misturar com velhos amigos. — E em conquistar o apoio deles no processo. Começando esta noite. Viktor era um dos candidatos a se considerar, e eu pretendia corrigir isso usando Juliet como isca.

— Humm, bem, se decidir jogar, não deixe de falar comigo. Acho que a Aliança poderia se beneficiar de um homem com seu conjunto de habilidades.

Escondi meu sorriso exultante. Sebastian tinha um peso significativo na arena política. Tê-lo ao meu lado com certeza seria um benefício e exatamente o tipo de apoio que eu pretendia recrutar.

— Agradeço o voto de confiança — respondi em voz baixa. — E vou levar suas sugestões em consideração.

— Faça isso — ele me encorajou, me entregando seu cartão. — Podemos ter uma conversa formal, talvez durante o jantar em algum momento desta semana? — Seu olhar desviou para Juliet enquanto falava, um pedido subjacente claro.

— Claro — murmurei, satisfeito. Juliet já estava cumprindo seu propósito de me ajudar a recrutar aliados. E tudo o que ela precisava fazer era existir. — Vou te ligar para marcarmos.

— Brilhante. — Ele estendeu a mão, e eu a aceitei. — Senti sua falta.

— Igualmente — menti.

Ivan ficou em silêncio ao meu lado enquanto Sebastian se despedia, depois perguntou:

— Estou invisível?

Eu sorri

— Apenas para um homem com status.

— Você é um homem com status e parece me notar muito bem.

— Porque você se recusa a sair do meu lado. — Como um

mosquito irritante que zumbia permanentemente em volta do meu espaço pessoal. Mas eu realmente gostava dele.

— Idiota — ele murmurou, me fazendo sorrir. Poucos ousariam me chamar assim, mas Ivan fazia isso com uma habilidade que eu admirava bastante. Foi por isso que o escolhi como melhor amigo.

— Você parece estar se dando bem — Trevor apontou quando se juntou a nós no canto. — E a sua boneca está causando bastante alvoroço.

— É mesmo? — questionei, seguindo seu olhar até Juliet. Ela estava ao lado do bar, segurando uma bandeja de bebidas, todas cheias de sangue. — Não tinha notado.

Trevor riu.

— Mentiroso. Você a deixará nua no seu colo no segundo que forem embora.

Verdade.

— Ela fica muito bem nesse vestido.

— É assim que esse tecido se chama? — Ivan perguntou. — Porque me lembra uma lingerie.

— Ele flui para o chão — apontei. — Por acaso é transparente e com fendas dos dois lados dos quadris. Desse jeito, o acesso à artéria femoral é mais fácil.

Estalei os dedos e sua cabeça se levantou imediatamente, seus olhos escuros encontrando os meus por uma fração de segundo antes de ela vir em nossa direção com a bandeja. Ninguém tentou detê-la, mas vários da minha espécie observaram sua caminhada até o outro lado da sala.

Quando ela me alcançou, fez uma reverência.

— Senhor.

— Você está bem, querida? — perguntei baixinho enquanto pegava uma *flûte* da sua bandeja. Ivan e Trevor seguiram o exemplo.

— Sim, senhor — ela sussurrou.

— Está pronta? — questionei, já sabendo que ela não estava nem perto de estar preparada para a tarefa em mãos.

Mas mesmo assim, ela assentiu.

— É o que deseja, senhor. Então, sim.

Ivan revirou os olhos ao meu lado enquanto Trevor sorria com malicia. Ele claramente estava ansioso pelo desaparecimento de Viktor. Encontrei o olhar do meu alvo e li a pergunta em sua expressão.

— Parece que ele também está pronto — murmurei enquanto inclinava a cabeça com discrição em direção à porta ao meu lado. Havia um corredor que levava a vários aposentos privados. Já havia informado a Juliet qual pretendia que ela usasse. Viktor seria capaz de encontrá-la só pelo seu cheiro.

Dei um beijo em sua têmpora quando passei a bandeja para Ivan.

— Não me desaponte, Juliet — sussurrei contra seu ouvido. Para Viktor, parecia que eu havia acabado de lhe dar um comando enquanto o resto da sala apenas me observava conversar com a minha escrava. Tudo isso era uma dança muito delicada. Se alguém entendesse a troca sutil entre Viktor e eu, o plano falharia.

Era por isso que Trevor e Ivan estavam lá para observar. Os dois acenaram em aprovação com discrição, confirmando que ninguém havia notado.

— S-sim, senhor.

— Lembre-se do meu aviso — acrescentei, roçando os lábios em seu pulso. — Agora vá.

— Senhor. — Ela fez uma reverência novamente antes de desaparecer pela porta.

Arrumei a gravata e sorri com bom humor para meus amigos mais próximos.

— Punir o fracasso dela mais tarde será divertido.

Ivan girou o conteúdo da *flûte* com o olhar duro.

— Você é um sádico, D.

— Mais como um gênio — Trevor corrigiu.

— Não se preocupe, Ivan. Vou garantir que ela também goste.

— Ou tentaria. Dependeria do quanto ela estragaria tudo.

Viktor se aproximou e seu olhar escureceu com fome voraz. Meu sorriso se desfez um pouco quando pensei no que estava prestes a fazer com Juliet. Se esse olhar fosse algo a me preocupar, seria necessário um esforço significativo para não agir tão cedo em seu nome.

— Obrigado — ele sussurrou enquanto passava por mim em direção à saída.

Levantei uma sobrancelha enquanto ele passava, o gesto era tanto uma atuação para a sala quanto em resposta à sua grosseria.

— Suas habilidades de conversação deixam muito a desejar.

— Ele parece estar com pressa para alguma coisa — Trevor respondeu, desempenhando seu papel perfeitamente. Sua voz soou alta o suficiente para alguns ouvirem, mas não muito para que fosse óbvio.

— Rude — Ivan concordou, bebendo casualmente.

Me juntei a ele, desfrutando do líquido borbulhante e fingindo uma tranquilidade que não sentia. Meus sentidos estavam ligados aos de Juliet, esperando que qualquer pontada de pânico aparecesse através do nosso laço experimental. A cerimônia iniciou nossa conexão apenas o suficiente para eu sentir suas emoções. Como o pânico crescente e a dúvida que surgia através de nossa ligação.

Sim, parecia que ela falharia miseravelmente.

Ah, minha querida Juliet.

Terminei a bebida devagar e coloquei a taça em uma mesa próxima. Depois, afrouxei a gravata e olhei para a porta pela qual Juliet e Viktor haviam escapado.

— Se os senhores me derem licença, preciso de um tipo diferente de refresco.

Ivan sorriu.

— Sabia que você não seria capaz de aguentar a noite toda sem se entregar às preliminares.

— Você pode culpá-lo? — Trevor perguntou.

— Com certeza não posso — um homem que estava por perto comentou, seus lábios curvados em diversão.

— Nem eu — o homem que estava ao lado dele falou. — O cheiro dela é fantástico.

— Bem, estou feliz que todos vocês aprovem — comentei de forma seca quando fui para a porta, *pronto para começar o show.*

Que os jogos começassem.

Capítulo doze

JULIET

INSPIRE.

  Expire.

Minhas mãos tremiam.

  Você consegue fazer isso.

Não havia outra escolha. Darius ordenou, portanto eu completaria a tarefa. Mesmo que isso significasse tirar uma vida.

Meus lábios se curvaram em um sorriso convidativo enquanto meu interior se transformou em gelo.

— Bem, você é uma tentação, não é? — O tom profundo provocou um arrepio na minha coluna e não foi do tipo bom. Olhei para os sapatos do vampiro, como determinava a etiqueta de alguém na minha posição.

Uma virgem de sangue. Uma posse. Um ser humano sem

direitos.

— Tão bonita... — Senti o hálito de cigarro do homem contra meus lábios quando ele passou um dedo ao longo do profundo decote em V do vestido preto. Darius escolheu a roupa e prendeu meu cabelo escuro no alto da cabeça para expor melhor minha garganta. Eu não usava nada sob o tecido fino e transparente – algo que o vampiro que estava me tocando apreciava bastante.

— Seu mestre é tão generoso em compartilhar você comigo — ele continuou com um aperto no meu mamilo. Mordi a língua para segurar o grito que seu toque inspirou.

A lâmina presa na minha coxa me pedia para agir, mas meus instintos me mantiveram firme.

Ainda não, sussurrei para mim mesma.

Covarde, minha consciência respondeu. *Você não está pronta para isso.*

— Monte em mim — o vampiro exigiu.

Meu corpo se moveu por vontade própria, atendendo à sua vontade como se eu fosse uma marionete. Enquanto isso, meu cérebro se rebelava, desafiava meus novos aprendizados a substituir os antigos, mas todas as minhas ações pareciam fascinadas por seu comando.

Os seres humanos obedeciam.

Então, obedeça ao comando do seu mestre.

Meus olhos ameaçaram se fechar quando uma guerra invadiu meu coração e mente.

Machucar um vampiro era estritamente proibido. Assim como desobedecer a um mestre. De qualquer maneira, eu quebraria uma regra primordial.

Suas mãos passaram pela lateral do meu corpo quando deslizei em seu colo de forma automática. Sua excitação se encaixou entre as minhas pernas — um convite sensual que eu não tinha vontade de aceitar. Mas se ele me pegasse, eu teria que concordar.

Mestre Darius me colocou aqui.

Para desafiar o ser embaixo de mim.

Não para agradá-lo.

Um teste.

E eu falharia se não enfiasse os dedos por baixo do tecido do vestido, encontrasse a adaga e a enfiasse neste vampiro.

Ah, deusa... como a minha vida se transformou nisso? O leilão parecia ter acontecido há uma vida. Eu deveria ser a virgem de sangue de um novo mestre — para fornecer alimento e sexo — e não me tornar cúmplice de um assassinato.

Meu estômago revirou quando o vampiro passou as presas pela minha clavícula e subiu pela base do meu pescoço. Parecia errado. Apenas meu mestre — Darius — possuía autorização para me tocar ali. Mas foi ele que me entregou a esse homem loiro sem nome e me deixou com uma única ordem.

Use a lâmina.

Minha pele se arrepiou.

Não. Estava ali só para proteção.

O ar quente penetrou na minha pele e o vampiro preparou meu pulso para sua mordida. Darius me disse para não deixar que ele me atacasse, para me defender quando necessário...

Pegue a faca.

Ah, Darius ficaria tão bravo comigo se eu falhasse. Eu ainda não mereceria sua ira e punição, mas isso aconteceria se eu não puxasse a arma e a empunhasse.

E se eu errasse?

E se não fosse rápida o suficiente?

E se alguém me pegasse?

A confusão me paralisou. Então uma presa perfurou minha pele e fui vítima da compulsão por obedecer.

Vinte e dois anos no Coventus anularam o tutorial de dois meses do meu mestre. A memória muscular era uma ferramenta poderosa.

Sucumbir.

Permitir.

Se render.

A dor passou pela neblina da minha mente quando o vampiro aprofundou seu beijo letal. Darius havia sido o único a provar meu sangue, e ele sempre infundia endorfina... este não era Darius.

Meus lábios se separaram em um grito que engoli à força. Mostrar sinais de dor apenas os encorajaria. Eu sabia disso por observar durante minhas lições.

Mãos ásperas alcançaram o meu vestido, rasgando o tecido do peito até a cintura. Sua boca seguiu, apertando meu peito com tanta crueldade que me doeu por dentro.

Sem prazer.

Apenas dor excruciante.

Uma preferência que a maioria dos vampiros parecia compartilhar.

Darius não...

Minhas mãos se mexeram na direção da faca, mas o vampiro agiu rápido demais. Meus membros ficaram frios em questão de segundos, me deixando impotente em seu colo.

E muito, muito sozinha.

Uma ordem.

Rejeitar a alimentação do macho gritando ou revidando. Algo, *qualquer coisa* para chamar atenção, e agora eu mal podia gritar.

Falhei.

Nem havia tirado a adaga da bainha em minha coxa.

E este seria o meu castigo — suportar o destino que sempre temi — a morte provocada por um vampiro exigente. Meu sangue era intoxicante e pela maneira fanática que o homem me chupava, ele com certeza caiu sob o meu feitiço.

Ninguém se importaria.

Nem mesmo Darius.

Eu era uma propriedade. Um brinquedo quebrado que meu mestre falhou em treinar. Não importava que ele tivesse me jogado no fogo sem experiência. Eu deveria ter feito diferente. Com certeza ele me permitiria sucumbir a esta morte.

Meu peito se estilhaçava, seja pela dor do fracasso ou causada pelo vampiro, eu não sabia.

Tudo doía.

Um líquido quente escorreu sobre a minha pele, me banhando na vida que estava sendo sugada de forma cruel do meu corpo.

Uma pancada na minha cabeça trouxe um clarão aos meus olhos — sem dúvida, o vampiro estava tentando me trazer de volta à lucidez para admirar sua obra.

Ou para tirar minha virgindade.

Porque Darius nunca o fez, e agora falhei com ele.

Ele começaria de novo com outra.

Me substituindo em um novo leilão.

Nunca signifiquei nada para ele.

Não deixe que isso doa, me repreendi. *Sabe que não deve.*

Mas ele era um mestre gentil, muito melhor do que jamais imaginei, mesmo com a intenção de me transformar em seu veneno pessoal.

— Juliet — a voz de Darius me atingiu em uma carícia quente que quase me tirou do meu devaneio.

Mesmo depois da morte, ele me assombrava.

— Juliet. — Ouvi mais alto dessa vez, seguido por um tremor que confundiu meus sentidos. Me sentia pesada. Coberta com uma substância quente e lamacenta que pesava no meu peito. Doía respirar.

— Eu diria que é justificado — uma voz masculina apontou. Inexpressiva. Desconhecida.

O que era justificado? pensei.

— Claramente — Darius retrucou. — Como se houvesse alguma dúvida.

— Humm. Bem. Espero que ela não esteja completamente maculada. Seria uma pena. — A mesma voz inexpressiva e masculina.

Minhas pálpebras tremeram, mas eu continuava sem enxergar. Muito... alguma coisa.

— Se foi, me vingarei em toda a linhagem dele — Darius grunhiu.

— Justo. — Ouvi um farfalhar de tecido – a calça de um terno, talvez? – quando a voz ficou mais fraca. Entregarei meu relatório dos eventos à Aliança. Você não será responsabilizado.

— Farei o mesmo — outro homem declarou. Parecia Trevor...

— Eu também. — E esse era Ivan.

Onde estou?

— Obrigado a todos — Darius respondeu, parecendo um pouco apaziguado. — Agora, se não se importam, eu gostaria de cuidar da minha futura *Erosita*.

Erosita? Ouvi direito? O que isso significava?

— Claro — a voz fria concordou. — Se precisar de alguma

coisa, sabe onde nos encontrar.

— Certo — meu mestre murmurou enquanto levava os dedos ao meu pescoço.

Tudo pareceu mudar ao meu redor. Alimentos salgados e bebida derretiam no ar fresco da noite. Depois, couro. Novo ou recém limpo.

Minha cabeça girou.

Algo quente tocou meus lábios.

Decadente.

Líquido.

Viciante.

E então sumiu.

Meu mundo continuou a girar, flutuando em uma névoa de sensações e aromas estranhos até que o silêncio tomou conta do zumbido nos meus ouvidos.

— Ah, Juliet — Darius sussurrou. — Esperava pelo melhor, mas pelo menos sei por onde começar. — Seus lábios tocaram os meus suavemente. — Agora. Acorde. — O comando em sua voz provocou todas as minhas terminações nervosas, forçando meus olhos a se abrirem.

Mesmo sob a iluminação suave da limusine, eu podia discernir as linhas severas de seu belo rosto. As maçãs do rosto altas. Os cílios longos e escuros. O cabelo castanho e exuberante. A mandíbula quadrada e masculina. As íris verdes ardentes.

— Que merda aconteceu, Juliet?

Engoli em seco.

— Eu... — Minha boca parecia uma lixa. Não por causa do meu contato com a morte, mas por causa da sua expressão intensa. — Não consegui matá-lo.

— O que significa que você desobedeceu ao meu comando — ele respondeu enquanto segurava meu queixo para me encarar. — O que acontece quando uma virgem desobedece a seu mestre, Juliet?

— Ela é punida — sussurrei.

— Mais alto, querida. Quero garantir que você entenda as implicações do que fez.

Minha garganta tremeu enquanto eu lutava para repetir.

— Ela é punida. — Ainda saiu rouco.

— Humm. — Sua mão deslizou até minha garganta e apertou apenas o suficiente para ameaçar. — O que vou fazer com você?

Só então percebi que ele tinha me sentado em seu colo e que minhas pernas pendiam para o lado enquanto ele me segurava firme com um braço em volta da parte inferior das costas. Normalmente, eu não me importaria de estar tão perto dele, mas o perigo espreitava em sua forma tensa.

— O que quiser, senhor — respondi baixinho e sendo sincera. Ele me possuía. Mente, corpo e alma. Meu objetivo era satisfazê-lo e eu falhei. Eu merecia ser punida.

— De fato. — Ele passou o polegar pelo meu queixo e sua voz era sedosa e ameaçadora. — Ele te mordeu, Juliet. Sabe como isso me faz sentir?

Meu interior parecia ter pedras de chumbo. Como violei a regra número um, não tinha dúvidas de que ele estava...

— Irritado.

— Possesso — ele corrigiu. — Ele tocou no que é meu e por quê? Porque você falhou em agir como eu instruí.

Umedeci os lábios que ficaram repentinamente secos.

— Sinto muito, senhor.

— Sente mesmo? — ele perguntou no mesmo tom suave. Sua mão deslizou sobre o meu peito exposto. Minha pulsação acelerou quando ele apertou o pico rígido entre o polegar e o indicador. — Ele estava com a boca aqui. Bebendo a essência que me pertence.

Engoli um gemido de dor quando Darius apertou minha pele macia com força. Normalmente, seu toque provocava prazer. Isso não era para agradar - não inteiramente.

— Darius — murmurei quando ele intensificou seu aperto.

— Sabe o que ver sua posse ser acariciada por outro desperta em um vampiro? — Senti ainda mais agonia com o aperto em meu peito. Deusa, como o seu indicador e o polegar faziam isso? — E tudo porque você permitiu. Juliet? Por que permitiu isso? Eu te avisei o que aconteceria se deixasse alguém te morder, não foi?

Assenti, e ele deu um tapa no meu peito de forma tão brusca que ofeguei. *Caramba...*

— As palavras, Juliet. Fale para mim.

— Sim! — Chorei, tremendo tanto pelo seu tom quanto pelas sensações estranhas que seu toque inspirou. Agonia... misturada com excitação?

O que havia de errado com meu corpo?

— Mais — ele grunhiu, movendo os dedos para o outro mamilo. — Por que você permitiu?

— Hábito — admiti enquanto ele o apertava. — Eu... sou treinada... submissão.

— E a razão não é suficiente para quebrar os vínculos com o Coventus?

Aquilo doía demais...

— Não é tão fácil — respondi, com lágrimas nos olhos. — Eu não... as regras... não posso.

Meu corpo inteiro vibrou sob seu toque. Senti o espaço entre minhas pernas queimar e aquecer minha pele nua enquanto meu peito formigava.

— Darius, por favor... — implorei, sem saber o que queria. Que ele parasse? Que continuasse? — Sinto muito por ter falhado com você! — A angústia estava nítida em minha voz – uma resposta complicada a essa tortura sensual juntamente com sua óbvia irritação.

Nunca lutei com ninguém antes, nem nunca desejei isso.

Mesmo sabendo que vampiros e lycans haviam destruído a humanidade, relegando os seres humanos a facções específicas, removendo todos os nossos direitos e essencialmente criado minha linhagem especificamente para o prazer dos vampiros...

— Não sou uma lutadora, Darius — sussurrei, fechando os olhos. — Não posso fazer isso.

Capítulo treze

— É AÍ QUE VOCÊ SE ENGANA, JULIET. — Havia uma guerreira dentro dela. Eu só tinha que convencê-la a aparecer.

Testá-la esta noite foi o primeiro passo.

Seu castigo seria o segundo.

Soltei o peito de Juliet e disfarcei um sorriso enquanto ela se contorcia no meu colo. Mesmo magoada, ainda procurava agradar.

Perfeita.

Linda.

Minha.

No entanto, apesar de todos os meus avisos, ela prontamente permitiu que outra pessoa a mordesse. Se eu não estivesse esperando Viktor perder o controle, ela teria morrido.

Captei o momento exato em que seus pensamentos

doutrinados assumiram o controle, forçando-a a sucumbir às necessidades de Viktor. Eu poderia ter parado a mordida, mas precisava da agressividade dele para que a cena acontecesse corretamente. O que não seria necessário se ela tivesse reagido da maneira que a instruí.

Matar um vampiro sem causa apropriada criava uma montanha de burocracia desnecessária. Ter Juliet quase sangrando em meus braços me deu uma razão justa para agir. Fiz isso rapidamente, cortando a cabeça de Viktor, mesmo enquanto ele continuava se alimentando. Uma cena sangrenta, com certeza, mas as mensagens fortes eram mais bem servidas com sangue.

Mas nem assassinar Viktor poderia esfriar a tensão dentro de mim depois de vê-lo atacar Juliet. Pior, ela simplesmente aceitou seu destino.

Apertei a ponte do nariz.

Esta bela criatura foi criada e moldada em uma sedutora perfeita. Ela sabia falar várias línguas, manter conversas inteligentes sobre diversos assuntos, conseguia andar nua por uma sala cheia de homens sem vacilar e tinha a boca de uma deusa.

E era submissa em todos os aspectos da palavra.

Com um estalar dos meus dedos, ela ficaria de joelhos e chuparia meu pau pelo tempo que eu desejasse. Ela agradaria quem eu desejasse, inclusive um completo estranho, tudo porque o Coventus impregnou esse senso de dever em sua cabecinha bonita.

Eu os odiava e os amava ao mesmo tempo.

Que questão difícil. Queria que ela pensasse por si mesma, mas meu lado sinistro se deleitava com todas as maneiras que seu corpo poderia agradar ao meu. Repetidamente.

Meu pau pulsava debaixo dela, implorando para agir. Mas agora não era a hora. Sua vida dependia da capacidade de seguir minhas ordens ao máximo.

Se ela não podia lutar, seria inútil para mim fora do quarto.

Passei os dedos em seus longos cabelos quase pretos e segurei as mechas com firmeza. Ela gritou quando puxei com força e olhou em meus olhos mais uma vez.

— Eu te dei meu sangue, Juliet. Essa é a única razão pela qual você está viva agora. — Minha imortalidade a curou de maneira rápida e eficiente, mas isso desmentia todo o objetivo deste exercício. — Você teria morrido feliz sob as presas dele. Agradando a outro mestre. Que desleal da sua parte.

— Não! — Seus olhos escuros brilharam quando encontraram os meus, a primeira faísca de desafio brilhando em suas profundezas.

Arqueei uma sobrancelha quando ela não continuou.

— Não?

— Você me deu a ele. — Ela ofegou e o tom levemente sombrio da sua voz sugeria uma determinação incerta, mas as palavras eram claras.

— Para lutar. Não para trepar e alimentá-lo. — Ela estava nua no colo do vampiro, com os seios expostos à boca dele e nem gritou para que ele parasse.

Porque ela esperou por isso. Aceitou. Abraçou.

Maldito Coventus.

Foi um milagre que Viktor não tivesse visto a faca presa à sua coxa. Foi o primeiro item que peguei antes de matá-lo. A cena toda foi um pesadelo.

— Sou uma virgem de sangue — ela sussurrou com a voz entrecortada. — Esse é o nosso propósito.

— Esse não é o *seu* propósito, Juliet. — Afrouxei um pouco meu aperto. — Mas se tudo que você deseja fazer é me agradar, então ajoelhe-se.

Ela ficou rígida.

— Agora?

— Sim. — Meu pau apreciaria a atenção enquanto eu a ensinava uma lição. Eu a soltei e arqueei uma sobrancelha. — Vai me fazer esperar?

— Não, senhor. — Ela saiu do meu colo, foi para o chão e colocou as palmas das mãos trêmulas nas minhas coxas.

Tê-la assim entre minhas pernas ajudou a acalmar um pouco da fúria que se agitava dentro de mim. Falei sério a respeito dos meus instintos possessivos. Ela pertencia a mim. A mais ninguém. E aquele vampiro a havia tocado em lugares que eram apenas para minhas mãos e lábios.

Corrigiríamos esse erro agora.

— Faça seu trabalho, Juliet. — Palavras cruéis, mas eficazes.

— Sim, senhor. — Seu peito coberto de sangue arfava profundamente quando ela arrastou os dedos até o meu cinto. O fecho foi aberto sob seu toque experiente, seguido rapidamente pelo botão e zíper. Meu pau praticamente pulou para encontrá-la, mas escondi toda emoção do meu rosto. Esta lição não era para ser agradável.

Ela umedeceu os lábios com a ponta da língua quando acariciou meu pênis da cabeça à base. Relaxei no assento de couro, sem dar a ela a satisfação de uma resposta além da que ela segurava na palma da mão. Se ela queria que esse fosse seu único objetivo, eu a faria trabalhar para isso. A falta de iluminação na limusine ajudou minha situação. Ela não seria capaz de me ver tão bem quanto eu poderia vê-la.

— Mais profundo, Juliet. — Ela já sabia do que eu gostava depois de várias semanas me proporcionando prazer oral. Eu ainda não a havia tomado completamente, porque desejava seu verdadeiro consentimento, não a conformidade que o Coventus havia incutido nela.

Meu pau bateu no fundo da sua garganta enquanto ela chupava com força. Quase grunhi, mas engoli no último minuto. Porra, a mulher tinha a boca mais talentosa que já experimentei. Sem reflexo de vômito. Sem hesitação. Apenas uma compreensão pura, exata e inalterada do que eu ansiava.

Foi preciso um esforço considerável para permanecer relaxado e imperturbável na superfície, especialmente quando meu sangue começou a ferver com sua atenção.

Tão perfeito.

Tão excitante.

Tão incrível.

A eletricidade zumbia em minhas veias, aumentada por seu contato visual constante. Anseio iluminou seu olhar, lhe dando um apelo de deusa. A mulher era linda, mesmo quando coberta pelo sangue de outro homem.

Merda.

Concentrei toda a minha energia em permanecer neutro, mesmo quando minha virilha latejava. Talvez Juliet realmente devesse ficar de joelhos me acariciando. Porque, puta merda, eu a queria em outro lugar.

Meus dedos coçavam para segurar seus cabelos, para obrigá-la a me tomar por inteiro, com força e sem parar. Eu gozaria de um jeito poderoso em sua linda garganta. E ela engoliria cada gota, como sempre fazia.

Minha.

Ela foi criada para o meu prazer.

Treinada em todas as artes do sexo, incluindo os desejos mais sombrios.

Mal podia esperar para explorar todos eles. Com tempo. Em breve.

Agora.

Cedi a um dos meus impulsos, passando os dedos pelos seus cabelos e me empurrando até o fundo da sua garganta sem aviso prévio. Seus olhos se arregalaram, mas ela não lutou comigo. Apenas esperou que eu a deixasse respirar novamente.

Submissa até seu âmago.

Confiando.

Sem vacilar.

Lágrimas se formaram em seus olhos, a única indicação de que ela precisava de ar.

Mas não havia outra reação, nem mesmo um apelo. Excitante e, ainda assim, muito irritante. Como eu poderia desfazer o treinamento de alguém que o tinha tão profundamente arraigado?

Organizando as peças em um novo padrão.

Um padrão condizente com uma guerreira.

Me permiti sair e voltar novamente antes de arrancá-la de mim. Segurei meu pau e me masturbei com força enquanto minhas bolas se apertavam na explosão que estava por vir.

— Você é minha — grunhi. — Ninguém mais toca em você.

— Sim, senhor — ela concordou, suas pupilas aumentaram quando olhei para ela. Com um movimento final, gozei em seu peito enquanto segurava seus cabelos de uma maneira que a forçou a assistir.

O nome dela parou em minha língua, mas não o deixei escapar. Me recusei a demonstrar o quanto me senti insatisfeito.

— Esfregue na sua pele — exigi assim que terminei. Queria apagar a presença do outro homem. Marcá-la da maneira mais degradante como *minha* propriedade.

Mas ela não se mexeu ou respondeu.

Puxei seu cabelo de forma brusca. Não o suficiente para machucar, mas o suficiente para capturar sua atenção.

— Agora, Juliet.

Ela levou as mãos aos seios, acariciando e esfregando minha essência por toda a pele. Fiquei ali, observando como meu esperma a marcava.

— Não pare. — Minha voz saiu direta e um pouco rouca, fazendo com que seus dedos se movessem mais rapidamente sobre os mamilos. Com certeza, ela entendeu meu desejo, já que esse era o local em que Viktor a havia mordido. Cada toque do seu polegar reafirmava minha posse, minha propriedade.

Uma boa virgem de sangue.

Puxei Juliet para frente, e sua boca se abriu sem meu comando, a língua aparecendo para lamber o líquido que cobria minha fenda. Ela gemeu em aprovação antes de me tomar em sua boca e tirar as últimas gotas do meu pau.

Meu aperto não afrouxou. Na verdade, se intensificou quando ela devorou meu pau de uma maneira que poucos poderiam entender.

Suas mãos continuaram acariciando os seios enquanto ela me chupava, dessa vez devagar e com mais intensidade agora.

Ela adotou um ritmo erótico que intensificou a excitação.

Respirei fundo, me deleitando com seu perfume inebriante.

Humm... tão bom.

Um calor úmido irradiava dela, sem dúvida escorrendo por suas coxas.

Ela gostava disso — que eu possuísse seu corpo. Meu domínio.

E agora, minha querida Juliet queria gozar.

Perfeito.

Eu a deixei continuar, me deleitando com o leve movimento de seus quadris enquanto ela lutava em busca do atrito que precisava. Seus mamilos eram pequenos picos, implorando pelo meu toque e suas pupilas ofuscavam as íris.

— Você gostou — murmurei.

— Sim, senhor. — As palavras foram ditas em torno da minha ereção ainda rígida. Sua atenção me satisfez somente na superfície. Eu ansiava muito mais dela, mas não até que ela aprendesse sua lição.

— Feche minha roupa, Juliet. — Havíamos chegado à mansão há alguns minutos, mas permiti que nosso momento se estendesse apenas o tempo suficiente para garantir seu estado sensível. Se ela abrisse as pernas, sem dúvida eu encontraria uma boceta muito inchada, molhada e pronta para ser penetrada.

Ainda não.

Ela não se atrapalhou quando guardou minha ereção na calça. Eu cuidaria disso mais tarde.

A porta se abriu nem um segundo depois. Meu motorista percebeu claramente o meu próximo movimento e então saí para a noite com a mão estendida para Juliet. Ela pressionou a palma da mão na minha, mesmo quando a testa franziu em confusão. Toda vez que nos entregávamos a esse tipo de atividade, eu devolvia o prazer.

Mas não esta noite.

A menos que ela pedisse.

Coloquei seu braço no meu depois que ela se levantou. Seus pés descalços provavelmente não gostaram do paralelepípedo, mas esse era o ponto. Eu a queria excitada, incomodada e desconfortável.

Ela se moveu ao meu lado sem vacilar, me seguindo até a casa e ao andar de cima, não parecendo se importar que não usasse nada além de sangue e sêmen. Sua confiança, pelo menos, estava intacta.

Empurrei a porta de seus aposentos e suas narinas se abriram quando a emoção tingiu o ar. Ela pensou que eu iria devorá-la na cama. Pobrezinha. Não. Eu não ia jogar este jogo hoje à noite.

Em vez disso, a levei ao banheiro e liguei o chuveiro.

— Você tem minha permissão para tomar banho, Juliet. Sugiro que aproveite a oportunidade, enquanto ela está sendo oferecida, para se limpar. — Deixei a insinuação soar por um momento antes de continuar. — Depois durma um pouco. Temos um longo dia amanhã.

— Sim, senhor — ela respondeu e seus lábios se curvaram para baixo.

— A menos que exista algo mais que você precise? — perguntei, arqueando uma sobrancelha.

Ela piscou. Franziu a testa. Balançou a cabeça.

— Não, senhor. Vou tomar banho e dormir.

Humm. Decepcionante.

— Bom — falei. — Te vejo amanhã.

Me virei, saí sem olhar para ela e ignorei suspiro.

As regras nesta casa eram claras. Juliet tinha um convite aberto para se juntar a mim no meu quarto sempre que desejasse prazer. Dada a maneira como sua excitação provocou minhas narinas quando eu saí de seu quarto, era uma aposta segura supor que ela ansiava por mim esta noite. Muito. Caberia a ela escolher me procurar.

Portanto, a principal lição desta noite: viver.

Um presente que muitos humanos não recebiam neste mundo, mas que eu felizmente lhe dei. Infelizmente, não pude forçá-la a aceitar.

Vinte e dois anos de treinamento para aceitar o destino, independentemente da satisfação pessoal, era algo difícil de alterar.

Eu precisava que a lutadora escondida dentro dela aparecesse. Uma vez que eu a convencesse, poderíamos começar a reciclagem de verdade.

Até então, eu só tinha a concha de uma mulher para trabalhar e desejava muito mais.

— Junte-se a mim, Juliet — sussurrei no corredor vazio. — Por favor.

Capítulo catorze

MEU CORPO ESTAVA PEGANDO FOGO.

Não literalmente, mas ardia com tanta força que eu não conseguia dormir embaixo dos cobertores. E o ventilador de teto fez pouco para esfriar minha pele quente.

Ainda podia sentir Darius em mim, mesmo depois do banho. Sua essência queimava meu ser, gravando-o em minha alma.

Ele me possuiu por completo. Soube disso desde o começo, mas senti-lo dessa forma era intoxicante. Viciante. Excitante de um jeito que me frustrava.

Afastei os cobertores da cama e bufei, irritada.

Como deixei de esperar ser tomada para ansiar as atenções prazerosas de Darius?

Eu estava aqui por suas necessidades, não pelas minhas. No

entanto, ele sempre retribuiu o favor.

Menos esta noite.

Por quê? Porque falhei com ele. Essa era sua versão de punição?

Me sentei. O Coventus me apresentou a vários métodos de castigo, os quais resultaram em dor intensa e, às vezes, morte. Nenhum deles foi aplicado aqui.

Era um teste então?

— Para quê? — sussurrei para mim mesma. — O que você quer?

Examinei nosso laço cerimonial, curiosa para ver se eu podia sentir alguma coisa ali.

Estava lá — uma conexão psíquica envolta em trevas — como se estivéssemos prestes a vincular nossos pensamentos, mas não totalmente.

Darius mencionou que ainda não estava completo, que exigiria várias rodadas de troca de sangue para finalizarmos. Será que foi isso que ele quis dizer?

Ainda assim, eu *sabia* que ele estava acordado, como se já fosse parte de mim. Mas suas emoções estavam desligadas.

Ele está esperando.

Fiz uma careta com o pensamento. Um palpite ou instinto?

Isso importa?

Ele me disse que eu poderia entrar no seu quarto sempre que quisesse.

— *Mas devo avisá-la* — ele havia dito — *de que quando me visitar aqui, assumirei que você precisa de prazer e exigirei que o favor seja retribuído.*

Estremeci com a lembrança vívida de seus incisivos tocando meu pulso com essas palavras. Uma promessa e uma ameaça em uma coisa só.

Meu sexo pulsava de desejo, pedindo que eu aceitasse a oferta. Se essa dor entre minhas coxas fosse um castigo, ele me mandaria de volta para o quarto sem ser preenchida? Ou me recompensaria por pedir que ele cuidasse das minhas necessidades?

Mordi o lábio, considerando. Só havia uma maneira de descobrir.

Você é louca, uma vozinha sussurrou. — *Ele pode te matar com um movimento do braço ou fazer coisa pior.*

Verdade.

No entanto, nos quase dois meses em que nos conhecemos, ele nunca me machucou de verdade. Sua versão de dor sempre se misturava ao prazer. Minha intimidade doía com a lembrança do que aconteceu na limusine. Algumas daquelas coisas doeram, mas também criaram um inferno dentro de mim que ainda queimava.

Gemi quando meus mamilos endureceram contra a camisola frágil. Até a seda parecia pesada demais agora. Não me incomodei em vestir roupas íntimas. Havia uma gaveta inteira de roupas íntimas intactas que escolhi não usar, provavelmente porque eram proibidas no Coventus. As únicas que até considerei foram as peças sensuais. Darius gostaria disso.

Minhas sobrancelhas arquearam.

Se eu fosse ao quarto dele usando um daqueles conjuntos, talvez ele se sentisse mais inclinado a me satisfazer.

Talvez.

Me levantei da cama para procurar a lingerie mais atraente na gaveta. Darius parecia preferir cores mais escuras. Uma camisola preta chamou minha atenção com seu tecido translúcido. Troquei a camisola de seda pela de tecido fino e tremi enquanto fazia cócegas na parte superior das minhas coxas.

Uma calcinha combinando completava o conjunto, mas sufocou meu centro excitado a ponto de causar desconforto. Eu a arranquei, ofegando com o alívio que a pequena ação me proporcionou.

Minhas pernas tremiam quando o desejo tomou conta do meu ser. Meus braços se arrepiaram, apesar do calor que eu sentia por dentro, e um gemido entreabriu meus lábios.

Eu poderia lidar com isso sozinha ou tentar, de alguma forma, mas cobiçava a habilidade de Darius. Só ele seria capaz de realmente me aliviar dessa vibração incessante. Seu toque era um vício que meu corpo agora exigia. Sem ele, eu continuaria queimando.

Calcei um sapato de salto alto e vesti um robe de seda. Eu perderia a última peça assim que entrasse no quarto, supondo que ele me permitisse entrar.

Respirando fundo e com firmeza, comecei a seguir pelo corredor em direção a seus aposentos. As palavras que ele disse durante minha turnê inicial reforçaram meus passos, me fazendo lembrar que eu tinha passe livre para procurá-lo por esse mesmo motivo.

Ele ainda poderia estar descontente comigo pelo que aconteceu mais cedo, mas ele não me disse que eu tinha que ficar no meu quarto.

Tome banho e durma.

O que poderia ter sido uma ordem...

Pare. Vou fazer isso.

Fiz uma pausa diante da porta, com a mão levantada e pronta.

Bater.

Correr.

Bata na porta. Devagar.

Volte para o seu quarto.

Você foi covarde uma vez esta noite. Não faça isso de novo.

Escolha a sanidade.

Escolha o prazer.

Bati de forma tímida na madeira enquanto minhas coxas se apertavam. Eu precisava disso — dele. Meus músculos se fortaleceram enquanto eu solidificava minha determinação e batia com um pouco mais de força.

— Entre. — Sua voz passou pela porta e parecia acariciar cada fibra do meu ser.

Virei a maçaneta e entrei. Ele estava sentado, sem camisa, com um caderno no colo, as costas apoiadas contra os travesseiros e a cabeceira da cama de grandes dimensões.

— Juliet — ele murmurou, baixando a caneta. — O que posso fazer por você?

Fechei a porta com cuidado e me movi na direção da luz suave que brilhava do teto alto.

— Não consigo dormir — admiti, deixando o robe cair. — Estou... eu *preciso.*

Seus olhos verdes percorreram meu corpo, absorvendo tudo antes de encontrar meu olhar.

— Do que você precisa, querida? Me fale.

— De prazer — sussurrei.

Ele arqueou uma sobrancelha em sinal de desafio.

— Mais alto, querida.

— Prazer — repeti, sentindo a garganta seca e as coxas tremendo. — Por favor, senhor. Estou tão quente que dói.

— Você está molhada para mim?

— Sim. — A palavra saiu em um gemido quando apertei uma perna contra a outra. Mais um pouco e eu certamente entraria em colapso.

— Me mostre. — Sua voz baixa, juntamente com o pedido, provocou um vulcão de sensações dentro de mim. Era tão intenso que não consegui respirar. Não consegui me mover. Nem pensar.

Seus músculos flexionaram quando ele moveu o caderno do colo para a mesa de cabeceira e se acomodou.

— Estou esperando, Juliet — ele murmurou, apoiando as mãos atrás da cabeça. Ele parecia um anjo sombrio, com o olhar dissimulado e lábios convidativos.

O significado de seu pedido atingiu meu estômago, obrigando meus pés a se moverem antes que as palavras alcançassem meu cérebro. Nessa altura, já era tarde demais.

Me ajoelhei ao seu lado, levantando a renda para sua inspeção.

— Mais perto, amor. — Seu tom era uma carícia erótica que atormentava todos os nervos. Meu corpo sucumbiu a todos os seus desejos, fazendo exatamente o que ele exigia, sem questionar.

Os travesseiros embaixo da sua cabeça afundaram quando apoiei meus joelhos neles e posicionei minha parte mais quente diretamente sobre seu rosto. Suas mãos deslizaram sob a lingerie translúcida para agarrar meus quadris enquanto eu segurava a cabeceira da cama para me equilibrar.

— Humm, você está tão excitada que está inchada. — A respiração dele provocou minha carne úmida, arrancando um gemido da minha garganta que não parecia meu.

— Por favor, senhor — implorei. — Por favor.

— Só porque você pediu com doçura. — Seu aperto aumentou quando ele guiou minha boceta até a boca. O primeiro toque da língua no meu clitóris provocou um grito gutural que se assemelhava com seu nome.

Meu corpo tremia acima dele de forma incontrolável, e seu aperto era a única coisa que me mantinha firme.

Eu precisava disso, ansiava.

Ah, deusa...

Sua boca era pura magia. Seu toque era perfeito.

— Darius — murmurei enquanto minhas pernas tremiam violentamente.

A cabeceira rangeu sob as minhas mãos. Foi quase demais, mas não consegui parar seu toque. Não quando ele me consumia tão completamente.

O fogo se agitou dentro de mim, disparando faíscas pelos meus membros. A posição indecente acima dele apenas aumentou a sensação. Isso me deu uma falsa sensação de poder, uma aparência de controle nunca antes experimentada. Suas mãos me firmaram, seus lábios me possuíam, e eu me senti como uma rainha.

A rainha dele.

O calor derretido se juntou entre minhas pernas, fritando meu interior e criando um ciclone de energia focado em um único ponto.

— Ah — gemi enquanto meu corpo gritava para gozar. Algo afiado – os incisivos de Darius – percorreu o centro do meu prazer, me perfurando um pouco e me lançando em um mar de felicidade sombria.

Gemi seu nome, que soou estranho como um grunhido, quando me derreti. Cada sensor explodiu de uma só vez, meu corpo atingindo um êxtase extremo que não me permitiu mais pensar.

Bati a testa em algo duro.

Segurava com mais força ainda.

Espasmos selvagens me atingiram sem parar.

— Darius — falei. Meu cérebro estava confuso, meu coração em frangalhos e minha alma esmagada.

Como algo tão fenomenal poderia machucar?

— Shh — ele murmurou, me trazendo de volta para ele, para a realidade.

Eu ainda estava em seu rosto, com meus ombros tensionados em um prazer torturante e a cabeça pressionada contra a cabeceira fria. Luz entrou lentamente no meu campo de visão. Senti o calor das suas mãos contra minhas coxas. Sua boca contra a minha intimidade.

— Linda. — O elogio fez sua voz soar mais profunda, provocando um arrepio na base da minha coluna. Suas mãos roçaram minhas pernas até os tornozelos, onde ele removeu os sapatos com habilidade. As pontas dos seus dedos massagearam a sola dos meus pés, provocando formigamento nas panturrilhas.

Era tão bom...

— O que eu te disse sobre vir aqui? — ele perguntou baixinho.

Minha garganta seca se apertou enquanto eu tentava engolir.

— Reciprocidade — murmurei.

— Boa garota. — Suas íris escureceram para um verde floresta enquanto ele sorria. — Desça o corpo. Quero sentir sua excitação contra a minha.

Demorou muito para eu atender ao seu comando, mas ele não me pressionou. Suas mãos agiram como um guia quando me arrastei até sua cintura nua e mais para baixo.

Ele não estava apenas sem camisa. Ele estava nu.

Ainda não havia visto Darius nu. Ele sempre mantinha as roupas, mesmo quando eu o acariciava. Levei as mãos ao seu abdômen para me equilibrar e também para tocá-lo. Músculo sólido. Lindo. Macio. Um predador envolto em pele quente e bronzeada.

Todos os vampiros eram bonitos, mas Darius redefinia o significado da palavra. Ele a aperfeiçoava. Suas linhas eram finas e elegantes, o rosto bonito, a figura atlética e proporcionalmente bonita. Sua ereção não era diferente. Deslizou entre minhas dobras úmidas, se moldando perfeitamente ao meu corpo como se tivéssemos sido criados um para o outro.

— Puta merda — ele sussurrou, arqueando um pouco as costas para fora da cama. — Monte em mim, Juliet. Quero que você absorva cada centímetro meu.

Ainda não havíamos feito isso. Parecia íntimo, certo e um pouco aterrorizante. Seu membro duro iria mais do que me preencher. Tiraria minha virgindade e causaria desconforto, com certeza.

Eu tinha que estar pronta para ele, especialmente se ele pretendia me tomar hoje à noite. Meu corpo pertencia a ele para ser tomado como ele exigia, e eu permitiria. O que ele quisesse.

Meus quadris se moveram, e eu o montei como me foi ordenado, espalhando todo o meu prazer sobre ele e amortecendo sua excitação quente. Toda vez que sua cabeça encontrava minha fenda, eu me encolhia. Ele me deixou muito sensível, mas eu tinha que dar o que ele desejava. Seus dedos deslizaram pela lateral do meu corpo, por baixo da camisola e vagaram para os meus seios.

— Você é tão perfeita. — Uma nota de reverência tocou sua voz, me concedendo imensa satisfação. A parte inferior do seu corpo se moveu com o meu, o atrito se intensificando a cada impulso. Eu meio que esperava que ele me reposicionasse e forçasse seu pênis para dentro, mas ele parecia perdido em nossos movimentos.

Minha lingerie desapareceu com um rasgo, e ele segurou meu cabelo, puxando-o com força para colar minha boca à sua. Esqueci de como respirar sob seu ataque e perdi todo o contato com a realidade quando ele me girou.

É isso, pensei, aterrorizada e excitada.

Ele me beijou com força, seu pênis continuando a deslizar pela minha vagina úmida com movimentos mais precisos. Meu clitóris vibrava com o toque da cabeça do seu pau, mas eu não vacilava mais. Não. Estava começando a sentir calor novamente.

Me inclinei para fora da cama enquanto suas presas perfuravam meu pescoço.

Nem o senti se mexer. Ele apenas atacou, seu beijo vampírico reivindicando minha essência como sua.

— Darius — eu sussurrei, passando os dedos em seus cabelos.

— Minha — ele grunhiu enquanto se inclinava em meu peito e me mordia no mesmo lugar que o outro vampiro havia mordido há poucas horas. Me ocorreu então que ele fez o mesmo na minha garganta.

Ele está me marcando novamente.

Mas essa mordida não doeu.

Eletricidade subiu pela minha coluna, centralizando no lugar onde nossas excitações se conectavam e aumentando as sensações.

Então ele afastou o pênis, levantou um pouco o quadril enquanto segurava meu pulso e forçou minha mão a descer.

— Me acaricie, Juliet. Quero gozar em seu clitóris.

Envolvi os dedos em sua excitação grossa. Os efeitos do meu orgasmo haviam umedecido sua pele, exatamente como ele desejava, me permitindo acariciá-lo com facilidade. Para cima e para baixo, pressionando onde eu sabia que ele gostava. Minha outra mão entrou em ação, segurando suas bolas pesadas enquanto eu acariciava o pau latejante com movimentos firmes.

— Mais — ele exigiu, e seus dentes rasparam meu mamilo. Estremeci quando ele me perfurou novamente, bebendo meu sangue enquanto eu o massageava de forma íntima.

Ele estava perto. Podia sentir quando suas bolas tensionaram em minha mão e pela forma como seu pênis ficou maior. A tentação de colocá-lo na minha entrada me atingiu, forçando minha mão a inclinar a cabeça em direção à minha vagina molhada.

Isto seria tão fácil.

Um impulso.

Mas não foi o que ele pediu.

Continuei minha tarefa, me movendo do jeito que sabia que ele não podia resistir e sorri quando senti seu grunhido contra o meu peito. Seu sêmen jorrou quente em minha intimidade, me atingindo com a força do seu orgasmo e me marcando indefinidamente como sua.

Ergui os quadris para encontrar os seus, desejando mais, desejando que ele estivesse dentro de mim e não apenas perto. Sua essência abrasadora se misturou à minha, criando espasmos de prazer. Espremi cada gota com a mão, saboreando a sensação.

Darius se ajoelhou, e seu olhar se concentrou nas minhas pernas abertas. Ele passou o polegar ao longo da minha umidade até clitóris.

— Você está incrível assim, encharcada com meu sêmen.

Estremeci com seu toque e a visão do seu corpo nu agachado tão perto do meu. Músculo e força irradiavam dele, assim como uma aura de perigo. Darius não era apenas um vampiro, ara antigo também.

Ele espalhou sua essência ao redor da minha entrada,

despertando uma fome profunda dentro de mim. Então ele pressionou minha entrada, apresentando seu prazer ao meu e os unindo na dança mais antiga do mundo.

— Logo — ele sussurrou de um jeito sombrio. — Mas não ainda.

Por quê? Eu queria perguntar, mas apenas um gemido escapou. Ele pressionou meu clitóris sensível, massageando nosso gozo em minha carne.

A boca do meu estômago ferveu, aumentando a cada toque do seu polegar. Darius tocava meu corpo com muita experiência, seu olhar sempre atento e focado em minhas reações. Ele me apertou, acariciou e provocou meus nervos. Estremeci embaixo dele, completamente perdida por sua vontade.

Uma mão.

Foi tudo o que ele usou.

E eu já estava me desfazendo.

Quando ele se inclinou para capturar meu mamilo, empurrei contra ele. Minha respiração parou. O mundo inteiro escureceu ao meu redor. Tudo estava focado em Darius.

— Minha semente é sua agora — ele sussurrou. — E em breve, meu pau também será.

Suas palavras aumentaram a intensidade que crescia dentro de mim, atingindo o topo do vulcão que ameaçava entrar em erupção. Tremi com a potência de tudo aquilo e perdendo o controle da realidade.

— Tão perto. — Ele mordiscou meu peito. — Posso sentir borbulhando sob a superfície, aguardando meu comando. Seu corpo está tão bem treinado, Juliet. — Ele deixou beijos até minha clavícula e ao longo da minha mandíbula.

Meus nervos estavam ligados a um fio vivo, vibrando com energia e esperando queimar. Eu me senti presa, congelada no tempo — escrava do desejo do meu mestre.

— Por favor — sussurrei, sentindo dor com a força disso. — Por favor, senhor.

Ele sorriu contra o meu pescoço e sua língua acariciou meu pulso.

— Você implora tão lindamente, querida.

Minhas unhas cravaram nas palmas das minhas mãos quando ondas insuportáveis de necessidade me invadiram. Eu estava ofegando seu nome, me contorcendo sob suas atenções, morrendo pelo gozo que ele mantinha em espera.

Seus lábios roçaram minha orelha, a respiração pesada e inebriante.

— Goza pra mim.

Agonia associada à gratificação explodiu dentro de mim, destruindo minha capacidade de me mover e pensar.

Flashes de luz.

Quebra da minha consciência.

Um mundo de desconforto e euforia.

Meus pulmões queimaram por causa dos meus gritos enquanto meus membros derreteram em uma poça.

— Gloriosa — Darius murmurou, colocando seus lábios contra os meus. — Perfeita.

Passei os dedos por seus braços fortes para segurá-lo enquanto ele me beijava. Ele tinha um sabor doce, com uma pitada de sexo e o toque de sua língua era magistral enquanto explorava minha boca quase com ternura.

— Durma, Juliet. — Ele esfregou o nariz no meu. — Continuaremos seu treinamento amanhã.

Capítulo quinze

JULIET

ESTIQUEI OS BRAÇOS SOBRE a cabeça e suspirei, contente com o calor que fluía por minhas veias. Um sentimento estranho, que eu gostaria de desfrutar por mais alguns minutos.

A maioria das noites era tão fria que eu acordava com a sensação de gelo caindo sobre mim. Isso me entorpecia antes que o dia começasse, me ajudando a suportar qualquer novo julgamento que o Coventus lançasse contra mim.

Acordar com Darius era diferente.

Novo.

Intoxicante.

Seus lábios estavam no meu pescoço, seu peito nu pressionado nas minhas costas enquanto ele me tirava lentamente do meu estado de sonho. Balancei os quadris, amando a sensação de sua ereção quente pressionada nas minhas costas.

— Cuidado — ele murmurou. — Ou vou aceitar esse convite, querida.

Eu ia gostar, pensei. Mas parei de me mover por causa do meu corpo dolorido.

Darius tinha me extenuado tanto na noite passada que me sentia exausta, apesar da boa noite de sono. Quando me tomasse pela primeira vez, ele não seria gentil. Nenhum vampiro jamais havia sido, e Darius já havia mostrado sua propensão a sexo violento. Eu esperava que doesse. Muito.

Ele acariciou meu queixo e inclinou minha cabeça para trás para encontrar seu beijo.

Humm. Longas carícias da sua língua contra a minha.

Eu poderia me tornar viciada nesse tratamento. Tão gentil, carinhoso e quase reverente.

— Bom dia — ele sussurrou quando terminou. — Ou devo dizer "noite", já que passa bastante da meia-noite?

Sim, horário típico de vampiro. A luz do sol não os incomodava. Eles apenas preferiam a noite. Lycans abraçavam o dia. Foi o que me disseram. Ainda não havia encontrado um.

— Oi — murmurei, sentindo a garganta doer.

Ele cutucou minhas costas para me deitar embaixo dele e sorriu para mim.

— Estou orgulhoso de você, Juliet.

Eu pisquei.

— De mim? Por quê?

Sua boca roçou a minha.

— Porque você veio até mim ontem à noite e me disse o que precisava. Quero que isso aconteça com mais frequência.

Então foi um teste.

Ou melhor, algum tipo de lição.

Tudo o que Darius fazia parecia ter algum motivo.

Ele me beijou novamente, desta vez com um pouco mais de força enquanto sua ereção pulsava entre as minhas pernas. Fiquei molhada no mesmo instante, provavelmente dormi naquele estado a maior parte da noite só por instinto.

— Humm, segure esse pensamento. — Ele pressionou as

palmas das mãos no travesseiro aos lados da minha cabeça e se levantou enquanto me encarava. —Precisamos discutir seus comentários sobre não ser uma lutadora.

Gelei e fique paralisada em baixo dele.

— Eu não sou.

— Concordo que você não é — ele respondeu. — Ainda. — Ele rolou de cima de mim e estendeu a mão. — Venha comigo.

Seu tom não refletia discussão. Minha mão encontrou a dele quando ele me ajudou a sair da cama. Em vez de seguir em direção ao corredor, ele me direcionou para o banheiro de mármore de grandes dimensões e ligou o chuveiro. Fiquei embaixo da água já morna, aguardando suas instruções.

— Seus instintos de sobrevivência foram derrotados por você — ele murmurou enquanto passava os dedos pelos meus cabelos úmidos. — Vou ajudá-la a encontrar seu espírito e determinação. — Ele selecionou uma embalagem e derramou um pouco do líquido transparente na palma da mão.

— Vampiros e lycans são seres superiores — ele continuou enquanto massageava o shampoo no meu cabelo. — Não há dúvidas quanto a isso, mas não significa que todos os humanos sejam fracos. Com o treinamento e a mentalidade certos, você terá a capacidade de ser minha contraparte letal. O Coventus te ensinou como seduzir. Eu vou te ensinar a lutar.

Darius me empurrou para a água, passando as mãos sobre as mechas úmidas até que a última das bolhas desceu pelo ralo. Então ele começou de novo com o condicionador.

— Temos quatro meses até a coroação. — Sua voz diminuiu de tom. — Preciso que você me ajude a eliminar a concorrência.

Meus olhos se arregalaram com as palavras e a confiança inerente que as sublinhava. Nem uma vez ele mencionou *porque* queria minha cooperação.

— Você pretende concorrer — apontei.

— Não, pretendo vencer. — Ele acariciou uma mecha de cabelo que caiu sobre o meu peito. — A melhor maneira de derrotar um inimigo é se tornar o inimigo.

— Você se refere à Aliança? — perguntei baixinho, incerta.

— Sim. — Ele me empurrou para debaixo d'água novamente e

repetiu suas ações anteriores. Então nos girou e ficou mais perto do chuveiro. — O vampiro que você me ajudou a assassinar na noite passada era Viktor Armintrov. — Ele entrou debaixo d'água enquanto meu queixo caía.

— Ele é da aristocracia. — Minha voz saiu em um sussurro chocado que, é claro, Darius ouviu.

— Sim, e um absoluto cretino que mereceu o seu destino. — Ele sacudiu as gotículas dos cabelos escuros e deu um passo à frente. — Seu estabelecimento favorito era o prostíbulo. Tenho certeza de que seu Coventus explicou isso para você.

Sim. Os vampiros no comando usavam como uma ameaça em potencial, se alguém se comportasse mal.

— É um lugar para o qual seres humanos com linhagens menos dignas são enviados — falei, citando meus textos. — A idade média da morte é de vinte e cinco anos.

— Por causa de homens como Viktor — Darius respondeu enquanto ensaboava a cabeça com shampoo. — Confie em mim quando digo que ele merecia um destino muito pior do que ser decapitado.

Pensei sobre isso enquanto ele se enxaguava e aplicava o condicionador.

— Por que você desejaria se juntar à aliança? — me perguntei em voz alta. — Você não me parece ter motivações políticas. — Talvez eu não tivesse compreensão suficiente para dizer isso, mas, considerando todos os meus aprendizados, Darius não se encaixava no modelo.

Seus lábios se curvaram em um sorriso perigoso.

— Quero destruí-la e restabelecer nosso legítimo líder.

Todo o ar deixou meus pulmões. Ele mencionou a parte sobre os inimigos, mas isso...

A Aliança era a cola que mantinha nossa sociedade unida. Sem ela, lycans e vampiros entrariam em guerra, deixando os humanos como danos colaterais.

Tudo entraria em colapso.

Darius pressionou uma barra de sabonete no meu peito e começou a massagear em pequenos círculos.

— Me diga, Juliet, você está feliz? — ele perguntou baixinho.

— Com esta vida, quero dizer. Você gosta de ser relegada à escravidão? Ser uma fonte de comida e prazer para minha espécie?

Minha boca se abriu e fechou, mas nenhum som saiu. Não eram perguntas para as quais eu sabia as respostas, pois nunca as considerei. Meu objetivo havia sido definido no nascimento. Eu nunca tive escolha. Que outros meios de felicidade existiam para uma virgem de sangue?

— Os humanos costumavam ter um lugar mais importante na sociedade. — Sua mão desceu enquanto ele ensaboava mais a minha pele. — Te mostrei os livros de história quando você chegou para que você entendesse. Isso não é algo que o Coventus ensine. A informação é considerada irrelevante, o que é, na verdade, uma maneira elegante de classificá-la como ilegal.

Ele me afastou e colocou meu cabelo por cima de um ombro para acessar melhor minhas costas enquanto continuava falando.

— Há quem discorde da maneira como nosso governo trabalha hoje. Favorece a antiga aristocracia e degrada as de linhagens inferiores. Ivan e Trevor são dois exemplos – eles não se qualificam para uma posição judicial só porque nasceram na classe baixa, como seres humanos. Também os impede de ter certas carreiras, os desqualifica para eventos como o leilão de virgens de sangue e até os impede de entrar em certos círculos sociais sem um representante.

A palma da mão de Darius deslizou pela minha coxa enquanto ele se ajoelhava atrás de mim.

— Como você, sem dúvida, constatou, o sangue é muito importante na hierarquia vampírica. E é o fundamento da Aliança. Vire-se.

Fiz o que ele pediu, colocando a parte do meu corpo mais sensível diante de seus olhos. Ele deu um beijo no meu monte depilado antes de lavar delicadamente a área de suas atenções da noite passada.

— O quanto você sabe sobre os lycans? — perguntou, suas íris verdes encontrando as minhas.

— As linhagens são importantes para eles também — respondi. — Eles têm casas reais e hierarquia em seus bandos.

— Uma avaliação grosseira, mas é verdade — ele concordou.

— Os machos alfa controlam tudo, incluindo as fêmeas em seus territórios. A propriedade pode ser trocada por uma mulher escolhida, e eles acreditam muito em reprodução forçada. Se eles tratam sua própria espécie assim, pode imaginar que com os seres humanos é muito pior.

Estremeci. Os lycans nunca foram o tipo de predador com o qual eu tive que me preocupar, por isso não passei muito tempo estudando-os, mas sabia que eram violentos. Havia rumores sobre o que acontecia com os seres humanos escolhidos para a lua cheia. Nenhum deles sobreviveu.

— O que quero dizer é que nosso sistema é imperfeito e existem aqueles – inclusive eu – que não concordam com o modo como tudo é executado e queremos corrigi-lo. — Ele se levantou. — Enxágue.

Entrei debaixo da água novamente enquanto ele se ensaboava de uma maneira muito mais eficiente e quando estava pronto para enxaguar a espuma trocou de posição. Ela se juntou aos nossos pés, criando um movimento rodopiante sobre o ralo enquanto eu observava entorpecida.

De todos os mestres, fui escolhida por quem desejava mudança.

Um mundo sem a aliança. Eu não conseguia nem imaginar como seria isso.

Darius levantou meu queixo, seu olhar capturando o meu.

— A minha linhagem é puramente aristocrática, o que me qualifica como um candidato ideal para a ascensão.

— O que aconteceu com o antigo soberano? Adrian Loughton? — O nome era um palpite baseado em seu comentário sobre Viktor. Me lembrei da sua região nos meus estudos e sabia que Viktor estava abaixo de Adrian.

— Estou impressionado — Darius elogiou. — E, para responder à sua pergunta, o sr. Loughton teve um final infeliz nas mãos de alguns lycans equivocados. Foi trágico.

Ele não parecia tão chateado com isso.

— Você orquestrou tudo. — Outro palpite que eu sabia ser correto pelo brilho em seus olhos verdes.

— Como eu disse, trágico. — Ele desligou a água e puxou uma

toalha enorme da prateleira. O algodão quente me cobriu dos ombros até os joelhos. — Existem vários nessa região que se qualificam para substituí-lo, sendo eu um desses candidatos. Mas evito a política há quase um século, optando por viver sozinho.

— Por quê? — perguntei, curiosa.

O sorriso dele foi triste.

— Essa é uma história para outro dia, querida. Temos outras atividades que têm precedência, incluindo um jantar com Ivan e Trevor.

— Jantar? — repeti.

— Sim. — Ele enrolou uma toalha em volta da cintura. —Será um ensaio para o final desta semana.

— O que vai acontecer no final desta semana? — As palavras saíram antes que eu pudesse detê-las, uma indicação de erro no meu condicionamento. Questionar um mestre era errado, não que Darius parecesse se importar. Na verdade, ele parecia se divertir com isso.

— Um compromisso com Sebastian Cromwell.

Meus olhos se arregalaram.

— O regente? — Ele era o segundo em comando a um soberano e notoriamente poderoso. Não poderia ser o vampiro ao qual ele quis se referir...

— O próprio — ele respondeu. — Ele pediu.

— Por quê? — Eu simplesmente não conseguia impedir minha boca de se mover ou falar.

Um pouco da sua diversão se dissipou quando ele se aproximou, me forçando a recuar e me encostar na parede atrás de mim. Ele colocou as palmas das mãos no mármore aos lados da minha cabeça, me prendendo entre seus braços musculosos.

— Uma cerimônia é algo raro, Juliet. Tão raro que o último registro ocorreu há mais de cinco décadas. E ainda que a nossa não esteja completa, os estágios iniciais começaram, o que inspirou certa curiosidade entre meus irmãos.

— O que significa que ele está vindo por minha causa — deduzi.

— Sim. — Ele deixou essa resposta se estabelecer entre nós, sua expressão paciente como se estivesse esperando por mais uma pergunta, mas ele finalmente me silenciou. — Sabe o que acontece com uma virgem de sangue acasalada em um jantar?

Me lembrei de todos os meus textos, mas nada me ocorreu. Nenhum deles jamais discutiu a cerimônia, muito menos a etiqueta que a seguia.

— Não, senhor.

— Compartilhamento — ele murmurou.

Franzi a testa, sem entender.

— Compartilhamento do quê?

— De você, querida. Sebastian deseja que eu te compartilhe e dada a minha resposta instintiva a Viktor na noite passada, preciso praticar minha paciência no que diz respeito a isso. Então, vamos começar com Ivan e Trevor. Hoje.

Capítulo dezesseis

— VOCÊ CONTOU A ELA SOBRE o objetivo final? — Apesar do terno elegante e gravata, Ivan parecia pronto para dar um soco, e meu rosto era seu alvo principal.

— Sim. — Não expliquei, afinal, qual era o motivo?

Compartilhar meus desejos com Juliet se adequou ao momento. Saber o que eu pretendia era crucial para o seu treinamento.

— Sim — Ivan repetiu, andando de um lado para o outro. — É só isso?

— Sim. — Dessa vez falei para irritá-lo. E funcionou. Meu velho amigo deu a volta ao meu redor e ficou com o nariz a centímetros do meu.

— Ela poderia ir até a porra da aliança e fazer com que te

matassem. Sabe disso, não é? — Ele estava com raiva, porque se preocupava comigo. E só por isso não respondi à sua proximidade física. — Puta merda, onde está a realeza quando preciso dele? Se alguém pode colocar juízo em você, é *ele*.

Passei os dedos pela gravata e o encarei sem hesitar.

— Ninguém acreditaria em uma virgem de sangue falando algo sobre um vampiro do meu status, não que ela tenha acesso a alguém da aristocracia para informá-los. Acima de tudo, ela é minha e não repetirá uma palavra para ninguém. — Quanto ao comentário sobre "a realeza", ele entenderia como meu amigo mais velho e aliado. Afinal, a maior parte disso foi ideia dele. *Para Cam.*

Ivan arqueou as sobrancelhas.

— Você confia nela?

— Sou o dono dela — esclareci. — Confiança não é necessária com a propriedade. — Uma afirmação dura, mas verdadeira.

— Não gosto disso.

— Você não precisa gostar para aceitar.

Ele pegou o copo de bourbon e bebeu o conteúdo antes de batê-lo na mesa.

— Certo. Mas se ela acabar te colocando em perigo, não espere pena de mim.

Eu ri.

— Devidamente anotado. Agora, onde está o Trevor?

— Provavelmente se satisfazendo com uma ruiva — Ivan murmurou.

— Quando ofereci a ele minha virgem de sangue esta noite?

— *Porque* você a ofereceu.

Eu sorri. Trevor estava preocupado que eu pudesse perder o controle. Bem, isso não seria um problema, pois eu planejava ficar responsável por todos os detalhes. Ninguém machucaria minha Juliet.

— Ela está apavorada? — Ivan perguntou.

— Sim. — Senti seu medo quando mencionei sobre compartilhá-la e novamente quando a dispensei para se preparar para o jantar. A roupa que pedi que ela usasse não ajudou em nada. Em vez de preto, optei por um vermelho escuro. Ficaria bonito em contraste sua pele pálida.

— Então você não contou a ela como isso vai acontecer.

Bufei.

— Claro que não. Qual seria a graça disso?

— Você ainda é um idiota.

— Por que isso mudaria? — perguntei, sorrindo. — Vamos nos divertir um pouco?

— Você é um homem mau, Darius.

— Outro fato que nunca vai mudar — apontei enquanto liderava o caminho para o vestíbulo. O perfume de Juliet ficou mais forte – indicando que ela havia saído do quarto – e eu queria observar suas reações enquanto ela descia a grande escadaria. Seu vestido captou a luz do lustre que ficava acima de nós, iluminando suas curvas quando ela parou no topo.

— Merda — Ivan grunhiu ao meu lado. — Odeio você.

— Nós dois sabemos que isso não é verdade — respondi baixinho enquanto Juliet se aproximava de nó, usando sapatos de saltos altos de dez centímetros. Ela não vacilou, apesar de seu nervosismo óbvio sobre o que o jantar implicaria.

Seus seios balançavam a cada passo, me deixando bastante satisfeito por ter escolhido esta roupa. Correntes finas de ouro seguravam o tecido em seus ombros e o decote ia quase até o umbigo. Suas costas estavam nuas, as fendas na saia subiam até a metade da coxa e, como em todo o resto que ela usava, o tecido transparente revelava tudo o que havia por baixo.

— Juliet — murmurei, beijando sua bochecha quando ela se juntou a nós. — Vamos fingir que é um encontro tradicional – apenas para jantar – para ensaiarmos os eventos futuros. Preciso que você se curve como faria normalmente enquanto eu a apresento a Ivan.

Eles já haviam se encontrado em algumas ocasiões, mas o encontro de hoje era para nos preparamos para o nosso jantar com Sebastian. E para fazer isso, precisávamos fingir um pouco.

Seus olhos escuros se afastaram dos meus e sua subserviência assumiu de imediato.

— Sim, senhor.

Levantei seu queixo, querendo encarar seu olhar por mais um

momento.

— Estarei aqui o tempo todo, amor. E vou te treinar, tudo bem?

Ela engoliu em seco.

— Sim, senhor.

Emoldurei sua bochecha e a beijei na boca.

— Não vou deixar nada que você não vai gostar acontecer — sussurrei contra seus lábios. — Você vai ver.

— Tudo bem. — Ela não parecia tão convencida, mas eu provaria meu argumento até o final da refeição.

Eu a soltei e dei um passo para trás.

— Por mais que me doa dizer, por favor, curve-se para Ivan. — Era uma formalidade ridícula, mas os humanos eram considerados os escalões mais baixos da sociedade. Eles eram classificados no mesmo nível que o gado.

Juliet se abaixou com facilidade, mantendo seu olhar novamente em nossos sapatos. Ela não levantaria os olhos até que eu desse permissão.

— Quando Sebastian chegar, no final desta semana, você descerá a escada com a mesma confiança e se curvará assim que chegar ao vestíbulo.

— Sim, senhor. —Sua voz não tinha nenhum sinal de medo, esse tipo de formalidade, sem dúvida, era típico para ela.

— Ivan — chamei.

Ele me deu um olhar que expressou irritação antes de observar a forma submissa de Juliet. Com as mãos nos bolsos, ele a circulou, olhando todos os ativos em exibição enquanto, propositalmente, roçava nela ao se mover. Ela não vacilou, mantendo a postura perfeita o tempo todo.

— Ela é adorável, Darius. — Ele parou atrás dela. — Posso?

Meus instintos se revoltaram enquanto eu respondia:

— É claro.

Eu poderia lidar com isso.

Precisava.

— Ajoelhe-se para o mestre Ivan — instruí.

Juliet se ajoelhou, mantendo as palmas das mãos nas coxas e a cabeça ainda inclinada de forma respeitosa. Meu pau endureceu com aquela posição familiar. Ela realmente era uma mulher linda.

Ivan passou os dedos pela bochecha de Juliet antes de seguir pelo pescoço até as correntes de ouro que enfeitavam seus ombros. Monitorei a frequência cardíaca dela enquanto ele continuava sua exploração e admirava o ritmo constante, especialmente quando ele se moveu para pressionar as pernas nas costas expostas dela.

Ele agarrou o queixo dela para forçar sua cabeça para trás e encontrar seu olhar. Então sorriu de forma sedutora.

— Olá, escrava.

— Mestre Ivan — ela cumprimentou. — Bem-vindo.

Ela era tão natural. Sem tremer ou se esconder, apenas total conformidade em uma situação perigosa. O Coventus havia feito um bom trabalho. Pena que tive que desfazê-lo.

Ah, na superfície ela permaneceria a mesma, mas não por dentro. E suas reações hoje provaram que tudo era possível. Juliet tinha me questionado abertamente e sem medo — um salto adiante em nosso acordo, tendo ela percebido ou não.

Ivan passou o polegar sobre os lábios dela, acariciando-os lenta e completamente.

— Você tem uma boca deliciosa. Talvez seu senhor me permita experimentá-la mais tarde.

Engoli minha resposta preferida a essa afirmação e mantive o ar de indiferença. Uma melhoria da situação com Viktor.

— Ah, perdi as apresentações. — A voz de Trevor percorreu o vestíbulo quando ele entrou em casa sem bater – uma indicação da nossa amizade. Poucas pessoas poderiam fazer isso sem arriscar suas vidas.

— Chegou bem a tempo — Ivan respondeu com a palma da mão na bochecha de Juliet. — Venha conhecer a escrava do Darius.

Trevor entrou usando um terno preto feito sob medida e ficou na frente de Juliet enquanto Ivan continuava a acariciar sua mandíbula devagar. Trevor olhou lentamente para o decote profundo, a cintura e as coxas levemente entreabertas e recuou.

— Ela é deliciosa, Darius — elogiou, desempenhando seu papel de forma adequada.

— Gostaria de tocá-la? — ofereci.

— Humm, sim, gostaria. Com sua permissão. — Seus olhos azul focaram nos meus em uma pergunta educada.

— À vontade. — As palavras tinham um gosto azedo na minha boca, mas pareciam normais. Uma indicação de que talvez eu conseguisse concluir a noite sem matar um dos meus melhores amigos. Claro, essa seria a parte mais fácil.

Trevor tocou seu ombro antes de traçar a linha do vestido sobre os seios e voltar.

— Tão macia — ele murmurou com a atenção focada em seus mamilos eriçados. — E responsiva.

Seu corpo reagiu ao toque de um vampiro — mais um impulso incutido nela através de anos de condicionamento. Era por isso que ela se submeteu a mim com tanta facilidade? Ou era algo mais?

Isso importava?

Sim.

— Vamos para a sala de jantar? — Minha voz firme não parecia em nada com a que se revoltava na minha cabeça.

— Eu estou faminto. — Ivan soltou Juliet, mas não se afastou dela. — Sua escrava é magnifica.

Enquanto isso, Trevor continuou sua exploração, passando da clavícula para o queixo.

— Posso acompanhá-la? — ele perguntou, olhando em minha direção.

Forcei um sorriso.

— É claro.

— Excelente. — Ele estendeu a mão com palma para cima. — Bela?

Ela ergueu as sobrancelhas, um pouco surpresa com o apelido que ele lhe deu enquanto Ivan sorria com o claro acidente social. Não que Trevor se importasse. Ele adorava ser repreendido pela aristocracia.

Juliet aceitou sua ajuda para se levantar do chão e passou o braço pelo dele quando ele a ofereceu.

— É um prazer, pequena.

— Obrigada, mestre Trevor.

Ele riu.

— Ah, como eu gosto de ouvir essas palavras da boca de uma

mulher, especialmente uma tão linda quanto a sua.

— Duvido que o Sebastian seja tão bem-humorado — Ivan falou devagar enquanto seguia o casal pelo corredor. Permaneci alguns passos atrás, com o objetivo de mostrar confiança e respeito.

Trevor bufou.

— Claro que não. O cara anda por aí como se tivesse um pau enfiado na bunda.

— Como? — Ivan perguntou.

— Todo empertigado, quero dizer. — Trevor liderou o caminho para a sala de jantar com um sorriso no rosto enquanto eu balançava a cabeça.

— Eu disse que ele não duraria mais de cinco minutos — Ivan comentou. — Acha que talvez seja o cabelo loiro? Será que clareou demais durante os dias de surf?

— Sério, uma piada de loira? — Trevor retrucou. — Imagino que não devo esperar muito de um ex-britânico.

— O pobre sr. América não entende nosso sarcasmo, D — Ivan murmurou. — Você acha que é porque o sistema político anterior não valorizava a educação da mesma forma que o nosso?

— Com certeza — concordei, mesmo que não tivéssemos crescido na mesma época. Meus amigos nasceram muito, muito depois de mim.

— O que os apelidos significam? — Juliet perguntou, seu olhar encontrando o meu de forma inesperada na sala de jantar.

Todo mundo parou de sorrir e o ar resfriou. Os olhos de Juliet se arregalaram quando ela percebeu a gafe e seu lábio inferior tremeu.

Humm. Se Sebastian estivesse aqui, eu não teria escolha a não ser puni-la publicamente por tal explosão. No entanto, como Trevor já havia quebrado todas as formalidades, eu poderia deixar isso passar.

Além do mais, esse era o tipo de comportamento que eu desejava — uma falha em seu condicionamento que eu poderia explorar.

Trevor se afastou quando segui em frente, e Juliet imediatamente fez uma reverência formal. Mordi a língua para não castigá-la por isso. Ela pensou que ainda estávamos ensaiando, o que significava que eu aplicaria a pena dela agora. Mas não. Eu não tinha vontade de repreendê-la por mostrar curiosidade.

Ivan e Trevor ficaram boquiabertos quando me ajoelhei diante dela, colocando as mãos em seu rosto para forçá-la a olhar para mim.

— Os Estados Unidos país é um país antigo e, tecnicamente, onde vivemos agora. Britânico é relacionado à Grã-Bretanha ou ao Reino Unido. Eles desapareceram com a queda da humanidade. Agora tudo está dividido em regiões.

Seus olhos castanhos me encararam profundamente.

— Li sobre isso nos livros de história. Foram tantas guerras.

Disfarcei um sorriso.

— Sim, eles participaram de várias, mas a maioria dos humanos participou ao longo dos séculos. Me lembre de deixar você ler sobre as Cruzadas em algum momento. — Um período devastador em que não gostei de viver.

— Você é britânico? — ela perguntou baixinho.

— Na verdade, não. — Sorri quando me levantei e estendi a mão para ela se juntar a mim. — Nasci na região da Gália, que mais tarde se tornou a Europa Ocidental. Depois te mostrarei em um mapa, mas minha ascendência é romana. Mais tarde, me mudei para a província de Britannia, quando era conhecida como Grã-Bretanha romana.

— O que ele está tentando dizer é que ele é bem velho — Trevor traduziu.

Eu o ignorei e foquei mais uma vez em Juliet.

— Quase três mil anos, para ser preciso.

Ela não pareceu chocada com essa informação, sugerindo que havia antecipado aquilo ou estava anestesiada com a existência eterna. Provavelmente, as duas coisas.

— Você está muito bem para a sua idade — ela respondeu, me chocando mais uma vez.

— Isso foi...? — Ivan parou.

— Uma piada — Trevor terminou. — Ah, eu sabia que gostava dela.

— Você continua chamando-a de boneca.

— O que ela é, mas é inteligente.

— Chega — declarei, cansado da conversa paralela interrompendo o momento.

Juliet se encolheu e baixou o olhar.

— Sinto muito, senhor. Era para ser um elogio.

— Eu sei — sussurrei. Não havia como ela desenvolver um senso de humor de repente. — Obrigado. — Beijei sua testa e a envolvi em um abraço. Ivan e Trevor ficaram boquiabertos olhando para mim como se tivesse crescido uma segunda cabeça em mim.

— O quê? Você estragou o ensaio no vestíbulo, Trevor. Vamos começar de novo daqui a pouco. — Não era como se eles se importassem com o decoro. Nós nunca o seguíamos aqui.

Beijei Juliet na boca para mostrar meu prazer por ela ter quebrado seu treinamento. Ela era lindamente desobediente. Queria ver mais, mas apenas nos limites da nossa casa.

— Você não pode agir assim quando estiver perto dos membros da sociedade, Juliet. — A encarei, garantindo que ela entendesse a importância das minhas palavras. — Só aqui.

— Sim, senhor. — Ela franziu a testa. — Não tive a intenção de falar fora de hora. Não sei bem por que fiz isso.

— Porque você está aprendendo a viver — expliquei baixinho. — Agora, sente-se na cadeira do meio. Trevor e Ivan se sentarão ao seu lado e eu estarei do lado oposto da mesa.

Ainda não estávamos nem perto de terminar.

Eu ainda tinha que compartilhá-la.

Física e sexualmente.

Capítulo dezessete

— ABRA — Trevor exigiu.

Abri os lábios enquanto mantinha os olhos fechados, seguindo as instruções. Algo quente e delicioso deslizou sobre a minha língua e lutei contra um gemido em resposta.

Eles me disseram para não falar ou emitir nenhum som — uma ordem que pareciam estar testando durante um jogo em que me alimentavam com sobremesas. Quebrar as regras resultaria em punição, e esses homens claramente queriam que eu desobedecesse aos comandos.

— Acho que ela gostou — Ivan comentou. — Dê outra garfada a ela.

Ahhhh, suspirei mentalmente. Eu já estava muito cheia. Depois de anos comendo apenas alimentos de alto valor nutricional, era difícil apreciar as refeições do jeito que Darius e seus amigos faziam. Meu estômago não suportava os sabores ricos.

— Só mais uma — Darius advertiu com a voz inexpressiva.

— Desmancha prazeres — Trevor resmungou.

— Aqui, amor, abra a boca — Ivan falou quando uma colher encostou em minha boca.

Obedeci. Outra fatia doce do paraíso torturou meu paladar subdesenvolvido quando me forcei a mastigar e engolir.

— Linda — Trevor elogiou quando alguém arrastou uma substância pegajosa pela minha clavícula. Quase olhei, mas me lembrei da ordem para permanecer de olhos fechados.

Algo molhado — uma língua — encontrou minha pele quando um deles limpou tudo o que tinha acabado de ser aplicado no meu corpo. Eles fizeram isso algumas vezes durante o jantar, com as mãos e a boca, encontrando um motivo ou outro para me tocar. Mas nunca por baixo do vestido e sempre com a permissão de Darius.

— Humm, estou desejando algo mais para a sobremesa. — As palavras de Ivan soaram perto mim. A insinuação em sua voz foi pontuada pela mão que deslizava sobre minha coxa. — Darius?

— Sim. — Ouvi o som de uma cadeira arrastando na madeira e depois passos.

Meu coração acelerou.

As carícias e lambidas durante o jantar não me incomodaram tanto quanto eu esperava, porque Darius estava por perto. Estavam todos ocupados comendo também, perdidos em conversas sobre política enquanto usavam meu corpo como uma diversão secundária.

Mas agora, eu era o centro das atenções.

Senti com todas as fibras do meu ser os três olhares em mim — vorazes.

Ah, deusa.

Foi como a primeira noite na casa de Darius, quando pensei que todos pretendiam me devorar. Só que desta vez, eu sabia que esse era o plano.

Compartilhamento.

Três homens.

Eu poderia lidar com isso?

Mal podia lidar com Darius...

Uma mão quente deslizou por baixo do meu cabelo, envolvendo a parte de trás do meu pescoço quando o perfume familiar de Darius me dominou.

— Você foi muito bem, querida. Mas agora é hora do teste real. — Seu polegar acariciou meu pulso, que vibrava. — Se levante.

Ficar de pé com os olhos fechados não foi fácil, mas consegui. A cadeira desapareceu quando Darius pressionou seu peito nas minhas costas.

Suas mãos encontraram meus quadris.

— Abra os olhos.

Abri e descobri que nada havia mudado. Trevor e Ivan estavam sentados nas mesmas cadeiras, com expressões predatórias.

— Senhores, vocês garantiram que o apetite de Juliet estivesse bem saciado. Gostariam que ela retribuísse o favor? — Darius perguntou, seu tom sombrio e sensual.

Meu coração acelerou. *Retribuísse o favor...*

Ivan se levantou e passou a mão sobre a gravata, as íris cor de caramelo formavam uma linha fina ao redor das pupilas dilatadas. Ele parecia com fome. Com muita fome.

— Eu adoraria.

— Eu também — Trevor acrescentou, de pé.

— Excelente. — Darius deu um beijo no meu pescoço – uma exibição de posse – e segurou as laterais do meu corpo. — Vamos para a sala grande?

O olhar aquecido de Ivan brilhou em minha direção, e ele arqueou os lábios.

— Acredito que seria mais confortável.

Trevor sorriu e se virou para liderar o caminho e Ivan foi logo atrás dele.

— Siga-os — Darius sussurrou quando meus pés se recusaram a se mover.

Engoli em seco.

— Sim, senhor.

Demorou um momento para minhas pernas obedecerem, pois meus membros estavam paralisados pela ansiedade. O Coventus me preparou bem para o que viria a seguir. Embora nunca tivesse experimentado isso, testemunhei vários trios e quartetos ao longo dos meus dias de treinamento. Havia muito sangue e nem todos os mortais sobreviviam.

Darius precisava de mim viva. Ou foi o que ele disse, de qualquer maneira. Felizmente, ele e seus amigos se lembrariam disso.

Trevor e Ivan pararam na lateral de uma espreguiçadeira enorme na área de estar da mansão. Cadeiras e sofás macios decoravam o local, deixando várias outras opções de assentos, sugerindo que eles escolhessem esse local com um propósito. Oferecia inúmeros ângulos para devorarem a sobremesa — eu.

Me abstive da vontade de passar as mãos úmidas contra o vestido e olhei para baixo, aguardando as instruções de Darius. Seus dedos acariciaram meus braços, provocando um arrepio à medida que suas mãos pousavam nos meus ombros.

Trevor tirou o paletó e o colocou nas costas de uma cadeira.

— Qual era o nome do vinho desta noite? — ele perguntou enquanto arregaçava as mangas da camisa branca.

— Um vinho francês antigo que não é mais fabricado. — Os polegares de Darius roçaram minha clavícula enquanto seus dedos brincavam com as correntes douradas do vestido.

Ivan imitou os movimentos de Trevor enquanto murmurava:

— Isso é uma vergonha.

— Verdade. — Darius passou o metal pelo meu ombro devagar, mantendo os lábios perto do meu pescoço. — Devo revelar sua sobremesa?

Meu coração bateu em um ritmo caótico. Eles já podiam ver através do vestido, minimizando o impacto da nudez. No entanto, a ideia de Darius remover a única barreira entre mim e esses homens...

— Sim — Ivan não hesitou, não que eu esperasse que ele o fizesse.

— Com certeza — Trevor acrescentou, seu tom assumindo um grunhido baixo que ondulou através da minha pele.

Darius riu de forma sombria enquanto puxava as tiras pelos meus braços, expondo os seios, centímetro por centímetro. Meus mamilos se arrepiaram por causa do ar frio e da tensão sexual na sala.

— Linda — Ivan murmurou quando o tecido chegou ao meu estômago. Eu podia sentir os olhares em mim, memorizando minha pele ou, mais provavelmente, determinando onde me morderiam primeiro.

Meu sangue esquentou e esfriou, meu corpo estava em guerra com a forma que deveria responder. O beijo vampírico de Darius sempre provocava prazer, mas eu sabia que não era assim que a maioria da sua raça se alimentava. Como seria com Trevor e Ivan? Eu sentiria dor? Ia gostar?

Os polegares de Darius roçaram meus quadris enquanto ele puxava o vestido, deslizando-o lentamente pelo meu corpo até cair aos meus pés.

— Deixe os sapatos — Ivan pediu, seu tom misturado com desejo. — Por favor.

— Claro. Apenas uma coisa antes. — Darius me virou tão rápido que eu teria caído se o braço dele não estivesse na parte inferior das minhas costas, me apoiando. Ele ergueu a mão para segurar meu cabelo com firmeza. Um puxão forte me fez olhar para ele — seus olhos eram duas esferas ardentes do verde mais profundo.

Sua boca cobriu a minha em um beijo punitivo que me deixou imaginando o que eu havia feito de errado. Haviam sido os arrepios? Minha pulsação acelerada? As duas coisas eram consideradas falhas mortais. O Coventus tentava acabar com esse tipo de reações instintivas através de horas de observação forçada. Infelizmente, nunca consegui dominar a arte de esconder as respostas do meu corpo. Assim como eu não podia negar o calor que Darius provocou em mim com as carícias da sua língua.

Segurei seu paletó para me equilibrar enquanto ele aprofundava sua reivindicação. Minha cabeça doía por causa da força com que ele segurava meu cabelo e meus mamilos rígidos se deleitavam com a sensação do paletó de lã fina que roçava na minha pele nua. Evocava prazer e dor simultaneamente, me deixando descontrolada. Eu não sabia se gritava ou lamentava, e esse mar de emoções complicado só piorou quando o sangue encheu nossas bocas.

Respirei ofegante contra ele, incerta sobre essa posse. A essência pegajosa cobriu minha língua e garganta, me fazendo querer vomitar. Isso só pareceu estimulá-lo ainda mais, seu braço me apertando com mais força quando o aperto nos meus cabelos afrouxou para acariciar meu rosto.

— Respire fundo — ele instruiu, fazendo meu coração pular.

Por quê? Eu me perguntava, mesmo enquanto obedecia. Então ele segurou meu nariz enquanto me beijava novamente.

Meus olhos se abriram.

Eu não conseguia respirar.

Mais sangue encheu minha boca, me sufocando e me forçando a ofegar com força enquanto meus pulmões ardiam com a necessidade de ar.

Lágrimas inundaram minha visão, meu corpo doía e meu coração batia descontrolado.

Por quê? Pisquei. *O que fiz de errado?*

Minhas unhas cravaram em seu paletó enquanto eu engolia a substância espessa que revestia minha garganta. Não ousei inspirar, mas em breve seria forçada se ele não me libertasse.

Dominação.

Darius era meu dono. Cada movimento sutil da sua língua sobre a minha confirmava seu poder e a ereção contra meu ventre dizia que ele gostava de seu domínio. Eu era sua para fazer o que quisesse — transar, sangrar, sufocar ou matar. Essa noção de controle completo e absoluto me acalmou, apesar do terror que marcava seu caminho através dos meus pulmões.

Ele me deixaria respirar.

O pensamento confiante atravessou a névoa de medo e provocou um calafrio no fundo da minha barriga. Tão contrário ao ato em questão. Eu deveria estar gritando e lutando. Em vez disso, relaxei. Meu corpo cedeu aos seus desejos e confiou nele da maneira mais crucial.

Submetida. Destruída. Dele. Assim como o Coventus me treinou para ser. Um brinquedo humano.

Os lábios de Darius deslizaram dos meus quando sua mão foi para o meu cabelo novamente, seu aperto muito mais suave do que antes.

O alívio inesperado me abalou, provocando uma onda de eletricidade em minhas terminações nervosas e me aquecendo por inteiro. Inspirei profunda e completamente, sentindo meu corpo tremer de forma incontrolável por causa do medo e de uma necessidade letal por mais. O fogo atingiu minhas veias, incendiando minha pele com mensagens conflitantes enquanto meus pulmões choravam de alegria.

A excitação fez com que as íris de Darius se transformassem em uma perigosa cor verde-floresta enquanto ele me estudava atentamente.

— Você gostou disso.

Estremeci, meu corpo inflamado por seu toque e beijo. *O que ele acabou de fazer comigo?*

Ele roçou sua boca na minha e sorriu.

— Sim, você realmente gostou disso.

Lambi o sangue dos meus lábios e estremeci novamente enquanto engolia. *Tão doce. Tão viciante. Como se fosse a vida em forma líquida.*

Franzi as sobrancelhas com esses pensamentos confusos e as arqueei quando compreendi.

Esse sangue não era meu.

Darius me forçou a engolir sua essência, não a minha.

— Por quê? — murmurei. Isso promoveria o vínculo cerimonial entre nós? Depois da primeira vez, ele mencionou que teríamos que nos consumir novamente.

— Proteção — ele sussurrou, roçando os nós dos dedos na minha bochecha. — Agora deite-se na espreguiçadeira e abra as pernas para nós.

Capítulo dezoito

JULIET PARECIA UMA DEUSA, com seus cabelos escuros espalhados nas almofadas da sala. Seus seios perfeitos subiam e desciam a cada respiração e sua pulsação era um zumbido constante nos meus ouvidos.

Ela se comportou tão bem — foi tão submissa. Suas pernas longas e macias estavam abertas como pedi, revelando cada centímetro de sua intimidade para nós. A fome irradiava de Trevor e Ivan, cujas posições eram predatórias. Um sinal meu e eles atacariam, mas nem um segundo antes. Eu controlava este momento, esta sala, esta mulher.

Meu sangue vibrou quando minha essência se estabeleceu dentro dela, cobrindo-a com mais uma camada de imortalidade e que aprofundou nosso vínculo. Eu poderia ter pedido que ela se alimentasse do meu pulso, mas parecia muito casto. O homem possessivo em mim exigia um show, uma declaração para aqueles na sala de que eu a possuía. Que independentemente do que ocorresse nos próximos minutos, Juliet era minha.

Tirei o paletó e o coloquei em cima da cadeira.

— Isso vai doer, Juliet. — Um aviso que ela provavelmente não precisava. O olhar que Ivan me deu também demonstrava que era contra o protocolo. O mesmo aconteceu com o meu beijo eterno. Que se dane, eu não me importava. Este era um teste que tinha motivo para estar sendo realizado.

— Sim, senhor. — Sua pulsação dizia algo totalmente diferente do que seu tom de voz demonstrava.

Me ajoelhei ao seu lado e beijei sua têmpora.

— Seu medo é intoxicante, querida. — Acariciei sua mandíbula, o pescoço e apertei seu pulso que estava acelerado. *Humm, tentação divina*. Olhei para os meus amigos. — Ivan, Trevor, querem se juntar a mim?

Vá se foder, Ivan parecia dizer com seus olhos castanhos.

— Achei que nunca perguntaria.

Ah, definitivamente considerei essa opção, pensei sorrindo.

— Sejam meus convidados. Por favor.

Com um arrogante arquear de sobrancelha, ele se abaixou na espreguiçadeira e se acomodou entre as pernas abertas de Juliet. Muito perto para o meu gosto, mas já havíamos concordado que ele poderia se alimentar da artéria femoral dela.

Trevor permaneceu de pé, focando nos seios de Juliet. Ela parou de respirar quando ele passou o dedo entre eles.

— Está assustada — ele murmurou.

— Algo para ser trabalhado antes da visita de Sebastian. — Ivan agarrou suas coxas, com a atenção voltada para a boceta depilada. — Mas a excitação dela vai agradá-lo. — Ele deu um beijo em seu quadril, depois um pouco mais para baixo e sorriu ao sentir um arrepio. — Ah, sim, isso realmente vai agradá-lo.

Lutei contra o desejo de dar um soco no meu melhor amigo, focando na respiração de Juliet, em seu batimento cardíaco e nas pupilas dilatadas. Ela respirou fundo quando Trevor colocou a mão sobre seu peito, depois expirou devagar. Ele apertou seu mamilo — que parecia estar intumescido — e sorriu quando ela não demonstrou reação.

— Assim é melhor, linda — ele elogiou enquanto se sentava ao seu lado. Os olhos azuis esverdeados do meu amigo encontraram os meus, buscando permissão para explorar mais. Era a forma sua forma de demonstrar respeito ao vampiro mais velho e superior a ele antes de brincar com o brinquedo delicioso.

Se eu dissesse para irem embora, eles não hesitariam. Claro, Ivan me encheria o saco por isso depois, mas meu domínio nesta sala era absoluto. Os dois homens estavam esperando que eu lhes desse permissão para continuar.

Revisamos as regras básicas em profundidade enquanto discutíamos esse exercício, e eu confiava neles para não ultrapassar os limites que estabeleci. Por isso eles estavam aqui. Não confiaria Juliet a mais ninguém. Ainda não. Talvez nunca.

Passei a mão pela garganta de Juliet, apoiando o polegar em sua artéria e a apertei.

— Olhe para mim.

Ela obedeceu imediatamente, seus grandes olhos castanhos encarando os meus com uma expressão aliviada. Ela desejou meu olhar esse tempo todo? O orgulho floresceu dentro de mim com a perspectiva — outra rachadura em seu condicionamento.

— Senhor — ela murmurou e suas bochechas coraram.

Levantei a mão oposta e passei os dedos por seus cabelos grossos. As batidas em meu polegar diminuíram, seu corpo se rendendo à minha vontade. Estávamos desenvolvendo confiança, um componente importante para nossos planos futuros. Sustentei seu olhar por um momento, antes de mudar minha atenção para Ivan e Trevor.

— Podem prosseguir — falei com calma.

Juliet não ficou tensa ou emitiu qualquer som enquanto os dois homens se curvavam para passar a boca e as mãos sobre a pele exposta — Trevor nos seios e Ivan perto da artéria femoral.

Mantive o olhar no seu e o aperto mais firme em seu pescoço para mantê-la no presente. Meus amigos não seriam gentis. Era a única maneira de garantir que ela entendesse as expectativas futuras dos meus colegas. Eu não podia permitir que ela reagisse negativamente a Sebastian ou a qualquer outra pessoa.

Seus lábios se entreabriram e sua expressão ficou turva com uma mistura de prazer e dor. Passei o polegar sobre seu pulso novamente antes de olhar seu corpo nu exposto para meus amigos se banquetearem. Trevor estava com o mamilo na boca, as presas firmemente alojadas em sua pele. Um rubor profundo percorria seu peito, subindo pelo pescoço e bochechas. Minha Juliet gostava das coisas um pouco brutas no quarto. Se isso era algo realmente dela ou resultado da sua educação, eu nunca saberia.

Ela ofegou quando os incisivos de Ivan perfuraram sua artéria femoral e a boca puxou o sangue com força e firmeza. Um beijo vampírico típico que não fornecia êxtase para a vítima, apenas para o predador. Minha espécie prosperava na crueldade, exaltado pela agonia dos outros. O medo era intoxicante para um predador, às vezes mais do que um ser se contorcendo no prazer do clímax.

Lágrimas brilhavam no olhar de Juliet, mas seu corpo continuava relaxado e a respiração calma. Uma tolerância à dor impressionante.

Seus lábios tremeram. Mordi seu ombro, escondendo sua reação dos meus amigos.

Juliet não podia mostrar nenhuma fraqueza na frente dos meus irmãos. Seres humanos eram mantidos para jogos excruciantes, jogos de sangue, sexo intenso e dominação. Se sentir perturbada com uma simples mordida levantaria questões sobre o nosso relacionamento e não poderíamos permitir isso.

Parte deste exercício era para eu aprender como ajudá-la a sobreviver no meu mundo. Virgens de sangue acasaladas eram raras por um motivo, e eu pretendia manter a minha viva.

Acariciei sua língua com a minha, enxuguei a lágrima da sua bochecha e apertei mais sua garganta. Não era para ser uma punição, era mais como um lembrete da minha presença — uma maneira de mantê-la aqui comigo e proporcionar conforto. Apesar dos dois machos se alimentando de seus seios e coxas, eu era o único que controlava seu destino e, com alguma esperança, a essa altura, ela teria percebido que eu não tinha intenção de perdê-la.

Ela retribuiu meu beijo com movimentos graciosos e seu corpo se derreteu sob o meu comando.

Muito bem, linda, elogiei em pensamento. Sua frequência cardíaca acelerou por uma razão completamente diferente, e seu sangue viciante me seduziu e me fez pensar em coisas deliciosas. Sorri contra seus lábios, mais satisfeito com ela do que as palavras podiam expressar e passei a boca da mandíbula até sua orelha.

— Escravinha carente. — Mordi o lóbulo sensível em uma repreensão fingida. Ela estremeceu em resposta, engolindo em seco debaixo da minha mão. — Humm, posso provar sua excitação, Juliet. — Isso deixou o ar mais doce, provocando meus sentidos carnívoros. — Minha serva impertinente — sussurrei antes de passar os lábios em seu pescoço e depois para o peito.

Trevor havia se movido para o mamilo oposto e estava com as presas profundamente inseridas em sua pele. Duas marcas de punção se destacavam em seu pico rosado, as duas vertendo sangue graças à mordida desajeitada do meu amigo. Mas a falta de cuidado com um humano era normal.

Cortei minha língua com meu incisivo alongado — como havia feito antes de beijar Juliet — e lambi cada machucado para ajudá-la a se curar mais rapidamente. Seus olhos encararam os meus. As pupilas eram dois pontos redondos cobertos de desejo. Eu sorri e a lambi novamente enquanto soltava seu pescoço e descia a mão para tomar seu sexo.

Minha, disse a ela com um olhar que provocou um rubor em suas bochechas. Ela não estava mais pensando no Trevor ou no Ivan. Só em mim. Eu queria recompensá-la por isso, por se permitir, por sua submissão perfeita.

Deslizei um dedo por sua boceta molhada enquanto beijava um caminho até seu pescoço. Ela permaneceu imóvel sob meu toque, mas o calor que irradiava da sua pele confirmou seu desejo.

Que se foda esse teste. Minha idade e posição nesta sociedade ditavam que eu poderia fazer o que quisesse, independentemente do que fosse. E eu *precisava* que ela gozasse.

Meus incisivos a atingiram profundamente, puxando sua essência intoxicante em minha boca e revestindo minha garganta dolorida com sua vida. Mais decadente do que qualquer outra comida, o mais delicioso dos sangues, e era todo meu. A arte de compartilhar era uma prática do velho mundo que solidificava relacionamentos e selava acordos comerciais. Certo. Eu poderia lidar com isso, mas seria nos meus termos.

Seu gemido era música para os meus ouvidos. Brincar com ela da maneira que estava fazendo era quebrar as regras e quando suas costas arquearam, ouvi um gemido de frustração de Ivan. Eu o ignorei, deslizando os dedos em seu calor enquanto meu polegar circulava seu clitóris. Suas paredes internas se apertaram ao meu redor, fazendo meu pau doer de desejo.

Em breve, prometi.

Mantive a penetração superficial, pois não queria violar sua inocência — ainda — e chupei seu pescoço com força. Três vampiros se alimentando de seu corpo delicado roubariam sua consciência rapidamente, mas caramba, eu não deixaria de lhe dar um pouco de êxtase para inspirar seus sonhos. Pois esse era o único lugar em que ela estava a salvo de mim, deste mundo e dos pesadelos que nos cercavam. Era o mínimo que eu podia fazer — um agrado que ela merecia.

Sua tensão se intensificou, os gemidos se elevaram. Uma olhada para baixo me mostrou o porquê — Trevor e Ivan haviam entrado no jogo. Eles não a tocavam fora das áreas designadas. Em vez disso, escolheram preencher a mordida com euforia enquanto continuavam a se alimentar.

Sua pele super sensibilizada brilhava com suor e seu corpo tremia de contenção. Ela mordeu lábio com tanta força que sangrou. Soltei seu pescoço e me levantei para lamber seus lábios, depois me acomodei contra sua bochecha corada.

— Você está tão linda assim — elogiei. — Esperando o meu comando. — Ela sabia que não deveria se deixar levar por completo sem a minha permissão. Eu nem precisava dizer ou avisá-la. Ela já havia entendido.

Prefeita pra cacete.

Seus olhos escuros ferviam de desejo e seu corpo estava tão tenso que eu sabia que ela gritaria se eu permitisse. Pressionei mais seu clitóris, e ela mordeu o lábio novamente, sua expressão de pura agonia e felicidade, amarrada em uma linda caixa de desejo.

— Goze para nós, Juliet — exigi, meu pau ansioso para se juntar a ela. — E não se contenha.

Meu nome deixou seus lábios em um grito que senti até a minha alma enquanto ela se despedaçava.

Gostosa. Pra. Cacete. Eu duvidava que fosse me cansar daquela expressão arrebatadora em seu rosto ou do jeito que ela tremia com minhas carícias.

Ondas de eletricidade irradiavam através de nosso vínculo enquanto seu corpo agarrava minha imortalidade para puxar a vida tão necessária em seu ser. Trevor e Ivan começaram a beber de verdade, arrancando suas reservas enquanto ela se contorcia no meio de um clímax que parecia interminável em sua brutalidade e êxtase.

Eu a acariciei, meu toque variando entre suave e forte enquanto suas pálpebras pesavam devido às sensações ferozes. O tom rosado de suas bochechas desapareceu à medida que seu sangue corria para as bocas gananciosas dos homens que se alimentavam de sua essência viciante.

Seus lábios ficaram azuis, mesmo enquanto tremia de prazer. Suas pupilas se dilataram no último instante e seu cérebro acionou tarde demais algum mecanismo de luta ou sobrevivência. Uma lágrima deslizou pelo canto de seus lindos olhos. Eu a peguei com a língua e dei um beijo em suas pálpebras fechadas.

Algumas faíscas duradouras se acenderam entre nós quando a magia do meu ser a atingiu, envolvendo-a em uma concha protetora.

Sua respiração diminuiu e seu coração desacelerou.

Inclinei a testa contra a dela quando uma dor intensa se agitou dentro do meu peito. Estranha em sua intensidade, indesejável em sua presença.

Odeio isso. Essas regras, essas práticas, esse lado monstruoso das nossas tendências. Esse ato não era exatamente o que eu queria parar?

Suspirei. Mudar o sistema levava tempo, algo que eu tinha de sobra. Seria uma aposta longa, dura e haveria sacrifícios desagradáveis de ambos os lados.

Ela nunca teve escolha, minha consciência repreendeu.

Nem eu, lembrei com um grunhido.

— Chega — falei em voz alta, incapaz de suportar os suspiros trêmulos que saíam de seus lábios roxos enquanto ela lutava para respirar.

Eles quase a deixaram sem sangue, o que era o plano. Um mortal não acasalado morreria — não, ela já teria morrido — mas meu sangue antigo prosperou dentro de Juliet enquanto sua agonia rasgava meu coração.

Podia *sentir* seu medo, sua tristeza, sua confusão. Ela pensou que eu queria matá-la e não entendia o porquê. Então, uma pontada de autoconfiança perseguiu essa noção, lembrando-a de que eu precisava dela viva.

Ver dentro da sua alma, dentro de seus pensamentos, fazia parte da nossa conexão. Aumentaria à medida que nosso vínculo eterno se aprofundasse, até um ponto em que seríamos capazes de sentir tudo dentro um do outro. Minha determinação, meu desejo de vingança, minha frustração com o estado atual das coisas — tudo isso se tornaria evidente. Foi por isso que já comecei a confiar nela. Mais cedo ou mais tarde, ela saberia. Dizer com antecedência apenas solidificava nossa parceria, ajudava a incentivar a confiança e, com sorte, recriaria seu desejo de ajudar a causa.

— Você estragou tudo mesmo — Ivan falou e sua voz soou como um grunhido baixo. — Mas você já sabe disso e não se importa.

Captei todos os detalhes da sua forma imóvel, incluindo a falta de marcas de mordida. Meus amigos já a haviam curado. Ótimo. Adicionei meu sangue às incisões no seu pescoço antes de beijá-la na bochecha. Agora, ela só precisava descansar. Amanhã estaria bem.

— Pegue esse cobertor atrás de você, Trevor. — Fiz um gesto para o sofá com o queixo.

Ele pegou a peça de lã e a excitação fervia em seu olhar.

— Você está totalmente fodido.

— Obrigado — respondi por ele apontar o óbvio e por me entregar o item que solicitei. Enrolei-o em Juliet antes de pegá-la no colo. — Juntem-se a mim para um charuto. — Não era um pedido, mas uma ordem. Não me incomodei em ver se eles me seguiram pela mansão até a área de estar do lado de fora. Eu já sabia que eles iriam.

Várias cadeiras macias estavam situadas ao redor de uma

fogueira já acesa — meus criados nos conheciam muito bem. Eles até deixaram um pacote de charutos em cima da mesa, preparado e pronto. Trevor levantou a garrafa de bourbon envelhecido que estava ao lado e serviu-se antes de se acomodar em seu lugar de sempre. Ivan escolheu um charuto e se juntou a ele, seus olhos castanhos ardendo com as chamas da fogueira quando me acomodei em uma cadeira com Juliet no meu colo. Me recusei a deixá-la sozinha até que sua pele recuperasse a cor normal.

— Ela goza lindamente, Darius — Ivan comentou antes de dar uma baforada. Ele soltou o ar lentamente com a expressão pensativa. — Posso ver o apelo, mas outros não verão. Especialmente o Regente.

Considerei suas palavras enquanto acariciava o queixo de Juliet. O toque gelado deixou uma sensação desagradável contra meus dedos, sendo levada direto ao meu peito.

— Talvez, não — concordei. — Talvez eu não me importe.

— Isso é claro. — Trevor tomou o conteúdo da sua bebida. — Com certeza isso não vai te ajudar a conquistar o assento do soberano.

— Ou talvez, sim. — Ivan coçou o queixo. — É tudo uma demonstração de arrogância e prestígio, não é? Darius romper com o decoro irá chocá-los e inspirar intrigas. É uma maneira de garantir que o nome dele chegue às massas.

— Diz o ex-político — Trevor murmurou.

— Eu era consultor político — Ivan corrigiu em tom irritado. — Muito mais útil do que um surfista de merda.

— De novo isso? Em mais algumas décadas, você será mais criativo.

— E talvez você consiga desenvolver seu cérebro. Todos nós podemos sonhar.

— Chega — interrompi, sem precisar testemunhar outra de suas brigas agora. Às vezes, me perguntava por que os escolhi como meus melhores amigos. — Vou pensar na nossa estratégia para a visita do regente. Muitos de nossos irmãos seduzem suas vítimas relutantes. Talvez eu faça parte dessa noção de estilo de vida.

— Dizendo a ele que você gosta de forçar os orgasmos dela?

— Ivan perguntou com um olhar astuto. — Isso pode funcionar.

— Ou você poderia dizer a verdade. — Trevor deu de ombros. — Nem todos nós preferimos parceiros resistentes.

— Não, apenas os antigos — respondi, suspirando com a lembrança do motivo de ter tolerado essa amizade com Trevor e Ivan.

Os anciões da minha espécie haviam cedido a suas identidades mais duras há anos, optando por abraçar as partes mais sombrias da nossa natureza e prosperar no topo da cadeia alimentar. Trevor e Ivan ainda se lembravam de como era ser humano. Eles preferiam sexo consensual, não que isso realmente ainda existisse. Um dos muitos aspectos deste mundo que eu desejava mudar.

Acariciei os lábios frios de Juliet com o polegar. Testar minha determinação foi o principal motivo da interação desta noite. Juliet se comportou de forma admirável. Não consegui, pelo menos não de acordo com as regras que governam a sociedade superior. Mas eu era mais velho do que a maioria, descendente direto da linhagem real e, portanto, tinha um certo tipo de poder por direito.

— O Regente pode ter uma posição mais elevada do que a minha agora, mas se eu ganhar o trono do soberano, ele se curvará a mim — pronunciei as palavras em voz alta, apesar de serem principalmente para mim. — Por que eu deveria me curvar à vontade dele?

— Ele tem a confiança de vários soberanos e membros da realeza. Conquistá-lo garantirá sua eleição. — Ivan, a constante voz política da razão, falou. — E para ser franco, existe o problema de seus laços com Cam.

Meu sangue esfriou com o tópico familiar.

— Laços cortados — corrigi de forma categórica. — E tenho apoio de outros membros da realeza. — Incluindo quem me desejava como novo soberano.

— Verdade. No entanto, seus rivais apontarão a linhagem direta, o que significa que você não pode permitir que alguém questione seu tratamento com Juliet. Não se quiser que acreditem nessa farsa.

— Gostaria de mencionar outros pontos óbvios, Ivan? — perguntei, entediado.

Tínhamos discutido essa parte mil vezes. Cam havia conhecido sua *Erosita* por acaso e se apaixonou. Por outro lado, comprei minha futura *Erosita* através dos canais adequados e a tratei como todos esperavam em situações sociais. Eram abordagens muito diferentes.

— Fiz de tudo para provar que estou disposto a seguir as regras deles, inclusive renunciando aos meus laços de sangue — acrescentei com amargura. — Mesmo como único descendente do Cam, eles não têm motivos para suspeitar que eu seja simpatizante.

— Certo, porque você resolveu o problema negando seu trono real há um século — Trevor acrescentou de forma teatral. — Estou com Darius aqui, companheiro. Siga em frente, mestre de marionetes, para que eu possa desfrutar do meu sangue.

Ivan semicerrou os olhos para o loiro.

— Mentor político.

Os lábios de Trevor se contraíram.

— Certo.

— Estou lidando com crianças — murmurei, mudando o foco para a mulher linda no meu colo. O coração de Juliet batia com firmeza contra a minha mão, a única indicação da vida prosperando dentro dela. Tracei uma linha na clavícula com o polegar. Tão delicada, bonita e muito frágil para os próximos jogos.

Faltava menos de quatro meses até a coroação...

Ivan pigarreou.

— Você fez tudo certo até agora ao comprar uma escrava dócil e obediente. Ela se comportou de forma admirável no evento do fim de semana, pelo menos, no que diz respeito a seus padrões. Mas isso nos leva à questão de compartilhar, especificamente com o Regente. Acho que você não precisa fazer isso. Pelo menos, não por enquanto.

Humm, as palavras que eu queria ouvir. Encontrei seu olhar.

— Continue.

Os lábios dele se contraíram.

— Ela ainda é virgem. Use isso a seu favor. Isso mostra uma restrição que poucos possuem...

— Eu já a teria comido — Trevor interrompeu, seu olhar elétrico sobre a mulher em meus braços. — Provavelmente a teria matado por acidente também.

Ivan bufou.

— Preciso à grosso modo e, honestamente, eu teria feito o mesmo. Independentemente disso, diga ao Regente que a está saboreando. Ofereça um pouco do seu sangue para beber retirado por você mesmo ou dê um pulso a ele. Ela não tem medo de dançar nua, então proporcione um show a ele, mas mantenha suas presas longe dela. Se for o caso, incentive-o a voltar para mais, dando-lhe motivo para desenvolver esse relacionamento.

— Um plano inteligente — murmurei, considerando suas palavras. — Isso também me dará tempo para perceber suas tendências e interesses humanos. — Algo que fiz com todos os meus conhecidos, pois o desejo de mudança se expandiu muito além de Trevor, Ivan e eu. Por acaso, eu era o primeiro peão a se posicionar após décadas de preparação, e precisaríamos de, pelo menos, mais dez a vinte anos para mover o restante para suas respectivas posições, se não mais.

— Bem, pelo menos isso não foi uma completa perda de tempo. — Trevor relaxou com um bocejo e fechou os olhos. — Não me arrependo de provar seu delicioso brinquedo de trepar. De maneira alguma.

Ivan riu.

— Normalmente, eu não concordo com o idiota, mas dessa vez vou ter que dizer que estou com ele.

— Vocês são dois idiotas. — Não pude evitar o grunhido em minha voz. Os dois mereciam e ainda pior.

— E você é muito protetor com sua propriedade — Ivan retrucou. — Deveria trabalhar nisso, companheiro.

— Porque só vai piorar — Trevor acrescentou baixinho, com os olhos fechados de satisfação pela sua recente alimentação. — Especialmente após o acasalamento.

Eu admirava a mulher linda em meus braços.

— Sim. Eu sei.

Ivan levantou uma sobrancelha, me avaliando.

— O homem tem um bom argumento, Darius. Só é preciso uma boa trepada agora.

Fingi um tédio que não sentia, não com o peso agradável

colocado no meu colo.

— Algum outro comentário ou pergunta sobre o nosso teste? — perguntei, pronto para seguir em frente nessa conversa.

— Sim. — Ivan deu uma tragada no charuto e relaxou com um suspiro. — O sangue de Juliet é o paraíso, companheiro.

— Hum-humm. — Trevor parecia meio perdido de sono, o copo de bourbon quase solto em sua mão. — Estou começando a entender a coisa do custo todo.

— É mesmo? — Ivan riu e olhou para a noite estrelada. — Acho que teremos que ficar por aqui, D.

— Já tem quartos esperando por vocês. — Minha equipe os preparou, sabendo que eles precisariam de um lugar para dormir durante o dia.

O sangue de Juliet servia como afrodisíaco e droga, especialmente em vampiros mais jovens sem nenhuma tolerância. Trevor e Ivan tinham apenas alguns séculos de idade. Os gostos e comedimento ainda estavam sendo refinados — como era atualmente evidente por Trevor rindo com o que via dançando em seus olhos fechados. Ivan se juntou a ele, fazendo-os parecer um par de lunáticos bêbados que não proporcionariam mais nenhuma discussão significativa esta noite.

Justo. Não havia mais nada para deliberarmos mesmo.

— Vou deixar vocês dois com suas... fascinações pessoais. — Me levantei, segurando Juliet contra o peito.

— Para que você possa se deleitar sozinho? — Ivan perguntou sem abrir os olhos.

— Brinquedo de transar — Trevor acrescentou, sorrindo. — Vá para cama.

Não me incomodei em apontar que ela ainda estava meio morta.

— Boa noite, pesos leves.

— Vá se foder — Ivan grunhiu. — Velho.

Trevor riu.

— Velho pra cacete.

Balancei a cabeça.

— Vocês dois estão chapados.

— E não sinto muito por isso — Trevor respondeu. — Talvez

da próxima vez eu possa brincar mais com a boneca de trepar. Os peitos dela são fantásticos.

— A boceta é ainda melhor. — Ivan parecia quase melancólico. Me afastei quando ele começou a detalhar todas as coisas que queria fazer com Juliet. Se eu ficasse, ele provavelmente morreria.

Porque ninguém a tocaria, exceto eu.

— Minha — sussurrei enquanto ela se aconchegava no meu peito, seu corpo naturalmente buscando o meu calor. — Nunca mais vou te compartilhar, Juliet.

Uma promessa proibida, mas que parecia muito certa ao deixar meus lábios.

Obrigações sociais. As palavras entraram em meus pensamentos, deixando um rastro de dúvida em minha cabeça. Afastei-as, me recusando a reconhecer a ameaça.

— Descanse bem, querida — falei para ela quando a coloquei na minha cama. — Amanhã, iniciaremos o seu condicionamento físico e não vou facilitar para você.

Capítulo dezenove

— DE NOVO. — A voz de Darius soou através de mim como um pesadelo.

Eu o odeio.

Ou melhor, meu corpo odiava.

No entanto, minhas pernas doloridas se moveram sob seu comando, meus pés bateram com força no chão do lado de fora enquanto eu me forçava a completar outra volta pelo terreno.

Todas as noites desta semana começaram com um café da manhã leve e alongamentos, seguidos por uma série insana de atividades que Darius chamava de "condicionamento". Isso durava horas. Até o jantar. Só parávamos quando eu precisava de água ou comida. Três dias de treinamento, e eu já estava cansada disso. Especialmente da corrida.

O suor escorria em minha pele e eu ofegava pelas provações sem fim. Pensei que o Coventus tinha sido duro comigo. Mas Darius estava pouco a pouco me fazendo perceber que não era bem assim.

— Vinte flexões — ele falou quando completei a volta. — Agora.

Caí no chão e considerei ficar deitada. O que ele faria? Me morderia? Meu sangue aqueceu com a perspectiva. Ele não me tocava desde a visita de Trevor e Ivan. Acordei sozinha na cama de Darius com um bilhete que dizia para eu me arrumar e encontrá-lo na mesa de jantar. Passei as duas últimas noites no meu quarto enquanto ele descansava em outro lugar. Apesar de passar a maior parte das nossas noites juntos nos exercitando, eu sentia sua falta.

— Flexões, Juliet.

Olhei para ele quando uma recusa chegou até meus lábios, mas a ameaça em seu olhar me colocou em movimento. Os vampiros adoravam punir, e Darius não era diferente. Embora eu geralmente apreciasse sua forma de castigo.

Como ele reagiria se eu recusasse? Ele não podia me forçar a correr. Bem, não era inteiramente verdade. Ele poderia me obrigar. Isso poderia doer mais do que fazer as coisas no meu próprio ritmo. Ainda assim, poderia ser divertido recusar.

Está se ouvindo? Meu lado racional questionou. *Você perdeu a cabeça se acha que desafiar um vampiro é uma boa ideia.*

Não é um vampiro, é o Darius...

— O que está fazendo? — ele perguntou com a voz demonstrando um pouco de irritação.

— Hum... — Comecei a fazer as flexões novamente. — Desculpe, senhor.

— Mais vinte — ele grunhiu.

Semicerrei os olhos e caí de joelhos para encará-lo.

— Por quê? Qual é o motivo disso tudo?

As sobrancelhas dele se ergueram.

— Está questionando meu comando?

— Não, estou solicitando um propósito. — Eu podia ouvir minha versão obediente gritar na minha cabeça, mas a ignorei. — Quero saber por que estamos fazendo isso.

Ele se agachou diante de mim de jeans e os cotovelos apoiados nos joelhos.

— Você está me desafiando.

— Estou... — Engoli em seco, tanto pela proximidade quanto pela intensidade que ardia em suas íris verdes. — Não, senhor. Eu...

Ele segurou meu rabo de cavalo — algo que insistiu que eu usasse — e me puxou para si.

— Você. Está. Me. Desafiando.

Tremi com o tom letal em sua voz. *Ah, deusa.* Consegui irritá-lo. E justamente na noite da visita do Regente. O que eu estava pensando?

— Me desculpe. Eu, eu não...

Seus lábios tocaram os meus com suavidade, me silenciando.

— Muito bem, Juliet. Você está aprendendo.

Pisquei.

— S-senhor?

Ele me beijou novamente, sua língua separando meus lábios quando me empurrou de volta para a grama e se deitou em cima de mim. Minhas pernas se abriram para envolvê-lo, mesmo que eu não entendesse. Esse era meu castigo por desafiá-lo? Porque parecia mais uma recompensa.

— Gosto de te ver desafiadora. — Ele mordiscou meu lábio inferior, sugando de leve antes de me acariciar com a língua. Gemi quando ele pressionou sua ereção contra mim no lugar destinado apenas a ele. — Gosto muito disso.

Seus lábios deixaram minhas bochechas, o pescoço e a clavícula pegando fogo. Arqueei quando ele mordeu meu mamilo através do tecido do sutiã esportivo e meu coração bateu rapidamente.

— D-Darius?

— Sim, escrava?

— Estou confusa — admiti enquanto agarrava seus ombros nus. — Estou em apuros?

Ele riu de um jeito sombrio de encontro ao meu peito.

— Não, querida. Você está aprendendo.

Engoli em seco.

— Não tenho certeza se entendi.

Suas presas perfuraram meu decote de forma tão inesperada que gritei. Ele deu um chupão profundo e gemeu. Adrenalina misturada com felicidade disparou em minhas veias, tudo inspirado por sua mordida e pelo jeito que ele ficava quando estava em cima de mim.

— Darius — sussurrei, passando as mãos sobre suas costas nuas. Seus músculos flexionaram e se moveram sob o meu toque, despertando o desejo na minha alma.

Quando essa atração cresceu tanto? Há alguns momentos, eu fantasiava matá-lo, forçando-o a correr até a morte. Agora, queria que ele me desse prazer com a língua, o corpo e as mãos.

Ele capturou minha boca com uma ferocidade que me deixou sem fôlego e meu peito se agitou pelo esforço. Gotas de sangue quente fluíram pela minha pele em decorrência da mordida que ele deixou aberta e uma pequena parte de mim esperava que isso significasse que ele pretendia voltar. Em vez disso, sua essência se derramou na minha garganta, me fazendo tossir e engasgar enquanto me obrigava a beber dele como havia feito no outro dia.

Me agarrei a seus ombros, aceitando seu presente imortal e engolindo com esforço. Seu sangue me aqueceu por dentro, provocando um formigamento em meus membros e pontas dos dedos. Ele se apossou de mim, juntamente com sua necessidade de me manter segura. Ele me queria mais forte, mais atlética — uma lutadora. Os pensamentos me dominaram enquanto explicavam o seu comportamento esta semana.

Darius estava me treinando para ser sua parceira. Seu sangue me fortalecia, me deixava mais rápida, menos frágil, mais difícil de matar. Mas nem tudo estava ligado à necessidade que ele tinha de que eu o ajudasse a conquistar o trono do soberano.

Um lampejo de outra coisa — uma emoção que ele mantinha enterrada — também estimulava sua necessidade. Eu a alcancei, precisando saber mais.

A conexão se rompeu abruptamente, fazendo meus olhos lacrimejarem.

O que havia acabado de acontecer? Como isso era possível?

Eu o senti dentro de mim, conectado de uma maneira que não conseguia explicar. Como se eu o conhecesse mais do que a mim mesma. Suas intenções, seus desejos, seus sentimentos — tudo estava claro. E agora, havia sumido com um estalo que doía dentro do meu coração.

— Merda. — Darius voltou a ficar de joelhos, sua respiração estava mais forte do que o habitual e seu olhar queimava. Eu não sabia dizer se ele queria me devorar ou me machucar. Talvez as duas coisas.

— Senhor — sussurrei, incerta. Ele queria um pedido de desculpas? Eu tinha feito algo errado?

Ele passou a mão no rosto e expirou devagar.

— Acho que é o suficiente por enquanto. Devemos nos preparar para a visita do Regente.

— T-tudo bem. — Engoli em seco. — Hum. Preciso fazer alguma coisa? — Ainda não tínhamos discutido nossa noite de treinamento com Ivan e Trevor, e isso me deixou incerta sobre se meu comportamento era aceitável ou não. Eles teriam me dito se não fosse, certo?

— Apenas prepare-se como sempre, Juliet. Cuidarei do resto. — Ele se levantou e se virou em direção à casa. — Seu vestido está na sua cama.

Me apoiei nos cotovelos e minha boca se abriu antes que eu pudesse impedir.

— Darius?

Ele parou, mas não se virou.

— Sim?

— Vou... — Limpei a garganta. — Vai me compartilhar com ele? Como fez com o mestre Trevor e o mestre Ivan? — Estremeci com a lembrança, não totalmente convencida de que queria repeti-la.

O prazer foi intenso, quase doloroso. Flutuei através de uma nuvem de êxtase enquanto minha vida passava por meus dedos e os olhos de Darius eram a última lembrança que eu possuía antes de tudo ficar preto. Não sabia se sobreviveria, e esse medo quase me sufocou nos últimos segundos antes que a morte me dominasse. Então acordei na cama de Darius, me sentindo renovada e cheia de vida novamente.

Quantas vezes alguém poderia sobreviver a essa experiência?

Ele olhou por cima do ombro.

— Gostaria que eu te compartilhasse com o Regente Sebastian?

Olhei para Darius. Era outro teste? Sua maneira de avaliar minha submissão depois do que aconteceu?

Meu treinamento assumiu e minha resposta foi automática.

— Se é o seu desejo, então, sim.

Sua expressão sombria me disse que essa era a resposta errada.

— Então será meu desejo, Juliet. — As palavras soaram cruéis, do mesmo modo que o seu olhar. — Tente não me decepcionar de novo.

De novo?

— S-sim, senhor.

Ele se virou e desapareceu na casa, me deixando ainda mais confusa.

— Quando te decepcionei? — sussurrei, sentindo meus lábios tremerem. Olhei para baixo, observando o sangue escorrendo pelo sutiã esportivo.

Darius não havia fechado a ferida.

* * *

OUTRO VESTIDO TRANSLÚCIDO — esse era azul royal com fenda nas duas pernas até a metade da coxa. As correntes de prata em meus ombros sustentavam o tecido enquanto o decote profundo em V revelava meus seios até o mamilo.

A mordida de Darius refletia no espelho quase como uma provocação para me lembrar de me comportar. Ainda não entendia o que havia feito para desagradá-lo, mas faria tudo o que pudesse hoje à noite para compensá-lo.

Ida bateu na porta e quando entrou, seu sorriso maternal estava firme no lugar.

— Mestre Darius me pediu para lhe trazer sapatos. — Ela me mostrou um par de sapatos de saltos altos prateados que combinavam com o vestido.

Empurrei o cabelo por cima de um ombro e me aproximei para aceitá-los.

— Obrigada.

Ela franziu a testa, baixando a sobrancelha de leve.

— Você está bem, querida?

— Sim. — Coloquei o sapato de salto agulha de dez centímetros. — Não. Fiz algo que aborreceu o mestre Darius. — Cobri a boca, assustada com a minha resposta descarada. Sabia que não devia admitir isso em voz alta.

O que havia acontecido comigo? Me senti desolada e um pouco fora de controle, como se não pudesse mais confiar nas regras.

— Ah, Deusa — murmurei ainda com a mão na boca. — Sinto muito, Ida. Eu... — Eu não tinha mais nada a dizer. Aqui estava eu, prestes a conhecer o regente e falando fora de hora.

Vou morrer esta noite. De forma dolorosa.

— Querida, não tem nada pelo que se desculpar. — Ela pegou um pente para ajeitar meu cabelo e seus olhos eram muito gentis. — Se você chateou o mestre Darius, provavelmente a culpa foi dele. Ele é um vampiro velho e teimoso, mas há um homem bom em seu interior. Imagino que já tenho visto esse seu lado agora.

— Sim. Sim, claro que já vi. Mas antes, fiz alguma coisa. Ele disse que eu o decepcionei.

— Ah — ela murmurou, penteando meus longos fios com gentileza. — Bem, tenho certeza de que ele vai te perdoar, querida. Ele parece gostar muito de você. — Os olhos dela brilharam com as palavras.

— Mas ele não me disse por que eu o havia decepcionado — sussurrei, confiando nela.

— Então pergunte a ele — ela respondeu, tornando fácil o ato de desafiar um mestre ao exigir explicações.

Mas não foi o que eu havia feito durante a sessão de flexões? Exigindo saber por que ele queria que eu fizesse mais vinte?

E ele me recompensou com um beijo, dizendo que gostou do meu desafio. Então, quando perguntei sobre o compartilhamento, ele solicitou minha opinião e deixei a decisão em suas mãos.

Darius gostou do meu desafio.

Ele não gostou de eu ter lhe dado o poder de decidir sobre me compartilhar.

Ele queria saber como eu me sentia sobre isso.

Pisquei. Por que Darius se importava? Ou talvez "se importar" não fosse a palavra certa, pois ele queria que eu expressasse minha opinião. Queria que eu tomasse decisões e fizesse perguntas. Que eu fosse desafiadora.

— Entendo — falei, franzindo a testa. — Entendo. — Porque senti a necessidade de expressar aquilo duas vezes estava além da minha compreensão. Não sabia ao certo o que ele queria, mas meio que entendi. Darius ansiava pela minha desobediência, não porque queria me punir, mas porque queria quebrar minha concha de submissão. Me levar um passo mais perto de me tornar seu veneno – submissa por fora, desafiadora por dentro.

Certo. No entanto, e os meus desejos? Minhas necessidades? Minhas aspirações? Ele não se importava com nada disso? E se eu não quisesse ser a arma que ele usaria para atrair seus inimigos para uma armadilha?

Parei na porta do quarto, arregalando os olhos. Desde quando considero *essas* perguntas? Nunca sonhei com nada. Tudo que eu sempre desejei foi a sobrevivência.

Ah, Darius, o que você despertou em mim?

Uma dor atingiu meu coração, provocando espasmos em meus pulmões e formando lágrimas em meus olhos. *Que loucura era essa? Como paro isso?*

— Juliet? — Ida me chamou.

Limpei a garganta e pisquei várias vezes para limpar a visão.

— Me desculpe. Eu me perdi por um momento. — *O eufemismo do século.* Disfarcei o resto das minhas emoções, enterrando-as em meu peito e trancando-as. Esperava que por toda a eternidade. — O Regente está aqui?

— Ele e o mestre Darius estão esperando por você no foyer, sim.

Assenti, esperando o mesmo.

— Certo. Obrigada, Ida.

Estava na hora de conhecer o meu destino.

Capítulo vinte

DARIUS

AS EMOÇÕES CONFLITANTES de Juliet surgiram enquanto eu ouvia Sebastian Cromwell tagarelar sobre o mais recente escândalo real.

Senti a confusão e a mágoa através da nossa conexão e seus pensamentos atingiram minha cabeça como uma onda. Não fui justo com ela quando permiti que minha frustração me vencesse, mas sua lavagem cerebral era frustrante demais.

Finalmente tivemos um avanço quando ela questionou minha autoridade, exigindo uma razão para todo o treinamento físico. Minha resposta gratificante foi automática — um beijo cheio de sangue. Só que ofereci demais a ela, concedendo acesso à minha mente sem querer, e a interrompi de forma abrupta quando a senti insistindo em pedir mais.

Sua intrusão não me perturbou. Não de verdade. Apenas me assustou.

Foi sua resposta subserviente em relação ao compartilhamento que me enfureceu.

Perguntei o que ela queria, e ela me deu uma resposta prática. Sem confiança, sem verdade, apenas um retrocesso colossal em nosso trabalho juntos.

Puta merda. Mesmo agora, queria fazer um buraco na parede, mas sorri para Sebastian e assenti com suas palavras. Algo sobre Kylan ter matado todo o seu harém humano por estar entediado. Comportamento típico de um membro da família real.

— Ele pediu que o próximo Dia do Sangue fosse antecipado para que pudesse repor o que havia perdido, o que, é claro, a deusa negou.

— Uma decisão inteligente — respondi, olhando para a escada. — Quebrar o protocolo estabeleceria um precedente ruim. Além disso, ele pode pedir emprestado aos outros ou procurar um prostíbulo nesse durante esse tempo. — Pelo preço certo, provavelmente lhe emprestariam um novo harém enquanto esperava por substitutas.

Os olhos de Sebastian brilharam.

— Exatamente o que pensei. Bem, não o aspecto do empréstimo, pois a realeza é bastante possessiva com seus haréns, mas com o mesmo princípio.

Verdade. A realeza não se importava em compartilhar ocasionalmente, mas apenas de forma temporária.

— Ele vai dizimar o rebanho que entrar — acrescentei e enfiei as mãos nos bolsos da calça.

Sebastian deu de ombros.

— A maioria não sobrevive às provas de qualquer maneira, mas suspeito que a deusa irá selecionar algumas extras da safra deste ano para se juntarem aos campos de harém.

Assenti.

— Provavelmente. — Era a isso que minha espécie havia se reduzido – examinar humanos como ovelhas.

O Dia do Sangue era um ritual atroz, onde humanos de uma certa idade cumpriam seu destino. Eles competiam por suas posições, todos esperando pelo cobiçado cálice imortal, onde doze deles lutavam pela imortalidade. Apenas dois venciam — um se tornava vampiro, o outro, lycan — o resto morria.

Era realmente brilhante um sistema onde se colocava humanos contra humanos. Somente os mais rápidos, mais espertos e mais bonitos recebiam a honra de se matar em nome de um futuro. O resto era enviado para a batalha de outras maneiras.

Alguns iam para os campos de harém, onde disputavam a atenção da realeza com a esperança de prolongar sua vida. Poucos deles, com habilidades úteis, voltavam aos campos humanos para procriar — proporcionando assim a próxima geração — e realizar tarefas domésticas. A lista dos grupos continuava, todas divididas igualmente entre as necessidades de lycans e vampiros. Pessoalmente, eu tinha pena daqueles que eram relegados para a colheita da lua.

Um brilho de luz apareceu no topo da escada quando Juliet apareceu, seu vestido cor de safira reluzindo lindamente sob o lustre. Seus olhos escuros capturaram os meus de forma breve antes de ela descer, com a cabeça inclinada em reverência, como o esperado.

— Achei ter sentido um cheiro doce — Sebastian falou, contemplando cada centímetro da linda mulher descendo as escadas.

— Ela é deliciosa — murmurei.

A apreensão de Juliet era nítida em nosso vínculo mental, mas seus passos permaneceram firmes e seu corpo estava enganosamente relaxado. Era quase fascinante sentir a verdade emanando por trás da fachada impecável, proporcionando um vislumbre da mulher lá dentro. Minha Juliet — uma joia que eu pretendia desenterrar, polir e fazer brilhar. A menos que ela continuasse se enterrando e se escondendo.

Vou pressionar mais, querida. Tanto que você vai brilhar e arder quando eu terminar com você. Só então te farei minha de verdade.

O voto mental despertou algo sombrio dentro de mim — um instinto possessivo tão antigo quanto o próprio tempo.

Juliet se inclinou no chão em uma reverência graciosa assim que alcançou o piso, com o corpo congelado e esperando meu comando para se levantar.

— Permita-me lhe apresentar formalmente Juliet, minha futura *Erosita*. — Uma nota de admiração percorreu minha conexão com Juliet. Nunca expliquei esse termo a ela, nem o usei na sua presença enquanto ela estava acordada.

— Estou impressionado com seu autocontrole — Sebastian respondeu, me olhando. — Alguns podem assumir que suas ações, ou a falta delas, têm algum propósito.

Sorri.

— Aspirações são sonhos imorais, não são?

Ele retribuiu minha brincadeira.

— De fato.

Os jogos de palavras sempre me entediavam, mas os vampiros os adoravam, principalmente os políticos. Seria muito mais fácil admitir que eu estava inegavelmente me abstendo de comer minha virgem de sangue para provar que eu possuía idade adequada, habilidade e controle necessários para liderar. Infelizmente, escolhíamos enigmas.

— Posso me familiarizar com sua Juliet? — ele perguntou, suas pupilas dilatando com uma fome mal contida. Negar seria um insulto do mais alto grau. Eu precisava impressioná-lo, não irritá--lo, mas isso não me impediu de imaginar como ficaria o rosto dele debaixo do meu sapato de couro.

— Vá em frente. — Acenei e enfiei a mão de volta no bolso. Fechada. Que eu queria muito apresentar a sua mandíbula.

Seria um grande começo, D, imaginei Ivan dizendo.

Não o matei, seria a minha resposta. Porque, com certeza, era o que eu queria enquanto Sebastian circulava Juliet com a expressão predatória. Ele se agachou diante dela, passou os dedos pelos cabelos grossos antes de passar o polegar ao longo da mandíbula e do queixo.

— Me deixe ver seu rosto, querida.

Seu estremecimento mental me disse que ele a beliscou, sua mão muito impaciente para esse pedido. Ela levantou a cabeça, encontrando seu olhar de uma maneira ousada. Isso fez meus lábios se contorcerem. Não havia medo em suas profundezas escuras, algo que Sebastian parecia aceitar como um desafio.

Um toque de hesitação ameaçou sua determinação mental enquanto o Regente se inclinava para acariciar sua bochecha e pescoço, mas por baixo do medo havia uma sensação de conforto. Segui essa linha de pensamento de uma forma curiosa, e encontrei a fonte de seu sentimento.

Eu.

Juliet sabia que eu a protegeria. Sua fé absoluta em mim tocou meu coração de forma chocante, fazendo minha mente se abrir instantaneamente na dela.

Você está segura, sussurrei para ela.

Eu sei, ela respondeu com o coração acelerado enquanto Sebastian beijava seu pulso.

— Notável — ele se maravilhou, sua voz soando com absoluto respeito. — Ou o Coventus aperfeiçoou o treinamento ou você encontrou uma virgem de sangue rara, Darius. Nunca vi uma tão calma. Tão confiante. — Ele se levantou e estendeu a mão. — Levante-se, jovem. Preciso descobrir mais a seu respeito.

Juliet me olhou com a expressão indagadora.

— Faça o que ele diz, Juliet.

— Senhor — ela respondeu, se curvando um pouco ao aceitar a ajuda de Sebastian para se levantar.

— Não, não. — Sebastian colocou os dois dedos sob o queixo dela. — Você é linda demais para se esconder. — Ele a manteve com a cabeça erguida e os olhos nos dela. Então sorriu. — Que fogo, Darius. Minha admiração por você continua a crescer a cada segundo.

Esse enigma era um pouco menos claro. Ele me admirava mais por ainda não ter transado com minha virgem de sangue ou havia um significado oculto em suas palavras? Talvez algo ligado ao meu tratamento para com ela? Claramente, manter contato visual com um vampiro não perturbava Juliet, graças ao nosso tempo juntos. Sebastian não deixaria esse fato passar despercebido, poderia até se perguntar a esse respeito, mas parecia estar me elogiando por isso.

Ele riu, levantando a mão para acariciar seus cabelos.

— Eu a adoro — ele falou, como se estivesse se referindo a um animal de estimação. — Você vai ajudar seu mestre de mais maneiras do que imagina, querida. Vamos conversar mais durante o jantar?

— Claro, Regente Sebastian. — Sua voz firme combinava com a confiança em sua expressão, provocando uma risada alegre do nosso convidado.

— Absolutamente deliciosa — ele elogiou, e seus olhos castanhos brilhando para mim. — Estou com inveja em um bom sentido.

Idade e experiência me ensinaram a ler meus concorrentes, procurar traços de mentira, incerteza e manipulação. Todas as pistas de Sebastian confirmaram sua sinceridade e prazer. Algo novo — um fascínio — despertou seu interesse da melhor maneira possível. Tudo sob a forma da minha bela Juliet.

— Ela é muito especial — concordei, satisfeito com seu desempenho. — E provavelmente está morrendo de fome depois do treino que fez mais cedo.

O foco de Sebastian mudou para as marcas de mordida no decote e inclinou os lábios.

— Tenho certeza de que ela gostou.

Capturei seu olhar e sorri.

— Não tenho certeza quanto a isso.

A pressão sutil de seus lábios confirmou minhas palavras e provocou outra risada do Regente. Eu estava me referindo à corrida — algo que ela sabia — mas Sebastian confundiu minha fala com outra coisa.

Outro jogo de palavras. Mas esse, meu oponente perdeu sem saber.

— Vamos? — Fiz um gesto em direção ao salão principal que levava à sala de jantar.

— Vamos — Sebastian concordou, estendendo o braço para Juliet. — Se você liderar o caminho, querida.

— Obrigada, Regente — ela murmurou, mantendo os passos firmes enquanto acompanhava o nosso convidado. Eu admirava seu bumbum atrevido através do tecido translúcido cor de safira. Meu pau se mexeu com a visão, irritado por eu ter ignorado minhas necessidades a semana toda. Infelizmente, ela precisava de forças depois da maneira como Trevor e Ivan haviam se alimentado dela há poucos dias. E agora, ela definitivamente precisava de energia para lidar com Sebastian. Ele não pegaria leve com ela e poderia até matá-la se eu não o monitorasse com cuidado.

Entramos na sala de jantar — um cômodo que eu estava começando a detestar — e Juliet guiou Sebastian até a cadeira em que Ivan havia se sentado no início desta semana. Em vez de se sentar, o regente a ajudou e sorriu para mim.

— Posso me juntar a ela, Darius?

Certo, sim, eu realmente odiava essa sala agora.

— Por favor, fique à vontade — eu disse, acenando para o espaço destinado a Juliet.

Sebastian exibiu covinhas que lhe conferiam um apelo juvenil quando se acomodou ao lado da minha virgem de sangue. Ela não se mexeu quando ele colocou um guardanapo sobre o colo dela, um sobre o dele e me olhou quando ocupei o espaço em frente a eles.

Raquel, uma das auxiliares de cozinha de Gladice, entrou com uma bandeja de saladas e a cabeça inclinada em reverência. Decoro. Algo que eu raramente esperava em minha casa, mas tinha que ser usado por causa do nosso convidado. Outro aspecto da sociedade que eu adoraria mudar, mas estava me adiantando.

Sebastian colocou a palma da mão na coxa de Juliet.

— Me conte sobre sua educação, menina querida. Quais são seus atributos mais fortes?

Ela olhou para mim, novamente buscando minha orientação, e eu lhe dei um aceno sutil. Sua língua rosa tocou o lábio inferior, mantendo os ombros rígidos enquanto olhava diretamente para o nosso convidado e recitava seu conhecimento. Isso me lembrou do leilão, quando o leiloeiro do Coventus listou todas as suas características e aptidões. Notas altas em linguística, história, quebra-cabeças lógicos, jogos de memória e assuntos governamentais. Todos os ingredientes de uma virgem de sangue perfeita.

— E as artes? — Sebastian perguntou em alemão– uma das línguas que Juliet falava com fluência.

Ela respondeu com um sotaque impecável, se recordando dos seus estudos de dança, música e coral. Sebastian comeu a salada enquanto ela falava, a outra mão ainda apoiada na coxa dela. Me ocupei com minha própria comida para me abster do desejo de quebrar o braço dele.

— E perspectivas sexuais? — perguntou, seus olhos escurecendo com curiosidade.

Juliet engoliu em seco, a única indicação de seu desconforto. Todos esses anos de lavagem cerebral a mantiveram calma e tranquila enquanto detalhava todos os aspectos de sua educação sexual, desde o treinamento com a garganta até o cursos de observação e instruções de mulher para mulher.

Eu sabia de tudo isso, mas ouvi-la descrever tão abertamente me fez perceber por que ela chupava um pau tão bem. Fiquei furioso.

E ainda assim, comparada a tantas outras, a experiência de Juliet era considerada baixa. Nenhum vampiro poderia tocá-la no Coventus, não como uma virgem de sangue. Ela teve que testemunhar ações impensáveis à sua volta, mas nunca para si. Somente as damas de companhia mortais podiam ser tocadas.

— Fascinante — Sebastian falou enquanto a avaliava. — Me perdoe por minhas perguntas, mas é bastante raro, Juliet. Ainda que as virgens de sangue sejam treinadas para casos como este, poucas delas realmente se graduam nesse nível.

Porque a maioria era comida até a morte, enviada para fazendas de procriação ou devolvida ao Coventus para treinar a próxima geração. Pousei o garfo e desisti da salada murcha.

— Coma, Juliet — falei, afirmando minha autoridade na sala.

— Sim, senhor. — Ela obedeceu imediatamente.

Sebastian sorriu.

— Lindamente obediente. — Ele finalmente tirou a mão da coxa de Juliet e relaxou em sua cadeira. A salada já havia sido comida há muito tempo. — Ela é perfeita para sua plataforma, Darius. A realeza vai amá-la.

— Plataforma? — repeti, arqueando uma sobrancelha.

— Chega de pose. — Ele acenou com a mão. — Nós dois sabemos que você quer o trono do soberano. Não faz sentido negar.

— E eu que pensei que poderíamos fazer mais alguns jogos de

palavras — falei, divertido e um pouco aliviado. Esperava, pelo menos, mais uma hora de pose e pompa antes de chegarmos a esse ponto. Felizmente, parecia que meu convidado tinha deixado as formalidades de lado e estava pronto para avançar nos negócios.

— Seu resumo franco significa que você tem uma opinião. Qual é?

— Quero que você concorra. — Sem hesitar, sem sugestão de mentira, nem mesmo um sorriso.

Peguei a taça de vinho — vermelho escuro, misturado com sangue — e agitei o conteúdo.

— Por quê?

O Regente sorriu.

— Porque você é o único herdeiro de sangue do Cam.

Uma onda de choque atingiu nossa conexão, a única indicação de que Juliet reconheceu o nome. Seu olhar permaneceu no prato, e ela continuou mastigando lentamente, embora entendesse muito bem a implicação da declaração de Sebastian.

— Você deseja que eu assuma uma posição por causa dos meus laços de sangue — devaneei e tomei um gole do líquido forte.

— Você é essencialmente da realeza, Darius. E, de longe, o mais poderoso da nossa espécie nesta região. Alguns vão desafiá-lo com base no século em que permaneceu desaparecido...

— E a traição do Cam — interrompi, a nota amarga na minha voz saindo com facilidade após décadas de prática. — Não se esqueça dos grandes detalhes.

Raquel voltou, trocando nossas saladas pelo prato principal, que era frango assado, purê de batatas e legumes. Juliet os escolheu primeiro, seus velhos hábitos de comer de forma saudável sendo substituído por suas papilas gustativas.

Sebastian murmurou algumas palavras de agradecimento pela refeição e sugeriu que comêssemos antes de continuar nossa discussão. Mantive um ar de indiferença, como se não tivesse qualquer preocupação no mundo e me deliciei com a comida enquanto as lembranças zumbiam em meus pensamentos.

Cam. Meu criador. Um herdeiro real e legítimo do trono da deusa.

Sinto muito por colocar esse fardo em você, Darius, mas é o único caminho.

Você deve continuar o que comecei, ou tudo isso será em vão. Minha morte não significará nada. Meu sacrifício também. Você entende? Você é o protetor da humanidade agora. Você é a única esperança do futuro.

Suas mãos fortes agarraram meus ombros com tanta força que quase os quebraram. Então ele me abraçou pela última vez e desapareceu na noite.

A última vez que o vi, estava dentro de uma urna.

Eu o condenei naquele dia. Derramei gasolina sobre as cinzas, acendi um fósforo e o vi desaparecer sem chorar. A farsa mais difícil da minha eternidade.

— A comida estava deliciosa — Sebastian falou, dando um tapinha no estômago.

Juliet estava apenas na metade do prato e diminuindo a velocidade. Deixei-a fora da dieta esta noite, mas decidi que ela teria um café da manhã maior amanhã.

Terminei a última garfada e baixei o talher, temendo o que eu teria que oferecer a seguir.

Estão chamando isso de um futuro harmonioso, dizendo que é a única maneira de lycans e vampiros viverem em paz – escravizando a humanidade. Mas é um sistema classista destinado a beneficiar a realeza e os alfas. É um jogo de poder, sangue e morte. Somos a raça superior, disso não tenho dúvidas. Mas não significa que devemos ser cruéis e torturar nossa comida.

As palavras veementes de Cam atingiram minha alma, deixando um gosto amargo na minha boca.

Jogue o jogo, meu filho. Mova todas as peças do lugar e as derrube de uma vez. Você conhece o tabuleiro de xadrez melhor que ninguém, inclusive eu. Use-o. Assuma-o. Possua-o.

Lutei contra o desejo de cerrar os punhos. Cam desistiu de tudo para esse futuro. Desde então, foram décadas de planejamento para, finalmente, chegar a hora de fazer minha mudança. Eu não podia me dar ao luxo de vacilar, nem mesmo por ela. Minha querida Juliet.

Tomei o vinho, organizando os pensamentos e me acalmando. Em seguida, sorri com indulgência.

— Posso lhe servir a sobremesa, Sebastian?

O desejo iluminou as feições do Regente quando ele mudou seu foco para Juliet. Ela empurrou o prato para o lado, sua garganta se movendo ao engolir a última garfada.

— Sim — ele respondeu. — Com certeza, sim.

Capítulo vinte e um

A REFEIÇÃO SE REVIROU NO MEU ESTÔMAGO. Eu sabia que esse era o plano, mas uma profunda dor ecoou em meu coração ao ouvir as palavras de Darius.

Posso lhe servir a sobremesa, Sebastian?

Meus instintos se revoltaram, odiando a ideia de deixar outro homem me morder.

No entanto, esse sempre foi seu propósito, meu lado lógico lembrou. *Por que isso mudaria?*

Porque Darius me perguntou se eu queria ser compartilhada.

E você nunca disse que não.

Queria grunhir de frustração com a voz que sempre me chamava à razão e me lembrava de obedecer. Porque agora, de todas as vezes, eu não sabia dizer. Talvez a culpa fosse da exaustão.

Ou talvez eu tivesse atingido algum tipo de limite. Uma parede impenetrável forrada com palavras estranhas, detalhando um passado em que os humanos tinham direitos e que os vampiros não nos usavam apenas como alimento e para gratificação sexual.

Impossível.

Vá embora.

Você vai morrer. Faça o que te mandaram fazer.

Vou morrer de qualquer maneira.

Um dedo acariciou meu pescoço até as correntes do vestido.

— Tem alguma preferência, doce menina? — Sebastian perguntou com voz indulgente.

Gostaria de enfiar uma estaca no seu coração e te matar.

O pensamento estranho surgiu na minha cabeça tão de repente que quase ofeguei. Pensar em matar um vampiro era o mesmo que traição.

O que havia de errado comigo?

Minha coluna se arrepiou.

Se contenha. Obedeça. Ou morra.

Isso seria tão ruim?

Sim!

O som de uma cadeira arranhando o chão, seguido pelos passos familiares de Darius me fez olhar para ele. Sua carranca me demonstrou que era a coisa errada a se fazer. Ele me segurou pelos cabelos, puxou minha cabeça para trás e capturou meu olhar.

— Algo está errado, querida? — ele perguntou com um grunhido. — Não ouviu o Regente?

Eu tinha perdido alguma coisa?

— Eu... — Engoli o nó enorme que fechava minha garganta. Ou melhor, tentei. — N-não, senhor.

Ele franziu a testa e afrouxou um pouco seu aperto.

— Está se sentindo bem?

Diga não, Darius sussurrou através da nossa conexão, sua voz soando clara em minha mente. *Me diga que não está bem. Faça isso agora.*

O comando em seu tom me fez estremecer.

— Não estou me sentindo bem, senhor. Me desculpe.

Ele inclinou minha cabeça para o lado e passou o dedo sobre o meu pulso.

— Humm. Exagerei com você mais cedo, querida? Notei que mal tocou na comida.

Só comi metade por causa do sabor elaborado. Isso impedia meu estômago de aceitar muita comida.

— Sinto muito, senhor.

Ele balançou a cabeça em sinal de reprovação, deixando sua irritação evidente.

— Ela ainda é nova nisso, não percebe que precisa me dizer quando consumo demais seu sangue. — Ele puxou meu cabelo, me fazendo estremecer e lançou um olhar de desculpas para Sebastian. — Está claro que ainda tenho trabalho a fazer com ela.

Não pude ver o Regente, mas ouvi o sorriso em sua voz quando ele respondeu:

— Disciplina é importante.

— Com certeza. Poderia até deixá-lo tomar todo o seu sangue agora mesmo por sua insolência, mas então não seria capaz de aplicar minha própria punição mais tarde. — Ele soltou um suspiro longo e aborrecido. — O que você faria, Sebastian?

— Bata em seu traseiro até deixar em carne viva, trepe com ela e depois tome todo o seu sangue. — As palavras me fizeram estremecer. Vi esse tipo específico de disciplina aplicado a minha dama de companhia mais de uma vez. Geralmente, ela levava dias para se recuperar.

Darius riu.

— Uma ideia deliciosa, mas tomaria muito do tempo que nos resta até o amanhecer. E ainda temos uma discussão para terminar. — Seu polegar tocou meu pulso enquanto ele falava, pressionando de forma tão sutil que mais parecia uma marca. Uma propriedade. Uma posse. Uma maneira de me marcar como sua do jeito mais primitivo.

— É verdade — Sebastian concordou, parado ao nosso lado.

— Imagino que haverá mais jantares em nosso futuro. Talvez eu me entregue à sua oferta de sobremesa.

— Ela estará mais experiente — Darius respondeu. — De todas as maneiras. — A implicação revirou meu estômago. Ele estava oferecendo mais do que o meu sangue.

Mais experiente. De todas as maneiras.

Ele queria dizer sexualmente.

Como se ele fosse compartilhar meu corpo no futuro para compensar essa transgressão.

Minha boca ficou seca e meu coração batia muito forte. Darius pretendia me compartilhar, não só como alimento.

Eu não precisava mais fingir que estava me sentindo mal, porque agora realmente estava.

Um toque estranho percorreu meu braço, fazendo minhas veias congelarem.

— Sempre gostei de um bom jogo de gratificação atrasada — Sebastian murmurou. — Me dá mais para esperar em minha próxima visita.

— Prometo também que ela vai se comportar melhor — Darius respondeu, apertando meu cabelo com mais firmeza. Puxou com tanta força que meus olhos começaram a lacrimejar. Ou talvez, fosse por causa do profundo sentimento de traição fervendo dentro de mim.

Confiei em você.

Porque você é uma garotinha estúpida e ingênua. Confiar em um vampiro. No que estava pensando?

Outro puxão me forçou a ficar de pé.

— Vá para o meu quarto, Juliet. — Seu grunhido atravessou a névoa na minha cabeça, pesando nos meus ombros. — Espere por mim. Nua.

— S-sim, senhor. — Minha voz saiu rouca e repleta de medo.

Ele realmente queria me punir dessa vez. Eu podia sentir isso na postura furiosa do seu corpo, na maneira como ele me empurrou para longe, como se eu não fosse nada além de um pedaço de carne e pela maneira desdenhosa com que me deu as costas.

Tente não me decepcionar de novo.

Falhei miseravelmente, mas não entendi o que havia feito de errado. O salto do sapato bateu contra o mármore, me arrastando em direção ao seu quarto com passos pesados de pavor. Pelo menos, ele ficaria mais um tempo com o Regente discutindo seus planos futuros. Política. Cam.

O nome cortou a névoa da minha vergonha e terror, enviando um choque de confusão através dos meus pensamentos.

Todo mundo conhecia Cam — o nobre traidor que tentou assassinar a deusa. *Ele* era o criador de Darius? O Regente Sebastian havia se referido a Darius como o único herdeiro de Cam, outro termo para descendência. Isso fazia de Darius alguém da realeza — o próximo na fila de sucessão.

Por que ele morava aqui? Observei as luminárias ornamentadas nas paredes, as pinturas a óleo, os lustres sofisticados, os tapetes feitos à mão. Tudo aquilo demonstrava riqueza e privilégio, assim como tudo em Darius. Sua idade, seu controle, seu prestígio.

Cheguei à porta do quarto e soltei um suspiro.

O que me esperava aqui? O que ele faria? Nada de bom, não com a fúria vibrava no andar de baixo. Nunca o senti tão furioso. Ele sempre mantinha um ar de calma, com o semblante extremamente paciente. Bem, parecia que eu havia cruzado uma linha. Só não entendia como. Fiz tudo o que ele pediu. Corri. Aprendi a lutar com facas — não muito bem, mas tentei. Ele me forçou a disparar uma arma ontem. Não reclamei nem uma vez, mesmo quando senti que correr tanto me mataria.

Bem, eu o questionei hoje. Mas ele me beijou depois. Isso significava que agi certo, não é?

— Não entendo — murmurei para a porta. — Nada disso faz sentido! — Bati o punho contra a madeira e pulei com minha própria explosão. O som ricocheteou nas paredes, sem dúvida alcançando os vampiros no andar de baixo.

Ah, não.

Ah, não, não, não.

Entrei no quarto, precisando me esconder. Talvez eles achassem que tinha sido outra pessoa, que um criado tivesse derrubado algo por acidente. Arranquei as correntes do vestido dos meus ombros, permitindo que a roupa se amontoasse no chão e me deitei sob o conforto dos lençóis de Darius.

Proteção, minha alma suspirou.

Mentira, minha cabeça respondeu. *Você não está segura em lugar algum.*

Estremeci e me envolvi ainda mais nos cobertores. Meu arrepio não tinha nada a ver com a temperatura e tudo a ver com o futuro imediato.

Meus olhos se recusaram a fechar enquanto meu corpo relaxava no conforto do colchão macio. Darius poderia entrar a qualquer momento, enfurecido e exigindo punição.

Por quê?

Meus pecados. Minhas transgressões. Meu desrespeito.

Estremeci e minha visão embaçou.

— Odeio isso — sussurrei.

Por mais de duas décadas, simplesmente aceitei meu destino, me curvando à vontade dos vampiros ao meu redor e fiz o que me mandavam para poder sobreviver. E para quê? Viver constantemente com medo? Ser mordida e ter meu sangue drenado até quase a morte várias vezes? Ser forçada a agradar sexualmente qualquer pessoal que meu mestre mandasse?

Isso não era viver. Era uma morte excruciante.

Errei esse tempo todo. As regras, o decoro, a constante obediência. Segui todas as ordens para apaziguar os seres superiores e impedir que me matassem. O que eu deveria estar fazendo era me rebelar para incentivá-los a acabar com minha miséria.

— Sou tão boba — murmurei. Era a morte que eu precisava cortejar, não a vida. Para colocar um fim em tudo.

Sim, uma parte de mim sussurrou. *Esta noite...*

Assenti, me sentindo subitamente aliviada. Chega de dor, confusão ou turbulência. Chega de agradar a um mestre que eu não conseguia entender. Nada mais de falsas promessas de um futuro diferente e disparates de veneno.

Não havia mais nada.

Meu corpo relaxou e meus olhos se fecharam.

O futuro seria feliz.

Quieto.

Morto.

Capítulo vinte e dois

FECHEI A PORTA DEPOIS de ver Sebastian partir.

— Obrigado. Puta que pariu. — Passei a mão pelo rosto, respirando fundo.

Nossa conversa foi boa, seu apoio foi claro e verdadeiro quando me endossou para a posição de soberano. Outra peça de xadrez mudou de lugar, me colocando no lugar perfeito para a ascensão.

Passei a mão na gravata e peguei o telefone. Ivan atendeu no primeiro toque.

— Ótimo. Você sobreviveu à reunião.

Bufei.

— Você se esquece de que Sebastian tem metade da minha idade e sangue plebeu. — Matá-lo teria sido tão fácil quanto virar o pulso, e eu tinha considerado fazê-lo mais de uma vez hoje à noite.

— Mas ele é o Regente. Carrega o poder da lei. — Seu tom zombeteiro fez meus lábios tremerem.

— Sim, o que significa apenas que a papelada e as consequências seriam levemente irritantes. E, na realidade, mantê--lo vivo também serve a um propósito mais útil.

A linha ficou muda enquanto Ivan lia nas entrelinhas.

— Ele concordou em apoiar sua candidatura.

— Melhor — respondi. — Ele concordou em me nomear formalmente no Jantar de Gala do Parlamento em algumas semanas.

— Merda. Isso foi melhor que o esperado. O que você fez, o deixou transar com a Juliet?

Minha diversão morreu com um grunhido.

— Não. — Nem consegui deixá-lo se alimentar dela, muito menos tocá-la. Felizmente, ela pareceu ter recebido minha mensagem para fingir que estava passando mal e o fez de forma espetacular. Eu a recompensaria assim que me juntasse a ela no andar de cima.

Ele riu.

— Tenho certeza de que o sangue dela foi suficiente então.

Não me incomodei em corrigi-lo e fui para o quarto, ansioso para me reconectar com Juliet. Me concentrar em Sebastian exigiu interromper seus pensamentos, e eu sentia falta de tê-la em minha cabeça.

— Preciso de você e Trevor para me ajudar com os preparativos adequados para o baile — falei ao chegar no topo da escada. — Além disso, envie uma mensagem ao nosso amigo real com uma atualização. Ele aprovará esse resultado.

— Considerando que isso o tira completamente do esquema, concordo. Quanto ao baile, as opções A e B, correto?

— Sim. — Opção A, meu oponente recusaria e retiraria seu interesse em se tornar o novo soberano. Opção B, um acidente letal à espreita em seu futuro. Preferia o último. Gaston era um burro sádico que preferia sangue jovem, de humanos com menos de dez anos.

— Certo. Algo mais?

— Por enquanto, não.

— Ótimo. Vá brincar com sua boneca de trepar para comemorar.

Parei do lado de fora do quarto e não pude resistir ao sorriso que suas palavras evocaram.

— É o que pretendo.

— Não sinto inveja — ele respondeu e desligou.

Meus lábios se contraíram novamente. Ivan sentiria muita inveja se soubesse o que eu havia planejado para minha doce Juliet.

Virei a maçaneta e entrei no quarto mal iluminado. Estava muito *quieto*. Fechei a porta devagar e meus passos foram abafados pelo chão acarpetado.

A forma pequena de Juliet estava enrolada em uma bola no centro da cama, e seu cabelo estava espalhado de forma sedutora sobre os travesseiros de seda. Ela não se mexeu quando me aproximei. Seus ombros esbeltos subiam e desciam com sua respiração suave e pacífica.

Linda, pensei, afrouxando a gravata. Eu deveria pedir que ela dormisse aqui todas as noites. Nua. Enrolada nos meus lençóis.

Senti meu peito aquecer. A única razão pela qual ela dormiu em outro lugar esta semana foi para protegê-la das minhas necessidades mais severas. Ela precisava descansar. Eu precisava de sexo. As duas coisas não se misturavam, mas eu não aguentava mais mantê-la à distância.

Desfiz o nó da gravata e deixei as pontas penduradas no meu pescoço. Juliet ainda não fazia ideia de que eu estava ali. Estava perdida em seus sonhos.

Tirei o paletó, coloquei-o sobre a cadeira ao lado da cama e soltei as abotoaduras. Elas caíram na mesa de cabeceira com um barulho que ressoou pelo quarto. Minha querida virgem de sangue permaneceu quieta e despreocupada, como um rato descansando no meio da toca de uma víbora. Ela não parecia me ouvir tirar os sapatos ou desabotoar o cinto, seu corpo ainda dormindo em paz.

Humm, como devo acordá-la? Com um beijo? Acariciando sua coluna com a ponta do dedo? Considerei minhas opções enquanto me movia no pé da cama, precisando ver seu rosto. Meus dedos se ocuparam em desabotoar a camisa. Juliet tiraria a calça para mim. De preferência, com os dentes.

Mas quando me deparei com ela, fiz uma careta. Havia olheiras em seus olhos, maculando a pele rosada com exaustão.

Não, não era exaustão. Era devastação.

Passei o polegar pelas manchas úmidas em suas bochechas. Seus cílios se abriram e dois pontos de dor me encararam com medo e desprezo em suas profundezas. Ela recuou, puxando as cobertas enquanto se movia, seu corpo se curvando em posição fetal.

— Juliet — murmurei. — Sou eu. Sebastian já se foi.

Seu pulso acelerou, acionando meus instintos predatórios. *Terror.*

Seu cheiro era delicioso, mas eu preferia que minhas amantes estivessem excitadas, não apavoradas. Deixei a camisa parcialmente desabotoada e me sentei na cama ao seu lado, segurando seu ombro enquanto ela tentava se afastar.

Franzi a testa.

— O que há de errado, Juliet? Você está machucada?

Ela ofegou estranhamente, o som se parecia com uma risada.

— Não. Sim. — Sua rouquidão, juntamente com as manchas de lágrimas no travesseiro abandonado, confirmaram que ela esteve chorando.

Me deitei ao lado dela em cima do edredom.

— Olhe para mim, Juliet.

— Por quê? — ela murmurou de um jeito estranho.

— Porque eu mandei.

Ela mordiscou o lábio e fechou os olhos com força. Um tremor percorreu seus membros debaixo da minha mão até que ela ofegou e finalmente encontrou meu olhar. O calor em suas pupilas envolto em agonia era uma combinação intoxicante.

— Eu te odeio — ela sussurrou. — Te odeio mais do que tudo.

— Essa é uma declaração intensa — respondi, surpreso e um pouco excitado por sua explosão de fúria. — Posso perguntar por quê?

— Por quê? — ela repetiu. — Por quê? — Mais alto agora. — Não tenho escolha. Nem liberdade. Não há outra razão para estar aqui além de sobreviver, o que significa pouco quando minha vida – por mais curta que seja – é gasta sendo escravizada por você e sua espécie. Quase morrendo e sendo ressuscitada e usada novamente! E vai além de apenas compartilhar meu sangue. Você pretende exigir sexo. Meu corpo não me pertence. Minha mente, com certeza, não é minha. Nada, Darius. Nada me pertence!

Ela deu um grito e afastou minha mão dela enquanto se virava de costas, apertando as mãos contra os olhos.

— A morte seria mais fácil. Bondosa. Se você tiver algum traço de humanidade dentro de si, vai me matar. Mas sei que não fará isso. Sou um investimento muito caro e, mesmo agora, me sinto compelida a pedir perdão por uma reação que até um animal teria em meu lugar. E aceitarei minha punição, porque é isso que uma boa virgem de sangue faz.

As mãos dela se fecharam acima da cabeça, se erguendo e dando socos. Segurei seus pulsos antes que ela pudesse se machucar e colocando os joelhos nas laterais de seus quadris no processo. Ela grunhiu embaixo de mim, resistindo como um gato selvagem, seu olhar enlouquecido de fúria e medo.

— Juliet — eu a chamei calmamente enquanto a continha da forma mais gentil possível.

— Eu te odeio! — ela gritou. — Quero morrer!

Puta merda.

Ela finalmente se despedaçou. Todo o controle que haviam exercido em sua mente durante anos de severo condicionamento havia finalmente diminuído à realidade da nossa situação.

— Me mate — ela implorou, e suas palavras me cortaram o coração. — Eu quero morrer. Por favor, me mate. — Novas lágrimas escorreram de seus olhos, a luta fazendo-a exalar com um som que parecia tão doloroso que senti profundamente.

Este foi o momento que mais desejei e temi. O momento em que ela se partiria em tantos pedaços que a única coisa possível era sua melhora.

Virei seu corpo de bruços e apoiei as costas na cabeceira da cama enquanto a puxava para meu colo.

— Juliet — murmurei, abraçando-a com firmeza. — Você está segura comigo.

Ela deu outra daquelas risadas sem humor, que foi interrompida por um soluço.

— Segura — ela murmurou. — Você planeja me compartilhar com o Sebastian, deixá-lo me bater até me deixar em carne viva e transar comigo.

O uso das palavras dele fez meu sangue ferver, mas engoli a fúria.

— Nunca, Juliet. Ele nunca irá te tocar.

Ela balançou a cabeça com tristeza.

— Vai, sim.

— Não, Juliet. Não vai. — Segurei seu queixo, forçando-a a olhar para cima. —Você é minha e não vou te compartilhar com ele.

— Você já disse que faria. — Sua voz saiu baixa e derrotada e, de repente, entendi o que a tinha levado ao limite. Destruí sua fé em mim com algumas frases cuidadosamente ditas. Era mais do que isso, é claro, seus antecedentes abriram o caminho para esse fim inevitável, mas minhas declarações esta noite quebraram o que restava das suas paredes de vidro.

— Ah, querida. — Suspirei e beijei o topo da sua cabeça. — Apenas *sugeri* uma experiência futura para satisfazê-lo hoje à noite.

— Mais experiente. De todas as maneiras. — Ela pronunciou as palavras com a voz trêmula, e se corpo se arrepiou violentamente, seu desgosto e repulsa escritos em seus ombros arredondados. Parecia que o que eu havia dito tinha atingido um ponto fraco. Considerando-os do ponto de vista dela, pude ver o porquê.

— É verdade que você estará mais experiente – em todos os aspectos – na próxima vez que o convidarmos para uma refeição. — Levantei seu queixo novamente, capturando sua atenção. — Porque não pretendo recebê-lo novamente até que eu seja coroado soberano — falei, mas ela continuou me encarando de forma atormentada. A névoa emocional estava nublando sua lógica. Ela precisava de mais informações para entender. Palavras específicas. Conforto. Confiança.

— Juliet. — Passei o polegar sobre seu lábio inferior trêmulo. — Se considera bastante impróprio que alguém em uma posição inferior – como um regente – solicite algo de um soberano. Especialmente favores envolvendo algo tão precioso quanto uma *Erosita.*

Ela piscou aqueles grandes olhos castanhos para mim.

— *Erosita?*

Sorri.

— Sim. O termo formal para um humano comprometido nas cerimônias. É um tipo de título que carrega grande respeito entre os meus. — E muita inveja. — Você será minha *Erosita* assim que concluirmos o ritual.

— Mais sangue — ela murmurou.

— Sim, e a comunhão de nossas almas. — *Mente, corpo e alma.* Compartilharíamos tudo – nosso sangue, nossa paixão e nossos pensamentos. Acariciei seus cabelos com o peito apertado. — Sinto muito pelo que fiz mais cedo, querida. — O pedido de desculpas me escapou sem preâmbulos. Eu não tinha certeza sobre o que pretendia pedir perdão, mas as palavras pareciam corretas. Pareciam necessárias. Nada disso era justo com ela. Todos os comentários irados, acusações e declarações eram fundamentados na verdade. Ela nunca pediu por nada disso.

— Quero entender — ela sussurrou. — *Preciso* entender.

Meu olhar encontrou o dela, a ansiedade nítida em seus profundos olhos cor de chocolate se tornando uma coisa palpável.

— Você precisa ver — respondi, concordando. Isso sempre fez parte do plano, mas não até que ela pudesse realmente apreciar o que eu tinha para mostrar a ela. — Você está certa, Juliet. Finalmente, chegou a hora. — Amanhã eu faria os arranjos. Agora que ela havia se libertado dos grilhões da lavagem cerebral, eu poderia passar para a próxima fase de seu treinamento.

Uma introdução firme à realidade. Não a que foi pintada em seus livros, textos e apresentações do Coventus. Mas o mundo real e o que havia acontecido fora dos limites da rica sociedade vampira.

Beijei seus cabelos, abraçando-a com força.

Este era apenas o começo da sua reeducação. Pobrezinha. Se ela achava que a verdade de hoje estava doendo, ela nem imaginava que tinha muito mais dor por vir.

Capítulo vinte e três

JULIET

Em um jato.

Eu uma noite estrelada.

Nunca, nem nos meus sonhos mais loucos, imaginei uma experiência dessas.

A lua quase cheia pintava o céu escuro com cores encantadoras. Captei todos os detalhes, memorizando a cena para o caso de nunca mais vê-la.

— Meia-noite — Darius falou. Estava com o telefone no ouvido. Ele se sentou ao meu lado, usando calça preta e um pulôver cor creme que equilibrava suas feições mais sombrias. Eu estava de jeans, suéter vermelho escuro e botas. Era, de longe, a roupa mais sufocante da minha existência. Nenhuma parte do meu corpo estava em exibição, exceto pela sugestão dos seios no decote V.

— Prato principal para seis — ele continuou e parou para ouvir. — Não, acomodações para um. Os demais cuidarão disso por conta própria. — Ele estendeu a mão para pegar a minha, puxando-a para o seu colo e colocando-a em sua coxa. — Sim, isso seria aceitável.

Minha atenção se voltou para as estrelas novamente. Darius havia apagado todas as luzes, nos dando uma visão imperturbável do cenário extraordinário.

Surpreendente...

— Está correto. Obrigado. — Darius encerrou a ligação e relaxou ao meu lado, roçando o polegar de leve em minha mão. — Devemos pousar daqui uma hora.

Assenti sem pensar, incapaz de realmente me concentrar com a grande esfera do lado de fora da minha janela. As estrelas brilhavam no céu da meia-noite, acalmando minha alma.

— Posso sentir seu fascínio através da nossa conexão, Juliet — ele murmurou. — É uma sensação muito incomum. Poucas coisas me intrigam hoje em dia. — Ele levou minha mão aos lábios e mordiscou meu pulso, fazendo meu estômago estremecer.

— Para onde você está me levando? — perguntei. Meus lábios se moveram antes que eu percebesse o que pretendia dizer. Meu coração vacilou por um momento com a pergunta ousada, mas minha boca se recusou a retirá-la ou pedir desculpas.

Eu queria saber.

Não, *merecia* saber.

— Chicago — Darius respondeu.

Pisquei, surpresa com sua aceitação rápida. *Claro que ele responderia. Por que não o faria?* Balancei a cabeça.

Se a noite passada me ensinou alguma coisa, foi que eu não compreendia Darius. Eu esperava uma surra — ou algo pior — pelo meu comportamento, mas ele falou comigo em um tom de voz baixo na tentativa de me acalmar enquanto me abraçou a noite toda.

Ele prometeu nunca me compartilhar. Não gritou comigo quando falei coisas incoerentes. Me deixou chorar. Até beijou minhas lágrimas.

E agora, respondeu minha pergunta sem hesitar.

— Chicago — repeti. O nome soou familiar, mas não por causa dos meus estudos no Coventus. — Essa era uma cidade popular nos antigos Estados Unidos, certo? — Havia aparecido várias vezes em seus livros de história. — Ainda existe?

— Tudo ainda existe. A pergunta que você quer fazer é: no que a cidade se tornou? — Ele baixou nossas mãos entrelaçadas até sua coxa e suspirou. — Você a conhece como Lilith City.

Finalmente afastei o olhar da janela e senti meu coração no estômago.

Lilith City? Esse era o coração do mundo dos vampiros. A própria deusa vivia dentro daqueles muros, mantendo a lei e a ordem entre sua espécie. Virgens de sangue visitavam apenas para funções políticas ou para serem submetidas a um julgamento e execução.

Darius pretendia me entregar à corte dos vampiros para punição? Me matar por insubordinação? Fazer de mim um exemplo público?

Deusa, eu merecia. Especialmente depois da noite passada. Quebrei todas as regras, permiti que a emoção controlasse meu comportamento, agi mal diante do Regente e considerei a morte uma alternativa melhor que meu destino. A lista das minhas transgressões era interminável.

Vou morrer?

Isso seria tão ruim?

Darius se inclinou no meu espaço pessoal, pressionando os lábios nos meus. Meus pensamentos se derreteram em uma poça quente quando sua língua deslizou dentro da minha boca, me trazendo ao presente.

Segurança, minha alma sussurrou. Uma confiança instintiva que superava a lógica. Ele poderia estar me levando de avião até a morte, ou para algo pior, e eu não conseguia me impedir de retribuir seu beijo.

— Relaxe, Juliet — ele falou baixinho. — Não tenho qualquer desejo de te punir. Não por fazer exatamente o que eu queria. — Ele me beijou de novo, agora mais lentamente, com mais intimidade. Sua mão ainda segurava a minha e seu polegar desenhava círculos lânguidos contra o meu pulso.

— Darius — sussurrei, criando coragem.

— Sim, querida?

— Me fale por que estamos indo para Lilith City. — A frase saiu mais ousada do que eu esperava, o pedido parecendo mais uma ordem.

Ele sorriu contra a minha boca.

— Humm, sabia que você era a pessoa certa. — Seus olhos atraentes brilharam com aprovação enquanto ele retribuía meu olhar. — O que o Coventus ensinou sobre Lilith City?

— É o lar reverenciado da deusa e do conselho de governança dos vampiros. — As palavras soaram didáticas para meus ouvidos, mas precisas.

— Lar reverenciado da deusa — ele repetiu, bufando. — Me deixe adivinhar: você era forçada a orar por ela, certo?

Assenti.

— Ela é o ser supremo.

— É mais como uma vadia suprema. — Ele balançou a cabeça. — Conheço a Lilith há mais de dois mil anos. Deusa, ela definitivamente não é. É só uma vampira real muito velha, com propensão ao poder.

Minha boca ficou aberta em choque absoluto com sua franqueza. Ele havia acabado de insultar o representante do mais alto escalão do nosso mundo — a própria deusa — enquanto mantinha um tom sardônico.

— Você poderia ser morto por essa afirmação — sussurrei, consternada.

Eles estão sempre ouvindo, minha dama de companhia havia avisado. *Nunca fale o nome dela em vão.*

Darius riu.

— As ovelhas se assustam com muita facilidade. — Ele apertou minha mão. — Não se preocupe, querida. A Lilith pode querer me matar, mas não por menosprezar seu precioso título. Nenhum dos meus irmãos a considera um ser supremo, apenas a rainha. Os humanos são os únicos ensinados a adorá-la, principalmente porque ela acha divertido.

Fiz uma careta. Isso não poderia estar certo.

A não ser que, bem, talvez fosse... por que ele mentiria?

O Coventus havia realizado rituais em que virgens de sangue liam trechos de textos antigos em latim, agradecendo à deusa por nos presentear com a vida. Todas as cerimônias eram conduzidas pelas damas de companhia, não pelos vampiros. Eles apenas observavam parados nos cantos, servindo como guardas para manter a todas nós na linha.

— Os vampiros nunca se ajoelham ou prestam homenagem a ela durante os rituais — falei, percebendo a verdade enquanto pronunciava as palavras. — Sua espécie não a adora.

— Não. No entanto, há muitos que respeitam sua liderança. — A maneira como ele disse sugeria que ele não estava entre os que se sentiam assim.

— A quem os vampiros reverenciam? — perguntei em voz alta, curiosa.

— Principalmente a nós mesmos. — Ele passou o polegar sobre meus dedos, seu tom de voz parecendo pensativo. — O Coventus prega a adoração para manter os humanos na linha. Ter um poder superior para orar dá a todos um falso senso de esperança que é facilmente manipulado. Na verdade, é muito brilhante em termos de mecanismo de controle e também terrivelmente triste.

Mecanismo de controle — um resumo preciso da minha vida. Nunca tive escolha, jamais, e até Darius entrar na minha vida, nunca desejei ter.

— Somos os predadores e os humanos são a presa — ele continuou em voz baixa. — E minha espécie sempre gostou de brincar com a comida. — Ele desviou o olhar para o meu pescoço enquanto falava, aquecendo meu sangue.

Sim, por favor, meu corpo sussurrou. *Me morda.*

— E você? — perguntei ofegante. — Gosta de brincar com a comida também? — *Gosta de brincar comigo?*

Os lábios dele se curvaram.

— Fique de pé — ele falou, soltando minha mão.

Minha respiração falhou enquanto sua ordem me aquecia de dentro para fora. *Eu ousaria recusar?* E o mais importante, eu queria?

A resposta veio quando me levantei, sentindo as pernas firmes. Mesmo depois das minhas convicções ontem à noite, ainda desejava agradá-lo. Não o vampiro. Não a sociedade. Mas o próprio Darius.

Porque eu gostava de satisfazê-lo.

— Monte em mim, Juliet.

Me acomodei em seu colo, abrindo as pernas de forma íntima sobre as dele enquanto apoiava as mãos em seu abdômen plano.

— Você ainda não me disse por que estamos indo para Lilith City.

— Eu sei. — Ele colocou uma mão ao redor da minha nuca e a outra em meu quadril. — É uma parada rápida a caminho do nosso verdadeiro destino, que me permitirá revelar a verdade do nosso mundo para você. — Seu polegar acariciou meu pulso. — Quero mostrar o que o Coventus escondeu.

— Por quê?

— Você verá quando chegarmos lá. — Seu nariz acariciou minha bochecha enquanto ele respirava lentamente. Seu toque era uma carícia leve. — Seu cheiro é incrível — ele murmurou, segurando minha nuca com mais firmeza. — A minha própria versão do céu.

Seus lábios roçaram minha mandíbula, provocando arrepios nos meus braços. Amei a sensação de sua boca em mim, a maneira como ele sussurrava sobre minha pele, deixando calor em seu rastro.

— Você perguntou se gosto de brincar com a comida — ele falou baixinho contra o meu ouvido. — Isso foi um convite, querida? — Ele esfregou meu pescoço, seus dentes deslizando sobre a minha pele sensível. — Porque pareceu ser.

Minha garganta ficou seca e fechei os olhos.

Por favor...

As presas de Darius roçaram o ponto vulnerável abaixo da minha orelha, provocando um tremor na minha coluna. Não era de medo, mas pela tentação. Eu desejava seu beijo vampírico, sua posse, a sensação dele absorvendo minha essência e possuindo cada pedaço íntimo meu.

Pense, Juliet.

Havia algo que eu queria saber.

Várias coisas, na verdade.

Mas, *ahhh*, talvez não fossem tão importantes. Não com a boca de Darius no meu pulso, mordiscando de leve.

— Me responda, Juliet — ele exigiu em um tom enganosamente reconfortante. — Me diga se foi isso que você quis dizer.

Foi? Não conseguia me lembrar. Não com uma mão sua em meu quadril, a outra segurando minha nuca e a sugestão de seus incisivos provocando minha pele sensível.

— Me morda — implorei com a voz rouca de desejo. — Por favor.

Ele riu.

— Você deseja prazer, querida? É isso? — Ele me puxou para mais perto, elevando minhas coxas e colocando meu centro contra sua inconfundível excitação. Arqueei em sua direção com um gemido, sedenta por mais.

Quem sou eu?

Quem se importa.

Puxei a blusa, precisando me libertar. Era tão quente, restritiva e...

Darius segurou a barra, mantendo-a contra o meu estômago.

— A roupa fica — ele falou com a voz baixa e imponente.

Gemi e encontrei seu olhar acalorado.

— Por quê?

— Porque vamos pousar em breve. — Ele mordeu meu lábio com força suficiente para tirar sangue. Doeu mais do que deu prazer – um castigo por estar ansiosa demais? — Porque você é tentadora o suficiente e meu controle não é infalível. — Sua língua acariciou a ferida, provocando um raio de êxtase em meu centro e afugentando a dor de segundos atrás. — Porque pretendo te devorar do jeito certo mais tarde, assim que nosso trabalho estiver concluído.

— Do jeito certo? — repeti, minha mente estava nebulosa por causa da sensação delirante que sua boca provocava. — Você pretende finalmente tirar minha virgindade? — Senti uma emoção com a perspectiva, seguida por uma sombra de preocupação.

Doeria?

Ele ainda iria me querer?

Eu sobreviveria?

O último pensamento me fez pausar, fixando meu olhar no rosto bonito de Darius. Seu olhar ardente provocou um frio no meu ventre. Ah, doeria — sem dúvida —, mas ele nunca me dava dor sem prazer.

— Reivindicar seu corpo é a fase final da cerimônia, Juliet. — Sua mão deslizou por baixo da minha blusa e senti seu toque suave contra a minha pele nua. — Isso fará de você minha. Indefinidamente.

— Não é esse o ponto? — perguntei, sem fôlego. — Ou você está esperando até eu me provar de alguma forma?

Ele deslizou o polegar para a lateral do meu corpo, acariciando as costelas.

— Você não tem mais nada a provar para mim. Sei que você é perfeita para as minhas necessidades.

— Ah. — Umedeci os lábios, refletindo. — Então... hoje à noite?

Seu olhar parecia divertido.

— Está ansiosa para que eu te coma, querida?

— Eu... só não entendo por que você ainda não fez isso. — Limpei a garganta. — Minha dama de companhia me preparou para que isso acontecesse na noite da minha compra, mas...

— Quase não te toquei — ele terminou, deslizando a palma da mão para acariciar meu peito. — Sem sutiã. Isso significa que você também está sem calcinha?

Me pressionei contra seu toque, desejando mais.

— Você me disse que a regra de "não usar roupas íntimas" ainda era aplicada.

Os lábios dele se contraíram.

— Falei mesmo. — Ele acariciou meu mamilo, provocando uma sensação de formigamento entre as minhas coxas. — Não te comer foi um desafio, mas serve a dois propósitos. Primeiro, mostrar autocontrole é considerado uma força entre minha espécie, uma consideração importante ao disputar uma posição de soberania. Segundo, a cerimônia só funciona quando o sangue é trocado pelo menos três vezes antes da reivindicação.

Fiz uma careta.

— Então, se você tivesse tirado minha virgindade antes que eu bebesse de você...?

— Nunca poderíamos estar conectados.

— E se alguém tivesse feito isso?

— Nunca poderíamos estar conectados — ele repetiu. — Mesmo agora, se outro vampiro te tomasse, destruiria o processo.

— Por que eu estaria vinculada a um novo mestre?

— Não, você estaria arruinada. — Ele apertou meu pico duro, depois o massageou com os dedos ágeis. Lutei contra um gemido enquanto tentava processar tudo o que ele havia acabado de dizer, mas era difícil com sua mão marcando minha pele macia.

— Então. — Limpei a garganta, minha atenção mudando entre excitação e informação. — Hum, a cerimônia se aplica apenas a virgens de sangue?

— Não só a virgens de sangue, mas virgens em geral. E o humano deve permanecer intocado de todas as formas. Ou seja, se você tivesse bebido de alguém da minha espécie ou tivesse perdido a virgindade com alguém antes de mim, não teríamos sido capazes de iniciar a cerimônia. Além disso, compartilhar seu sangue não atrapalha o ritual, nem atos sexuais sem penetração, mas qualquer coisa ligada ao vínculo – sexo e sangue de vampiro – pode destruir tudo o que construímos.

Ele afastou a mão do meu peito para levantar minha blusa e desviou o olhar para o mamilo. Não me incomodei em apontar que ele havia acabado de exigir que eu continuasse com as roupas, não com o ar reconfortante correndo pela minha pele. Ele se inclinou para mordiscar meu peito e sua barba por fazer roçou em meu pico duro.

— A partir do momento em que você absorveu minha essência, Juliet, você ficou ligada a mim para sempre e a mais ninguém.

— A menos que alguém me tome antes de você — murmurei, me referindo ao seu comentário anterior sobre o potencial de alguém interferir no nosso processo de ligação. Esse parecia ser um argumento sólido para ele me tomar mais cedo ou mais tarde.

Darius capturou o mamilo eriçado e o mordeu. Com força. Seu

nome deixou meus lábios em um murmúrio quando as lágrimas brilharam em meus olhos. Não houve prazer nesse beijo vampírico, apenas minha essência sendo sugada em sua boca e uma marca em minha carne. Minhas unhas se curvaram em sua camisa enquanto lutava contra o grito que crescia na minha garganta.

Uma onda de euforia me atingiu, tensionando minha pele em um grau doloroso.

Ah, deusa, o que ele está tentando fazer comigo? Minhas coxas se apertaram quando outra onda pulsou através da minha corrente sanguínea.

— Darius — murmurei, agarrando seus ombros. O peso da sua ereção contra a minha parte sensível queimou minha pele. Eu me contorci em seu colo, desejando mais atrito, mais alguma coisa. Mais dele.

— Ninguém mais vai te tomar, Juliet — ele declarou de forma sombria contra minha pele machucada, apertando meu pescoço com força. — Nunca.

Ofeguei contra ele, e meu coração bateu forte.

— Mas você disse ao Regente...

— Chega — ele grunhiu, levantando a cabeça para capturar meu olhar. — Insinuei para Sebastian que você seria mais experiente, permitindo que ele assumisse que eu fosse querer te compartilhar com mais complacência no futuro. Esse foi o erro dele, porque não quero que mais ninguém te toque, muito menos se alimente de você. Quem tentar sem o meu consentimento, morrerá. Entendeu?

A veemência em seu tom acelerou meu coração.

— Sim, senhor. Compreendo.

Ele suspirou e me puxou para mais perto, seus lábios encontrando minha testa enquanto passava os braços em volta de mim.

— Juliet, a cerimônia nos une até que eu morra ou outro ser reivindique seu corpo. — Ele fez uma pausa, deixando as informações se estabelecerem entre nós.

— O que significa que só você pode me levar para a cama — falei devagar, interpretando suas palavras. — Agora e sempre, ou a conexão se quebra.

— Sim, o que te tornaria mortal de novo, fazendo você envelhecer normalmente. — Ele pressionou a boca no meu cabelo, suspirando. — É por isso que as *Erositas* são tão cobiçadas entre a minha espécie. São frutos proibidos. É preciso apenas um toque íntimo para romper o vínculo eterno. Por que eu colocaria em risco algo tão sagrado por alguém como Sebastian?

Me acomodei em seu corpo.

— Mas você me disse que compartilhar é um requisito para a minha posição ao seu lado. Esse foi o objetivo do treinamento com o mestre Ivan e o mestre Trevor.

— Sim, espera-se que as *Erositas*, especialmente aquelas com seu precioso tipo sanguíneo, ofereça sustento aos convidados de acordo com nossa estrutura política atual. É uma maneira de menosprezar o relacionamento, de lembrar aos humanos quem está no comando e também serve como punição para os vampiros que escolhem a cerimônia.

— Punição? — Ele afrouxou o aperto, permitindo que eu me inclinasse para trás. — Por quê?

— O mundo em que vivemos tem tudo a ver com poder e controle, Juliet. Forçar um vampiro a compartilhar sua companheira é a melhor forma de domínio. — Ele passou o polegar sobre a ferida no meu peito e levou o sangue aos lábios, lambendo-o lentamente enquanto retribuía meu olhar.

— É isso que sou? Sua companheira? — Não pude evitar o tom de admiração em minha voz. Todo esse tempo, pensei que a cerimônia fosse apenas uma maneira de me ligar permanentemente a ele como uma escrava de sangue que ele compartilhava e desfrutava por toda a eternidade. Isso me concedia proteção sem liberdade. Não que eu tivesse me importado, pois meu objetivo era agradar.

Até Darius me apresentar a noção de escolha...

Suas pupilas dilataram quando ele abriu uma ferida e aplicou sua essência de cura ao meu mamilo. Minha pele vibrava, reagindo ao seu toque.

— Sim, você será minha em todos os aspectos — ele confirmou baixinho.

— E você será meu? — As palavras saíram antes que eu

pudesse detê-las, e elas pareciam diverti-lo.

— Está exigindo exclusividade, querida?

— Eu... não sei — respondi com honestidade. — Você disse que não posso ter intimidade com outro ou isso rompe nossa conexão. O que acontece se você levar outra para a cama?

— A cerimônia liga você a mim, não o contrário. Eu poderia tomar várias virgens de sangue, se quisesse, sem prejudicar nossa conexão.

Fiz uma careta. Darius poderia ter outras amantes, enquanto eu tinha que permanecer fiel. Isso significava que eu só tinha que dormir com ele — um ponto positivo —, mas não gostava da ideia de dele agradar outra. Um nó se formou no meu estômago quando percebi que Darius já poderia ter tido outras amantes enquanto realizava a cerimônia comigo.

Ele não bebia meu sangue há vários dias, além de alguns goles ocasionais. Também não dormia comigo por duas noites seguidas. Ele estava se entregando a outra? Ou a várias? Era assim que Darius se absteve de me deflorar, conseguindo gratificação em outro lugar?

— Isso é injusto — soltei, sentindo meu coração bater de forma dolorosa no peito. Não queria compartilhar Darius. Também não queria que ele me compartilhasse. Parecia errado. Cruel. Injusto.

Ele é meu.

— É da nossa natureza, querida. — Ele colocou minha blusa de volta no lugar, baixando as mãos para meus quadris com um aperto suave. — Agora preciso que você aperte o cinto. Estamos prestes a pousar.

Capítulo vinte e quatro

DARIUS ME ACOMPANHOU DURANTE a descida do jato particular até o carro preto que estava esperando por nós. Ele trocou algumas palavras com o motorista, apertou a mão dele e me ajudou a entrar, sentando-se ao meu lado.

Luzes diferentes das que eu já havia visto abriram o caminho, levando a uma horda de arranha-céus ao longe. Muito diferente da propriedade isolada de Darius e das paredes cruas do Coventus.

Ele estendeu a mão para mim enquanto o carro deixava o aeroporto, nos levando em direção ao que parecia ser uma barricada no meio da estrada vazia. Espiei pelas janelas, analisando a estranha formação.

Não, não era uma barricada. Era uma fila de soldados vestidos de preto, segurando armas. *Assim como no Coventus.*

Congelei. *Eles estão aqui por minha causa, para me levar de volta, para...*

— É a vigília da fronteira — Darius murmurou, apertando minha mão e me puxando para mais perto. — O trabalho deles é manter todos dentro dos limites da cidade.

Diminuímos a velocidade, depois paramos quando os homens uniformizados cercaram o carro. Darius abaixou a janela com uma expressão entediada.

— Boa noite, senhores.

— Senhor — uma voz profunda respondeu.

Ele é humano, percebi. *Como?*

Seus profundos olhos azuis encontraram os meus de forma breve antes de ele olhar para a prancheta em suas mãos.

— Por quanto tempo ficará? — ele perguntou.

— Pelo tempo que eu quiser — Darius respondeu com um tom autoritário na voz. — Possuo várias propriedades aqui.

O homem folheou seus documentos, assentindo.

— Certo. Sim. Claro. — Ele levantou a mão, acenando para alguém. Os soldados que cercavam o carro recuaram imediatamente. — Tenha uma boa noite, senhor. Peço desculpas pela invasão.

Darius não respondeu, apenas fechou a janela e relaxou quando o carro começou a se mover.

— Guardas humanos — sussurrei, olhando por cima do ombro para eles. Havia pelo menos cinquenta, provavelmente mais.

— Sim, é uma posição cobiçada entre vocês por causa dos benefícios.

— Benefícios? — repeti, me virando para frente de novo.

— Sim. Sexo, comida decente, condições de vida razoáveis. As Vigílias – como são chamadas – recebem esses luxos em troca do serviço nas fronteiras, onde o trabalho principal é pegar qualquer um que tente escapar. — Suas íris verdes brilharam quando ele encontrou meu olhar. — Você os verá por toda a cidade. Eles mantêm a lei e a ordem e têm permissão para punir dentro da razão.

— Humanos — falei, espantada. — Trabalhando para os vampiros? — Pensei que a maioria era escravizada ou estava em vários campos. Aqueles soldados estavam vagando livres. Com armas.

— As Vigílias também servem aos lycans. Como eu disse, é uma posição desejada. Poucos são selecionados, o que torna a função bastante competitiva. — Ele levou minha mão aos lábios, beijando meu pulso. — Força as massas a lutar por uma posição cobiçada na sociedade para que não se unam e se rebelem. É um mecanismo de controle de livros didáticos e executado de forma impecável. Essencialmente, os humanos se regulam sem que os seres superiores tenham que se esforçar.

Abri a boca, fechei e depois abri novamente. Mas eu estava sem palavras. Não consegui fazer nem mesmo uma pergunta.

Ele sorriu de um jeito triste e roçou seus lábios nos meus devagar.

— O Coventus ensinou tudo sobre assuntos políticos de vampiros, mas nada sobre o Dia do Sangue ou as facções. E, provavelmente, quase nada sobre lycans. — Outro beijo, este mais longo, que dessa vez sua língua participou para provar a minha. — Humm, isso vai mudar, querida. Quero que você esteja consciente e bem informada, não protegida e dócil.

Sua boca capturou a minha, silenciando qualquer tipo de resposta que eu desejasse expressar. Não que eu tivesse alguma. Minha cabeça ainda estava se recuperando de tentar compreender as vigílias. *Humanos policiando humanos. Competindo por posições. Regulando a nós mesmos.*

Darius agarrou meus quadris e me puxou para seu colo, me forçando a montá-lo como eu havia feito no jato. Um zumbido soou atrás de mim — uma tela de privacidade sendo erguida? — quando meu suéter foi retirado e colocado no assento ao nosso lado.

— Preciso me alimentar — Darius murmurou, levando seus lábios ao meu pescoço. — Quis fazer isso no avião, mas agora é mais apropriado. — Ele esfregou minha clavícula, respirando profundamente. — Me toque.

Minhas mãos foram para seus ombros, obedecendo-o instantaneamente.

— Mais para baixo, Juliet.

— Sim, senhor. — Passei os dedos pelo seu suéter até a protuberância que crescia debaixo da sua calça.

Ele segurou meu cabelo na parte de trás do pescoço, expondo minha garganta.

— Abra a calça — ele sussurrou com os lábios em minha pulsação. — Tire o meu pau de dentro dela. — Seus incisivos perfuraram minha pele na última palavra. Com força. Afiado. Rápido.

Meus olhos ameaçaram se fechar quando abri o cinto, o botão e puxei o zíper para baixo. Sua excitação — quente e macia — encontrou minha mão com um pulsar ansioso. O acariciei do jeito que sabia que ele desejava, e ele me recompensou com a mão em meu peito.

— Darius — gemi, o êxtase da sua mordida espiralando até o ponto sensível entre minhas pernas. Ele me ajeitou em seu colo, de modo que meu centro encontrasse sua coxa forte. Inclinei a cabeça para frente com um suspiro, mas ele me puxou de volta, segurando meu cabelo com firmeza e mantendo minha garganta exposta à sua boca voraz.

Acelerei o ritmo, movendo minha mão sobre seu pênis do jeito que meu corpo ansiava. Se a calça não estivesse ali, eu ficaria tentada a pressionar minha boceta úmida em sua ereção.

Ah, deusa, sim...

Eu o queria dentro de mim.

Para selar o vínculo. Me fazer dele em todos os sentidos. Reivindicá-lo como meu.

Só que ele não seria. Não de verdade.

Isso é mentira, minha alma sussurrou. *Ele é meu.*

A eletricidade arrepiava minha pele, sua essência se misturando com a minha enquanto ele bebia meu sangue. Me entreguei a ele por completo. Confiava nele para saber quando parar. Repleta de desejo no êxtase que sua boca provocou. Deslizei a mão para cima e para baixo e o imaginei repetindo os mesmos movimentos dentro de mim.

De forma deliberada, pressionei meu núcleo dolorido contra sua perna, exigindo atrito. Precisando de mais. Precisando dele.

A mão que estava no meu quadril deslizou para baixo e seu

polegar encontrou aquele lugar especial através da calça jeans. Um único toque me levou ao limite, e meu grito ecoou enquanto seu nome escapava da minha boca.

Era sempre assim — explosivo.

Intenso.

Esmagador.

Insano.

Meu corpo tremia, os membros se recusavam a funcionar e eu o segurava com força demais. Ele gemeu contra o meu pescoço, suas presas deixando a minha pele. Outra onda de choque me atingiu, me enviando em um espiral ainda mais profundo. Um segundo orgasmo? Uma continuação? Ah, eu não sabia e não me importava, apenas me perdi nas sensações. Quente e frio, claro e escuro, som e silêncio.

Mal notei Darius me empurrando para ficar de joelhos, seu pau encontrando minha boca e penetrando profundamente. Engolir era minha única opção. Cada gota salgada e quente descia direto pela minha garganta. Eu ainda tremia enquanto meus pulmões ardiam com a necessidade de respirar.

— Perfeita — Darius elogiou enquanto seus dedos se enroscavam em meus cabelos. Olhei em seus olhos. — Humm, você está linda assim, Juliet, esperando de forma tão paciente que eu te permita respirar novamente. — Ele roçou os nós dos dedos na minha bochecha, capturando as lágrimas que eu derramei sem querer e os levou aos lábios. Ele lambeu devagar, prolongando o momento enquanto minha visão escurecia.

* * *

ABRI E FECHEI OS OLHOS várias vezes para clarear a visão e revelar o horizonte da cidade cheio de luzes cintilantes. Pisquei novamente. E de novo. Mas as janelas do chão ao teto continuavam exibindo uma noite cheia de atividades.

— Darius? — sussurrei.

Sem resposta.

Me virei e o colchão embaixo de mim se moldou ao meu corpo. Observei o teto alto. Um ventilador girava ali, fazendo pouco para esfriar minha pele úmida. O suéter e o jeans não estavam ajudando.

Por que Darius me vestiu? Melhor ainda, por que ele me deixou aqui?

Estiquei os braços e as pernas e escorreguei do edredom branco e fofo. Os enfeites prateados e pretos da sala eram muito masculinos e simples, mas o ar carecia do cheiro familiar que eu desejava.

Um banheiro com móveis de mármore e um chuveiro enorme ficava à esquerda de uma porta fechada. Girei a maçaneta devagar e encontrei um corredor banhado em luz.

Ouvi vozes — uma mulher. Seguido por uma risada profunda que fez meu estômago revirar.

Darius.

Com outra mulher?

Comecei a andar antes que pudesse me impedir e o encontrei no meio de uma sala de grandes dimensões com o braço apoiado nas costas de um sofá. Uma loira linda estava sentada na cadeira ao seu lado, com as pernas cruzadas na direção dele e os lábios curvados em um sorriso encantador. Seus olhos azuis brilhantes encontraram os meus e se arregalaram por um momento, como se estivessem chocados ao me ver.

O sentimento era mútuo. Ainda mais considerando que eu havia dado prazer a Darius pouco antes de chegar aqui. Ele não precisava de outra, e eu não iria compartilhá-lo. Se ele exigisse mais sangue, poderia ter o meu. E o meu corpo. E a minha boca.

Ele olhou para cima quando me aproximei, o tornozelo, que estava apoiado no joelho, se deslocou bem a tempo de eu me sentar em seu colo.

Meu.

Me assegurei em fazer com que minha expressão transmitisse isso enquanto olhava para a loira. Sua resposta foi mais uma daquelas risadas estridentes.

Os braços de Darius envolveram a minha cintura, me apertando um pouco.

— O que aconteceu com os nossos convidados? — ele perguntou baixinho.

Minha coluna ficou rígida. *Reverência. Convidados. Formalidades.*

Estávamos no meio da cidade de Lilith, e eu tinha acabado de esquecer as regras mais fundamentais. Claramente, o desejo de morte da noite passada ainda permanecia, porque eu ia me matar por me comportar dessa maneira.

Precisava me desculpar. Me inclinar... ah, deusa, não tinha ideia do que fazer para consertar o que fiz. As formalidades não eram necessárias para Darius, mas tudo mudava quando tínhamos convidados.

Tentei me mover para me abaixar, mas ele me segurou contra si, seus braços grossos oferecendo uma barreira musculosa. Meus olhos se encheram de lágrimas.

— Senhor, eu... eu...

— Ah, pare de torturar a pobre garota, Darius — a loira disse em tom de repreensão. — Você sabe que odeio toda essa merda de submissão.

Ele riu e seus lábios acariciaram meu pescoço.

— Juliet, esta é Mira. — Ele apertou meu pulso. — Ela é uma velha amiga.

Minhas narinas se abriram. Uma velha amiga, tipo uma ex-amante? Ou alguém de quem ele ainda gostava de forma íntima?

A loira deu outra risada alegre.

— Ela me faz lembrar da Iza. — Seus olhos brilharam quando encontrou os meus. — Tão possessiva.

Enfiei as unhas nos braços de Darius, sem achar graça dessa mulher e sua jovialidade. Mas o homem abaixo de mim parecia se divertir bastante quando ele riu novamente.

— É um empreendimento novo, Mira. Eu meio que gosto disso.

— Mentiroso. Nós dois sabemos que você ama — ela respondeu, sorrindo com indulgência antes de se fixar em mim novamente. — Pode guardar suas garras, querida. Não estou interessada em seu futuro companheiro. Já tenho o meu.

Fiquei boquiaberta com ela.

— Você é uma *Erosita*?

Ela riu tanto que lágrimas escaparam de seus olhos. Aparentemente, tudo neste mundo era engraçado para essa mulher.

Talvez ela não fosse muito certa da cabeça.

— A Mira é lycan — Darius explicou enquanto seus lábios roçavam minha orelha. — Ela está acasalada com o alfa da sua matilha.

— Uma lycan. — Pisquei. — Ah. — Nunca havia visto um e sempre imaginei que fossem mais animalescos do que humanos. Mas usando um vestido creme, com os cachos despenteados e manicure perfeita, ela parecia bastante humana. — Prazer em conhecê-la — acrescentei, sem jeito.

— O prazer é todo meu — ela respondeu, mudando o foco para Darius. — Agora que ela acordou, você deve se arrumar.

— Verdade. — Darius deslizou as mãos para os meus quadris e os apertou. — Só preciso que Juliet me deixe levantar primeiro.

— Acredito que ela tenha te reivindicado — Mira murmurou e seus olhos brilharam novamente.

— Parece que sim — ele respondeu. Suas mãos me guiaram com gentileza para sair de seu colo.

Fiquei de pé, me virei quando ele se levantou e abri os lábios sem dizer nada. *O que eu queria dizer?*

Ele passou a mão na parte de trás do meu pescoço e me puxou para um beijo que arruinou minha linha de pensamento. Não que eu tivesse alguma. Quase não me reconhecia mais.

Ela te reivindicou.

Sim. Sim, foi o que fiz. O que era errado. Humanos não tinham direitos de posse e, no entanto, eu queria que Darius fosse meu. Demonstrei isso em um beijo onde minha língua lutava com a sua por equilíbrio e demanda. Senti que ele sorria contra meus lábios.

— Você me deixa tão orgulhoso, Juliet — ele sussurrou, acariciando meu pulso com o polegar. — Mas preciso que você se comporte durante o jantar. Minha presença sempre atrai atenção e a especulação de que sou candidato a soberano na região de Jace está aumentando a emoção causada pela minha presença aqui esta noite. É imperativo que eu seja visto lidando com as coisas como todos esperam, o que podem incluir dizer ou fazer coisas que você não vai gostar.

Mira bufou.

— Não se esqueça do entretenimento com refeição ao vivo e

garçons decorados com bom gosto.

Ele a ignorou e se concentrou em mim.

— Preciso que você faça o papel da virgem submissa ou farão certos questionamentos. As pessoas com quem vamos jantar esta noite não são seres que você deseja intrigar. Entendeu?

Ele continuou acariciando minha garganta e me distraindo de seu pedido.

— Outro jantar.

Darius sorriu.

— Sim.

— E você deseja que eu mantenha as formalidades ensinadas pela minha dama de companhia.

— Sim — ele repetiu.

— Como fazer reverência.

— Infelizmente, sim.

Aderir ao meu treinamento e aos códigos estabelecidos pela minha dama de companhia. Por que, de repente, isso pareceu ser uma tarefa impossível?

Porque você entende melhor as coisas agora. Mas com certeza eu poderia manter o decoro durante o jantar. A menos que...

— Haverá compartilhamento?

— Não. — Sua resposta foi enfática. — Você ficará calada, a menos que eu ordene que fale. Permanecerá olhando para o chão, passado uma imagem de subserviência, e se referirá a mim como seu senhor, não como Darius. Mas nada de compartilhamento. — Seu aperto aumentou e sua boca roçou na minha. — A única degustação permitida será a dos meus lábios em sua pele, Juliet. Se eu pedir para beber, você obedece. Se mais alguém pedir, cuidarei disso. Entendido?

Engoli em seco. *Sem compartilhamento.* Eu poderia aceitar isso. A submissão vinha de forma natural. Não ter que falar seria uma bênção. Eu observaria e nada mais.

— Será este o nosso futuro? — perguntei baixinho. — Eventos que exigem meu silêncio e subserviência?

— Uma vez que eu for nomeado soberano, sim. Isso se tornará algo comum quando estiver dentro de Lilith City para assuntos políticos. — Ele colocou meu cabelo atrás da orelha e emoldurou minha bochecha. — Vamos jantar hoje à noite com vários vampiros influentes. Eles são poderosos, maus e acreditam que estou do lado deles.

— Com uma exceção, que é...

— Não é relevante — ele interveio, silenciando Mira. — Juliet, os rumores de que te comprei se espalharam e é vital que sejamos vistos como um casal de mestre e virgem de sangue. Se alguém suspeitar do contrário, haverá punições, como a que mencionei anteriormente.

— Compartilhamento — sussurrei.

Ele assentiu.

— Não quero compartilhar você, mas preciso que pensem que eu não me importaria. Isso diminui a diversão. — Ele beijou minha testa e suspirou. — Considere isso uma introdução aos papéis que desempenharemos. Preciso que você seja a perfeita submissa, assim como o Coventus lhe ensinou. Tudo bem, querida? Pode fazer isso por mim?

Um pedido, não uma ordem. Embora nós dois soubéssemos que eu não tinha escolha. Eu não podia recusar, não quando meu propósito era esse.

Seria muito mais fácil ele me obrigar a ser submissa, mas Darius desejava minha concordância. Assim como eu ansiava pela oportunidade de agradá-lo. Meu peito se aqueceu com a perspectiva de fazê-lo feliz e, ouvi-lo me elogiar novamente como ele fez momentos atrás.

Você me deixa tão orgulhoso, Juliet.

Minha pele se arrepiou quando repeti suas palavras em pensamento. Precisava que ele me dissesse essas palavras mais uma vez e esperava que isso acontecesse mais tarde.

— Tudo bem — concordei com o coração feliz. — Serei quem devo ser ao seu lado. Em público.

Ele me beijou de um jeito carinhoso.

— Doce Juliet, meu veneno perfeito. — Outro beijo, este mais longo e pontuado por sua língua. Persegui a euforia que sua boca oferecia e lutei contra o desejo de grunhir quando Mira pigarreou.

Darius suspirou.

— Há um vestido esperando por você no armário ao lado do

meu terno. — Ele mordiscou meu lábio inferior. — Ajudarei você a se trocar.

— Preocupado que ela possa te odiar mais tarde? — Mira perguntou com um toque irônico.

— Nós dois sabemos que ela vai — ele respondeu. As palavras que ele disse a seguir foram em um idioma que eu não falava, mas provocaram uma pitada de tristeza em seus olhos. — Lembre-se de que tudo isso é uma farsa, Juliet. Por favor.

Capítulo vinte e cinco

JULIET

A MORTE ME ENCAROU do outro lado da mesa de jantar, na forma de dois olhos vidrados. Ela parecia quase em paz, com os lábios azuis curvados nos cantos como se tivesse um segredo que o resto do mundo não sabia.

A outra mulher nua ainda não estava morta. Seus gemidos silenciosos zombavam dos meus ouvidos enquanto eu me forçava a engolir outra garfada de macarrão. O molho de tomate escondia os respingos de sangue provenientes do vampiro glutão à minha esquerda que haviam caído no meu jantar, mas a ocultação não me impediu de sentir o gosto da essência oxidada.

— Um pouco picante para um B positivo — o vampiro à minha frente falou enquanto saía do meio das coxas da morena moribunda. — Mas não é horrível.

Darius deu de ombros.

— Meus gostos ultimamente são muito ricos para comparar. — Sua mão descansou na parte de trás do meu pescoço e o polegar acariciou meu pulso de forma possessiva.

Dei outra garfada, ignorando a bile se formando no meu estômago.

Uma farsa, Darius havia dito.

Parece bem real para mim, pensei quando a mulher deu seu último suspiro, seguido pelo de uma vampira ruiva. *Veronica*, Darius a chamou.

Não reconheci os nomes deles, mas deduzi que eram antigos e poderosos. No entanto, Darius era o membro de mais alto nível na mesa. Isso se mostrava por sua franqueza e a maneira como ele lidava com os garçons enquanto os outros observavam.

Ele levantou a mão sem acariciar meu pescoço, sinalizando algo para os garçons do restaurante. Provavelmente, sua maneira de indicar que o jantar estava morto.

Suprimi um arrepio. Eles matavam com facilidade e sem um pingo de remorso. Até Darius bebeu um pouco da mulher, como se ela não significasse nada.

Um trio de humanos enfeitados com vários piercings de metal pareciam lidar com os cadáveres. Eles se moveram em silêncio enquanto os vampiros os olhavam com um brilho predatório.

Enfiei outra garfada de macarrão na boca. Tinha um gosto amargo e errado, mas eu não tinha escolha. Senão acabaria como as mulheres na mesa. Havia várias outras na sala, todas devoradas de maneira semelhante, a maioria, silenciosa. Eu me recusava a ser a próxima.

Levante. O. Garfo.

O vampiro ao meu lado — Brent — começou a acariciar as correntes penduradas em um dos seios de um dos membros da equipe.

Ignore-o. Engula a comida.

— Tão bonita — ele murmurou, puxando de forma bruta. O metal cortou sua pele, fazendo-a recuar sem gemer. O sangue escorreu da ferida, parte dele pousando no meu prato.

Quase derrubei o garfo, mas o aperto de Darius aumentou

debaixo dos meus cabelos e sua mão me trouxe de volta ao presente.

Não vomite, disse a mim mesma, respirando profundamente pelo nariz e expirando pela boca. *Isso só vai piorar as coisas.*

A mulher gritou quando Brent a puxou para seu colo e colocou a boca na ferida. Ninguém pulou para detê-lo, nem mesmo os outros garçons. Eles continuaram limpando a mesa como se nada estivesse acontecendo.

Porque isso acontecia todos os dias.

Em toda parte.

Aja normalmente. A voz de Darius na minha cabeça aqueceu meu sangue. Se era ele ou a minha imaginação, eu não sabia. Não importava. Me agarrei ao nosso elo, me afoguei em seu poder e ouvi mais instruções. *Abaixe o garfo.*

Foi o que fiz.

Bom, querida.

A mulher choramingou quando Brent a moveu para a mesa, seu corpo substituindo os dois que haviam sido removidos pelo outro garçom.

Juliet, finja que terminou sua refeição. Limpe a boca com o guardanapo. Não diga nada.

Um calafrio ameaçou atingir minha coluna, mas de alguma forma eu o obedeci. Umedeci os lábios e dobrei o guardanapo sobre o prato, ainda desviando o olhar enquanto a respiração da mulher se tornava superficial.

Todos estavam se alimentando dela, exceto Darius. Seu foco estava em mim, seu polegar acariciando suavemente a base da minha garganta.

— Darius — uma voz profunda soou diretamente atrás de mim.

A mão no meu pescoço se afastou quando Darius se levantou.

— Bem, isto é uma surpresa.

— Disse o mesmo sobre você várias vezes nos últimos tempos — o recém-chegado respondeu com uma nota de diversão sublinhando seu tom. — Quando Sebastian mencionou seu interesse em se tornar meu novo soberano, pensei que ele tivesse entendido errado. No entanto, aqui está você, com sua deliciosa virgem de sangue. Fascinante.

Minhas veias congelaram, enviando um espasmo ao meu coração.

Meu novo soberano.

Alguém da realeza estava atrás de mim. Jace, minha memória forneceu com base no meu conhecimento dos dezessete territórios. Sebastian residia em sua área, significando que a posição soberana que Darius buscava também existia sob Jace.

— Se importa se eu me juntar a vocês? — o vampiro real perguntou.

— Por favor — Darius respondeu, seu comportamento imperturbável. O resto da mesa parou com a chegada de Jace, deixando a humana quase sem respirar na mesa, mas viva.

Senti dedos deslizarem pelo meu braço.

— De pé. — O comando não veio do meu mestre, mas do vampiro real.

Eu não poderia dizer não a nenhum deles, especialmente a ele. Fiz o que o homem me pediu e me inclinei em uma reverência, minha cabeça tocando o chão em um severo sinal de respeito.

Sua risada era masculina e sedutora, o que aqueceu minha pele.

— Ela é adorável, Darius e parece ansiosa para agradar.

— Considero isso um benefício — respondeu meu mestre. — Mas faça o que você deseja.

Minha respiração ficou presa ao inspirar, e meu coração parou. *Compartilhar.*

Ele prometeu que isso não aconteceria. No entanto, suas palavras implicavam o contrário. Um ato para mostrar indiferença? Tirar a diversão de um potencial castigo? Porque esse era o único vampiro no salão que Darius não podia recusar? Os membros da realeza eram deuses, os mais antigos do gênero e reverenciados por todos. Somente a deusa ficava sozinha no topo.

Jace se sentou no meu lugar vazio.

— Venha, jovem. Você pode se sentar no meu colo.

Hesitei, sem saber se ele se referiu a mim ou a outra pessoa.

Com quem mais ele poderia estar falando?

Certo.

Fiquei de pé com sapatos de salto agulha, mantive a cabeça

baixa e aceitei a mão que ele estendia em minha direção. Suas coxas eram constituídas de músculos sólidos, me fazendo lembrar de Darius.

— Vamos dar uma olhada adequada em todo esse alarido — ele murmurou enquanto segurava meu cabelo na base do couro cabeludo com uma mão. Com um puxão firme, ergui a cabeça e meu olhar pousou em seus impressionantes olhos azuis prateados. Eles semicerraram antes de observar meu corpo, como se inspecionassem uma nova compra. — Forma adorável e ótima estrutura óssea.

— Boca deliciosa — um dos outros falou de forma prestativa.

Ele ignorou o comentário, seu foco mudando para o corte do vestido marrom. O dedo da mão livre acariciou minha clavícula do canto até o centro, seguindo até onde o tecido encontraram meu umbigo. Meus mamilos se eriçaram sob seu toque — um sinal de excitação derivada do medo. Suas pupilas dilataram com a visão, e seu toque subiu para revelar minha reação à mesa.

— Seios bonitos — ele murmurou, acariciando minha pele e apertando meu mamilo duro. — Responde maravilhosamente também.

Se Darius se importava, não expressou.

— Consegue ver por que decidi ficar com ela então.

— Sim — Jace respondeu, ainda acariciando minha pele. — Ela será bastante popular em funções futuras. — Seus olhos marcantes encontraram os meus novamente. — Talvez você e eu possamos discutir esse futuro – em particular – enquanto me familiarizo com seu novo ativo.

Uma lança afiada e invisível atingiu a lateral do meu corpo, deixando uma marca dentro do meu coração.

Darius não podia dizer não. Eu sabia disso, entendia o porquê e ainda odiei quando ele respondeu.

— Claro. Me avise quando.

— Agora seria ótimo. — Jace pressionou o nariz no meu pescoço, inalando profundamente. — Estou com muita fome e nada mais no menu despertou meu apetite.

— É por isso que pedi sobremesas para mais tarde. — Darius parecia entediado. — Na verdade, já devem estar prontas no quarto.

— Excelente. — Jace levantou a cabeça e sorriu. — Me diga seu nome, linda.

Engoli em seco e, de alguma forma, consegui responder:

— Juliet.

— Adorável. — Ele me deu um beijo na bochecha. — Fique de pé novamente e me acompanhe até o seu quarto.

— Claro, Alteza. — Me levantei, e ele segurou minha mão.

Jace riu.

— Ela é bem educada.

— É, sim. — Darius se afastou da mesa, se despedindo de forma educada dos amigos. Eles devem ter entendido que ele não tinha escolha a não ser partir, não com alguém da realeza solicitando sua atenção. Ele acrescentou um comentário aos garçons quando saímos, dizendo para adicionar quaisquer outros "itens" que eles pedissem à sua conta.

Quantos humanos eles devorariam em uma sessão?

Não pense nisso, falei a mim mesma. *Você está com problemas muito maiores.*

A mão segurando a minha me apertou quando selecionei o botão do nosso andar. Darius se entrou do outro lado, com a postura distante. Mantive o olhar no chão e foquei em não gritar. Ou correr. Ou chorar. Ou exigir que me adicionassem ao menu no andar de baixo para que talvez eu pudesse me juntar à mulher sorridente na mesa.

Talvez eu morresse pela voracidade da realeza.

Mas eu não quero morrer, quero?

Meu coração estava em conflito com minha cabeça, uma parte inata de mim querendo algo mais desta vida. Uma opção, uma escolha, *qualquer coisa.*

É tudo apenas uma farsa, lembrei a mim mesma. *Certo?*

Darius me avisou que hoje à noite seria difícil, que ele faria e diria coisas para manter seu status. Essa era uma dessas coisas?

Não, certamente não. Ele não esperava que um membro da realeza aparecesse em nosso jantar. Isso não fazia parte do plano de Darius.

A campainha tocou, indicando que havíamos chegado. Liderei

o caminho conforme solicitado, meus passos muito mais firmes que meu coração.

Darius prometeu não me compartilhar, mas ele não tinha escolha. Não podia recusar um pedido da realeza.

Se Jace me quisesse, ele me teria. A cerimônia seria destruída. Eu não ficaria mais presa, nem jamais voltaria. Não foi o que Darius disse? Que uma vez tomada, eu seria inutilizada para sempre? Um ser humano destinado aos campos de criação, ou pior, ao refeitório no térreo.

Meus joelhos tremiam quando Darius enfiou a chave na fechadura. As portas se abriram para revelar três mulheres nuas, todas ajoelhadas com a cabeça baixa.

— Suas sobremesas especiais? — Jace perguntou.

— Como você disse, o menu no andar de baixo era desagradável.

Jace riu, seu peito aquecendo minhas costas.

— Estou quase pensando que você esperava por mim, Darius.

— Talvez eu esperasse — ele respondeu, entrando e tirando o paletó. — Entre e junte-se à diversão. Vou te dar a primeira escolha.

— Que generoso. — As mãos de Jace foram para meus quadris quando ele me empurrou porta adentro. — Escolho Juliet.

Darius sorriu.

— Excelente escolha. Gostaria que ela ficasse aqui ou no quarto?

— No quarto — ele respondeu e a porta se fechou atrás de nós, selando minha única chance de escapar.

Presa.

A palavra apareceu na minha cabeça, disparando energia para os meus membros. Não podia fazer isso. Eu recusaria. Não queria mais ninguém. Apenas Darius. E talvez nem ele.

Este mundo... esta vida... eu os recusava.

Não estava certo.

Precisava escapar. Correr. *Gritar.*

Minha boca se abriu, meus pulmões estavam prontos para gritar, mas uma mão cobriu meus lábios antes que eu tivesse a chance de expressar um som. Um braço sólido como aço apertou meu abdômen e me puxou em sua direção.

Jace.

A realeza conhecia minhas intenções e me deteve antes mesmo de eu pensar em agir.

Ele deu um tapa no meu ouvido.

— Ah, querida. — Ele mordiscou meu pescoço e parecia tão errado sentir sua boca lá que não pude evitar a pontada que senti na base da coluna. — Está tentando dizer não a mim?

Eu me contorci contra ele enquanto as lágrimas surgiam nos meus olhos. Não! Eu não faria isso. Não, pelo menos, lutar.

Não havia mais regras.

Nem mais decoro.

Não havia mais formalidades.

A morte era um destino melhor.

Jace riu de um jeito sombrio com a boca na minha orelha.

— Vou gostar muito mais do que quero admitir, Juliet. — Ele me levantou, e eu o chutei, mas minha resistência só o fez se divertir ainda mais.

— Não a machuque muito. — A indiferença no tom de Darius doeu.

Ele não se importava. Talvez ele nunca tenha se importado. Era tudo mentira? Ele já havia conseguido o que precisava de mim?

Eu não significava nada para ele?

Não. Me recusei a acreditar nisso. Darius confiava em mim. Me contou seus planos, me apresentou a este novo mundo. Por que ele me desgraçaria agora? Isso tinha que ser um ardil, assim como foi com Sebastian.

Procurei o olhar de Darius e sua mente com os olhos cheios de lágrimas. Ele apenas olhou para trás, imperturbável, e manteve seus pensamentos trancados. Sem comunicação. Nenhum conselho. Nada além de silêncio.

Isso não poderia estar acontecendo. Tinha que ser mentira. Ele não podia me deixar com esse destino, não depois de tudo...

— Só vai doer por um segundo — Jace murmurou, seus incisivos roçando meu pescoço.

Darius, implorei, sentindo meu coração se despedaçar sob seu olhar indiferente. *Por favor, não faça isso comigo.*

Sem resposta. Nem uma careta.

Então pude ver o monstro escondido sob o verniz. Eu era um meio para um fim. Ele nunca precisou de mim para ganhar uma posição de poder, apenas o favor de uma realeza. Aquele que estava atrás de mim.

Senti ódio. Ele me traiu. Um sentimento de fúria como nenhum outro que já havia sentido.

Confiei nele. Adorei. Queria ser tudo para ele. E ele me jogou fora como um pedaço de lixo ao primeiro sinal de vitória.

Meu coração se partiu quando uma dor diferente de tudo que já experimentei marcou minha alma. As lágrimas escorreram dos meus olhos e caíram no chão. Encarei meu carrasco.

Ele fez isso comigo. Me escolheu para esse projeto maluco. Me levou a acreditar em outra versão deste mundo, com possibilidades e escolhas.

Nunca vou te perdoar, disse a ele com os olhos. Não que ele parecesse remotamente incomodado. Pura indiferença. Ele nunca se importou. Era tudo mentira. A única farsa que existia aqui era entre nós.

Minha determinação e força desapareceram. Não havia sentido. Esse sempre foi o meu destino, só foi mais prolongado do que eu esperava. Não fui criada para viver.

Mais lágrimas caíram, umedecendo minha pele, meu espírito e meu coração.

A esperança e o desejo morreram dentro de mim, deixando a casca de uma mulher moldada por um vampiro. *Me tome. Me use. Não me importo mais.*

A boca de Jace envolveu meu pulso, e seus dentes perfuraram profundamente. Não lutei com ele. Não choraminguei. Nem me mexi. Apenas mantive os olhos nos de Darius, permitindo que ele visse a mulher que havia destroçado.

Parabéns, pensei com amargura. *Você será um excelente soberano.*

Capítulo vinte e seis

DARIUS

CHEGA.

Enviei um estampido através da conexão com Juliet, forçandoa a perder a consciência. Jace a pegou e me lançou um olhar irritado por ser cortado no meio da sua cena.

Se você não tivesse saído do roteiro, isso não seria necessário, eu disse a ele em pensamento com um olhar furioso. *Idiota.*

Ele olhou de forma incisiva para os machucados no pescoço dela. *Isso poderia ter sido muito pior*, ele parecia estar dizendo. Provavelmente, porque suas presas estavam alojadas dentro da pele dela quando eu a nocauteei.

Você não deveria tê-la mordido, retruquei. Não que ele pudesse realmente me ouvir, mas meu olhar transmitia meus sentimentos.

Ele revirou os olhos.

— Segure-a enquanto decido qual das sobremesas quero saborear com sua Juliet. — A voz dele não estava aborrecida como seus traços demonstravam.

— Claro — respondi, muito indiferente, apesar de querer dar um soco no seu rosto.

Jace me entregou Juliet com muito cuidado antes de ir até as humanas do outro lado. Cortei a língua e a passei nas feridas do pescoço. Não era realmente necessário do ponto de vista da cura. Só não gostei de Jace ter deixado marcas nela.

Minha Juliet. Acariciei sua bochecha quente e prendi um suspiro. O ódio em sua expressão quase quebrou minha compostura. Eu esperava, mas não estava preparado para *senti-lo.*

Jace tocou as humanas, descrevendo seus atributos físicos enquanto guiava cada uma delas para o chão em um sono profundo. Quando a loira caiu, ele perguntou se eu tinha preferência.

Mira apareceu no quarto, seus passos eram silenciosos enquanto eu participava do roteiro que havíamos criado antes.

Comentamos sobre seus tipos sanguíneos e preferências pessoais enquanto Mira examinava cada uma das humanas com seu scanner sofisticado. Sua tecnologia anulava os dispositivos de escuta colocados nos braços. Eles se tornavam rastreadores caso o mortal escapasse. Juliet veio equipada com uma similar que removi depois de nocauteá-la na limusine em nossa primeira noite. Eu o deixei em algum lugar do país chamado formalmente de Itália — onde o Coventus também estava localizado.

— Talvez devêssemos ver quem grita mais alto? — Jace sugeriu enquanto Mira levantou os dedos na contagem regressiva de cinco segundos.

— Acho que será uma delícia — respondi na hora.

A mão de Mira se fechou.

— Pronto.

— Obrigado, cacete — Jace falou, passando a mão pelo rosto. — Pensei que o Darius poderia realmente tentar me matar.

— Você não deveria tê-la mordido — grunhi, finalmente capaz de dizer as palavras em voz alta. — O roteiro pedia para assustá-la, não para prová-la.

— Se isso te faz se sentir melhor, cara, eu não engoli.

Dei um passo em sua direção, pronto para mostrar ao meu amigo mais antigo o quanto essas palavras não melhorava as coisas quando Mira se moveu entre nós.

— Vocês dois podem se bater depois. Precisamos nos mexer se quisermos alcançar o Clã Majestic ao nascer do sol. — Mira me encarou com seus olhos azuis frios, o alfa dentro dela logo abaixo da superfície. — Acorde-a e a vista para a viagem. Você tem dez minutos.

Não me incomodei em discutir, meus pés já se moviam pelo quarto. Se o olhar que Juliet tinha me dado antes de desmaiar fosse algo para se levar em conta, ela acordaria brigando.

— Juliet — murmurei baixinho enquanto a deitava no edredom branco e macio. — Abra seus olhos, querida.

Suas pálpebras tremeram, e suas bochechas ficaram em um tom rosa suave. Tão bonita e inocente. Acordá-la do sono era um luxo que eu poderia desfrutar por toda a vida.

— Darius? — ela sussurrou, e suas pupilas semicerraram quando seu cérebro absorveu o momento. — Você! — Sua mão cortou o ar e eu a peguei antes que pudesse atingir meu rosto. Ela tentou novamente com a outra mão, e eu prendi os dois pulsos acima da sua cabeça.

— Juliet. — Mantive minha voz baixa e calma. — Preciso que você me escute.

— Eu te odeio! — ela gritou, se contorcendo debaixo de mim e tentando escapar do meu abraço sem sucesso. Ela proferiu mais palavras de desprezo, algumas me surpreendendo. Ou ela realmente ansiava pela morte ou se sentia confortável o suficiente comigo para dizer essas coisas. Porque nenhum humano gritava assim com um vampiro.

— Se. Acalme. — Meu tom era de comando e ameaça, exigindo sua submissão. Se alguém a ouvisse, haveria um inferno a pagar, e eu queria ser o único a fazê-la sangrar.

Segurei seus pulsos com uma mão e usei a outra para cobrir sua boca enquanto me deitava sobre ela. Meu pau endureceu, animado com a perspectiva de mais, apesar do foco do meu cérebro na longa noite de viagem pela frente. Sua luta comigo tinha sido tão excitante e eu queria puni-la e agradá-la por isso — uma contradição sexy. Algo para esperar para mais tarde.

— Sinto muito por Jace ter te mordido — falei com a voz mais suave que pude, e minha excitação aquecendo meu sangue. — Não fazia parte do plano.

Ela semicerrou os olhos, uma indicação de que ainda estava com raiva de mim.

Suspirei.

— Juliet, eu te disse que essa era uma pequena parada no caminho para o nosso verdadeiro destino. Vamos sair em alguns minutos, e preciso que você esteja preparada. Você pode me odiar mais tarde, mas agora, preciso que confie em mim e faça o que digo.

A expressão dela não vacilou.

— Considere tudo o que eu te disse, querida. Avisei que hoje à noite seria uma farsa e, sim, prometi não te compartilhar. Sinto muito...

— Não foi culpa dele — Jace declarou, interrompendo minha explicação. Olhei por cima do ombro para o idiota pomposo encostado na porta. — Não me olhe assim. É você quem está demorando uma eternidade aqui.

— Porque você a assustou pra caramba. — *E a irritou no processo.* Não que eu fosse reclamar muito sobre essa última parte. Queria que ela se fortalecesse e deixasse a merda subserviente para trás. Parecia que meu desejo finalmente havia sido atendido na forma de uma mulher fervilhando.

— Tive que fazer a coisa parecer real, Darius. Tenho uma reputação a zelar e tudo mais.

Balancei a cabeça irritado, e encontrei o olhar confuso de Juliet.

— Ele é um velho amigo – o mais antigo, na verdade – e um idiota.

— Sim, bem, esse "idiota" te salvou de ter que jantar com aqueles imbecis lá embaixo por mais uma hora. A propósito, disponha. Me lembre de *não* ajudar da próxima vez, se esse for o agradecimento que receberei.

— Vocês são duas crianças — Mira rosnou. — Por que ela ainda não está vestida?

— Porque Jace me interrompeu — eu respondi, olhando por cima do ombro de novo. — Vocês dois, fora. Me deem cinco minutos e ela estará pronta.

— É melhor que esteja — Mira respondeu, completamente imperturbável pelo meu tom. — Você — ela apontou para Jace e depois para a porta — fora.

— Adoro quando você fica toda alfa comigo, baby. É adorável.

— É? — Ela piscou os longos cílios para ele. — Vou dizer isso para o Luka.

Jace riu quando saiu.

— Não tenho medo do seu companheiro alfa, querida.

— E das minhas garras? — ela perguntou, seguindo-o.

Paquerador safado. Vampiro real ou não, Jace se mataria um dia desses por irritar o lycan errado.

Eu me concentrei na tarefa em questão e encontrei uma versão muito mais calma de Juliet embaixo de mim.

— Vou deixar você falar agora.

Ela piscou em resposta.

Deslizei a mão para sua garganta, envolvendo-a de forma possessiva. Suas pupilas se aqueceram, e ela umedeceu os lábios. Agora não era a hora, mas eu a queria. Não, precisava dela.

Antes que ela pudesse se mover ou expressar sua negação, minha boca reivindicou a sua. Libertei toda a minha frustração reprimida da noite com língua, coagindo-a de forma brutal a aceitar minhas desculpas e a obedecer.

Ela não se mexeu no começo, não reagiu, mas lentamente se rendeu ao meu beijo e o retribuiu com um gemido que senti profundamente.

Minha.

Eu odiava que Jace a tivesse tocado. Que tivesse colocado a boca nela. Precisava apagá-lo e a todos os outros, precisava me lembrar de que ela pertencia a mim. Beijei sua mandíbula, seu pescoço, o local onde Jace ousou marcá-la e afundei meus dentes em sua garganta. Ela arqueou contra mim com um grito de prazer, seu corpo tremendo debaixo do meu. Não se tratava de sangue ou necessidade de alimentação, mas de reafirmar o lugar dela ao meu lado.

— Ninguém mais — sussurrei, mais para mim do que para ela.

— Vou matar qualquer um que tocar em você. — Soltei suas mãos, passando os dedos pelos seus braços até o vestido. Arranquei-o de uma só vez, deixando-a exposta. — Puta merda, preciso te reivindicar, Juliet. Preciso que você seja apenas minha.

Ela enfiou os dedos nos meus cabelos, puxando minha cabeça para si.

— Não vou compartilhar você.

Sorri com seu tom possessivo. A cerimônia era muito rara, poucos vampiros optavam por se casar, mas eu conhecia um caso semelhante a esse, onde a mulher se sentia tão possessiva quanto o homem.

Ismerelda.

O nome era o respingo de água fria que eu precisava para quebrar o momento, um lembrete severo da nossa missão.

Dei um beijo profundo em Juliet, prometendo a ela com meus lábios que voltaríamos a essa discussão em breve.

— Precisamos nos preparar — falei, me afastando dela. Vou levá-la a um lugar muito especial para mim, Juliet. Mas é muito, muito perigoso. Você precisará fazer exatamente o que eu digo.

— Não é outro jantar, é? — ela perguntou com cautela.

Eu ri e a ajudei a se levantar da cama.

— Não, apenas alguns minutos se passaram desde o último.

— Ah. — Ela olhou para o vestido arruinado na cama. — Eu não desmaiei por perda de sangue?

— Não, obriguei você a dormir. — Passei os dedos em sua bochecha. — Você ficou fora do ar por alguns minutos para organizarmos os humanos na outra sala.

— Organizar? — ela repetiu.

— Sim. — Encontrei as roupas que ela usou mais cedo – jeans e suéter – e as entreguei a ela. — Mira tem um jeito de alterar os dispositivos implantados nos braços deles. Quem estiver ouvindo, escutará muitos gritos e grunhidos masculinos agora. Vai acalmar durante o dia e volta a ficar barulhento à noite.

Ela colocou a calça primeiro.

— Por quê?

Ajudei-a com o suéter, passando os dedos pelos cabelos

grossos que caíam por suas costas.

— Isso oferece uma explicação para a minha ausência, assim como a do Jace. — Fazíamos isso toda vez que visitávamos Lilith City juntos. Nos ajudava a manter nossa reputação, ao mesmo tempo em que nos permitia visitar nossas obrigações no Norte. — A Mira tem um amigo que mantém os humanos sedados e saudáveis em nossa ausência. Mas temos só setenta e duas horas à nossa disposição e é por isso que estamos com pressa.

Ela franziu a testa.

— Por que você precisa fingir estar aqui?

Havia muitas respostas para essa pergunta. Segurei sua bochecha e dei a resposta mais direta que pude.

— Vamos a um lugar que os vampiros normalmente evitam.

— Vai me dizer para onde estamos indo realmente?

Sorri com a sua ousadia e pressionei meus lábios em seu ouvido.

— A sede do Clã Majestic, de onde a Mira é.

Ela ofegou.

— Território Lycan?

— Sim, querida. — Acariciei seu pescoço, lambendo a marca que deixei lá. — Você entenderá quando chegarmos. Mas pode confiar em mim e me obedecer?

Juliet encontrou meu olhar, sua expressão preocupada.

— Jace vai me morder de novo?

Eu bufei.

— Não se ele valoriza sua vida.

Ela arregalou os olhos.

— Mas ele é da realeza, certo? Você não precisa obedecê-lo?

— Sim, Darius. Talvez você devesse se curvar mais? Beijar minha mão? Rezar por mim?

Revirei os olhos. Idiota.

— Se esqueceu de como bater?

— Ouvi meu nome saindo da boca da sua doce humana e esperei que ela desejasse mais provocações. — Ele caminhou para o meu lado e os olhos prateados brilharam de alegria quando ele estendeu a mão.

— Desculpe pela encenação, Juliet. Sou Jace e estou feliz em conhecê-la oficialmente.

Ela agarrou meu braço, cravando as unhas na minha camisa. A lutadora que despertei há poucos instantes havia se perdido novamente atrás de um mar de dúvida.

Puxei Juliet para perto e sua testa.

— Não precisa ter medo dele. Ele é um idiota da realeza, mas também é um amigo.

— Também te amo, companheiro. — Jace me deu um tapinha nas costas com a mão que ela rejeitou. — E é a Mira quem devemos temer, porque ela está andando na outra sala. Se não começarmos a nos mover, ela pode se tornar um lobo.

Meus lábios se contraíram, apesar da gravidade do momento.

— Um dia desses, ela vai te matar.

Jace deu de ombros, despreocupado.

— Ela é bem-vinda para tentar. Agora vamos? Estou ansioso para começar este show.

Eu também estava.

— Juliet? — chamei, esfregando a mão nas suas costas. — Você pode confiar em mim?

Ela não se mexeu. Seus lindos olhos estavam fixados em Jace e seu corpo rígido.

A expressão dele suavizou.

— Sinto muito pelo susto, querida. Mal havia colocado minhas presas em você e Darius te apagou. — Ele semicerrou os olhos para mim. — E foi bom que eu tenha te segurado, ou poderia rasgar sua garganta por acidente.

— Não me culpe. Foi você quem a mordeu sem permissão.

— E você nunca vai me deixar esquecer isso, vai?

— Não tão cedo — admiti. — Peça desculpas a Juliet novamente.

Os olhos dela se arregalaram com a minha ordem, e seus lábios se separaram em silêncio.

Jace deu a ela seu sorriso mais encantador.

— Sinto muito, querida. Por favor, me perdoe para que o Darius possa parar de agir como um idiota?

Juliet abriu a boca e todos os sinais de compostura desapareceram enquanto ela permaneceu imóvel ao meu lado.

— Fiz o que você pediu, mas ela não parece aceitar. — Jace franziu a testa. — É porque sou da realeza que ela espera coisas tão terríveis de mim?

— O Coventus definitivamente gosta de sua propaganda — murmurei.

— Claramente. — Jace passou a mão pela gravata. Seu paletó havia ficado em algum lugar na sala de estar. — Vamos? Talvez eu possa fazer as pazes de outra maneira.

— Juliet? — chamei baixinho, esfregando suas costas. — Preciso saber que você seguirá minha liderança fora deste quarto. Por favor?

Ela piscou aqueles olhos lindos para mim.

— Tenho escolha? — Ela estava rouca, mas era melhor do que permanecer em silêncio.

Melhor admitir a verdade, não mentir.

— Na verdade, não.

Ela não parecia nem um pouco perturbada com essa resposta brusca. Seu olhar — agora curioso em vez de petrificado — tremulou para Jace e depois de volta para mim.

— Você confia nele?

— Com a minha vida — respondi, falando sério. — Ele é meu amigo mais antigo.

Jace sorriu.

— Se isso importa, também confio nele.

Ela olhou entre nós novamente.

— Certo. Então devemos ir.

Pressionei meus lábios nos seus.

— Você vai entender tudo em breve. Eu prometo.

E então vou reivindicar você como minha. Por completo. De todas as formas. Para sempre.

Capítulo vinte e sete

A MÃO DE DARIUS SEGUROU a minha com firmeza enquanto descíamos as escadas, com Mira na frente e Jace atrás. Eles não se moviam de forma rápida, apenas casual, como se não se importassem com o mundo.

Alguém da realeza estava trabalhando com Darius. Ele também não gostava da Aliança?

Resisti ao desejo de verificar meu pescoço, de sentir as marcas de Jace.

Ele não bebeu de mim.

Minha certeza quanto a isso aumentou a cada passo. Meu corpo estava revigorado, não enfraquecido, e eu não conseguia me lembrar de ele chupar meu pescoço. Me lembrava vagamente da picada de suas presas quando ele iniciou a mordida, depois tudo ficou escuro.

Olhei por cima do ombro para ele, que encontrou meu olhar com um sorriso nos olhos azuis prateados. Ele não se parecia com o nobre aterrorizante do jantar, apenas um homem comum com um rosto incrivelmente atraente. Sem se equivocar das suas raízes vampíricas, não com uma estrutura óssea como essa.

Darius voltou minha atenção para as escadas quando fizemos mais uma curva. O tênis que ele me deu parecia estranho nos meus pés. Eram tão planos que quase me senti instável. De alguma forma, consegui me mover ao seu lado sem tropeçar, mas senti falta dos sapatos de salto alto.

Mira segurava algum tipo de dispositivo que parecia estar nos direcionando. Quando chegamos ao fundo, ela parou, apertou alguns botões e nos levou através de uma porta para um corredor sem graça. Ninguém falou nada, mas senti o estado de alerta de Darius.

Clã Majestic. Território dos lycans. Que razão ele poderia ter para ir até lá? Vampiros e lycans trabalhavam juntos como líderes supremos do mundo, mas permaneciam em seus próprios domínios. Isso não significava que não podiam atravessar fronteiras, apenas preferiam não fazê-lo. No entanto, essa visita era de natureza clandestina. Por quê?

Paramos em uma porta de aço, Mira mexeu no item em sua mão mais uma vez. O metal se abriu depois de um momento para revelar uma garagem cheia de carros.

Ela se moveu decidida em direção a um grande veículo preto e sorriu quando outra mulher apareceu. Elas se cumprimentaram com um abraço e um beijo em cada bochecha, mas não disseram nada. Jace seguiu o exemplo enquanto Darius apenas assentiu.

As portas traseiras se abriram para revelar dois homens vestidos com jeans e camiseta que esperavam lá dentro. Eles fizeram sinal para que nos movêssemos. Darius me levantou e me entregou aos homens, que estavam com as mãos estendidas me esperando. Depois entrou sozinho para se juntar a nós. Os homens apontaram para um compartimento parecido com uma caixa preta. Darius se deitou dentro dela primeiro, depois estendeu os braços para que eu me juntasse a ele.

Uma maneira muito diferente de viajar, mas tudo bem.

Me deitei sobre ele e estremeci quando algo quente e duro encontrou minhas costas. Um olhar por cima do ombro me permitiu ver Jace sorridente, apoiando a mão no meu quadril.

Meu peito bateu forte como um tambor, fazendo meu corpo se arrepiar.

Por que isso estava acontecendo?

O dedo de Darius encontrou meus lábios, silenciando meu pedido por uma explicação. Seu olhar queimava com advertência.

Shh, ele murmurou em minha mente. *Existem dispositivos de escuta em todos os lugares.*

Teria sido bom saber disso antes de começarmos, pensei. O sorriso em seus lábios sugeriu que ele me ouviu ou entendeu meu olhar.

Uma faixa de tecido escuro cobria nossos corpos, seguida por uma tampa que bateu na parte onde estavam nossas cabeças. Estremeci, apesar dos dois homens pressionados contra mim.

Está tão escuro

Eu sei, querida. O murmúrio de Darius provocou um arrepio de prazer pela minha coluna. Sua presença mental parecia tão íntima, como se ali fosse seu lugar. *É só até ultrapassarmos os limites da cidade sem sermos detectados*, acrescentou.

Essa parte eu ainda não entendia direito. Eles estavam se esforçando muito para esconder essa visita, só para evitar algumas perguntas. *Vocês não têm permissão para visitar os lycans?*

É permitido, mas é incomum e levanta questões. Perguntas que não podemos responder, Juliet. Então preciso que você fique calma e quieta por mim, ok?

O veículo começou a se mover, nossos corpos batendo um contra o outro no espaço confinado. Jace inspirou profundamente, me lembrando da sua presença. Não que eu tivesse me esquecido, com seus quadris pressionados contra minhas costas e seu nariz nos meus cabelos.

Calma. Sim, isso não seria um problema.

Humm, tenho uma ideia de como passar o tempo. Darius levantou meu queixo e capturou minha boca. Sua língua deslizou para dentro e acariciou a minha lentamente, acelerando um pouco mais meu coração.

Jace se aninhou na parte de trás do meu pescoço, sua mão parecendo uma marca contra o meu quadril.

Ah, deusa, o que está fazendo comigo? Eu estava presa em um espaço confinado entre dois vampiros — um que eu adorava e o outro, um estranho.

A mão de Darius deslizou por baixo do meu suéter, subindo para segurar meu seio. Arqueei em sua direção, sentindo meu sangue aquecer com a sensação da sua ereção encontrando meu baixo ventre. Ele empurrou para frente, me forçando contra o homem excitado atrás de mim.

Jace permaneceu imóvel, exceto pelo polegar que acariciava suavemente a parte de cima da calça jeans.

Isto está errado. Ele não deveria estar aqui.

Se entregue, Darius respondeu, massageando meu mamilo. *Jace não vai te machucar.*

Tudo o que eu poderia ter respondido foi afastado com outro beijo intenso que me deixou sem fôlego. Os lábios de Jace estavam no meu cabelo, sua respiração quente contra a minha nuca.

Darius, eu...

Ele puxou meu lábio inferior, mordendo suavemente. *Pare de pensar, Juliet.*

Foi o que fiz. Meu cérebro se desligou e permiti que ele me controlasse por completo enquanto me devorava de dentro para fora, possuindo cada respiração minha.

Jace permaneceu como um calor sólido nas minhas costas, me protegendo do mundo. Eu deveria estar com medo, aterrorizada, mas me senti estranhamente protegida entre eles. Talvez porque, apesar de seus desejos claros, eles não me pressionaram. Jace não tirou a mão do meu quadril, sua boca se manteve no meu cabelo e não tocou minha pele enquanto Darius me beijava profundamente e mantinha a carícia gentil em meu peito.

Quando o carro parou de repente, ele me segurou com mais firmeza, as garras se apertaram, mas o abraço não terminou. Na verdade, se intensificou com a boca de Darius se movendo com mais urgência contra a minha e a mão de Jace deslizando para cima e para baixo na minha coxa.

Lutei contra a vontade de gemer, uma parte sã da minha

consciência sabendo que eu tinha que ficar quieta. Era tão bom, tão *excitante*, que eu mal conseguia conter minha necessidade de mais.

Me dê prazer, implorei. *Por favor, Darius.*

O veículo avançou, me fazendo bater contra ele e Jace, e tentando afastar minha mente da névoa induzida pela luxúria que me cercava. Estremeci enquanto meu corpo implorava por mais e a lógica ameaçava me trazer para o presente.

A língua de Darius continuou a acariciar a minha, fazendo seu toque queimar minha pele. Me aconcheguei em seu abraço novamente, meu coração batendo com o seu e meu núcleo doendo de necessidade. Ele dominou meus sentidos, me deixando alheia ao nosso redor.

Até pararmos novamente.

Jace riu atrás de mim, o primeiro som que ouvi durante muito tempo.

— Essa é uma boa maneira de mantê-la quieta, Darius.

A boca contra a minha se curvou.

— Achei que você poderia aprovar.

— Eu aprovaria mais se você me deixasse entrar nela adequadamente.

— De jeito nenhum — Darius respondeu, passando o nariz por minha bochecha.

— Nos quase três mil anos em que nos conhecemos, você nunca recusou a oportunidade de compartilhar. — Jace beijou a parte de trás da minha cabeça. — Você escolheu bem, companheiro.

— Eu sei. — A mão de Darius deslizou para fora da minha camisa e segurou meu rosto. — Se mantenha calma por mim.

Não tive chance de responder antes que uma luz surgisse em nosso esconderijo. Jace desapareceu, me expondo ao ar frio da noite. Darius me virou e rolou sobre mim, depois estendeu a mão para me ajudar a sair do nosso antigo porto seguro.

— Aqui vamos nós — ele murmurou quando meus pés tocaram o chão.

Algumas risadas masculinas me fizeram pular para o seu lado. Diversos olhos amarelos brilhavam na noite, a lua no alto era nossa única iluminação. Darius acariciou a base da minha coluna quando um lobo branco se aproximou e cheirou minha mão. Meu pulso batia de forma irregular em resposta, mas me forcei a ficar parada.

Ele — presumi que o lobo era macho por causa de seu tamanho e estatura — rosnou baixo e deu alguns passos para trás.

Hum...

— Você deve saber que o medo é um afrodisíaco para um predador — uma voz feminina me alertou na escuridão. Uma mulher atravessou as árvores ao longo da estrada com dois lobos brancos ao seu lado. A lua destacava sua pele clara e os cabelos loiros acinzentados, dando a ela um apelo quase etéreo enquanto caminhava pela calçada. — Embora eu tenha certeza de que Darius não se importa.

— Ismerelda — ele murmurou com um tom carinhoso na voz. — Você não deveria estar tão perto da fronteira.

Ela estremeceu.

— Quando Luka me disse que você iniciou protocolos de emergência para uma visita inesperada, sabia que tinha que haver um motivo importante. Agora entendo o porquê. — Ela foi até ele e beijou suas bochechas, a intimidade com ele era clara pela maneira como o abraçava. — Senti sua falta, querido.

— Também senti a sua — ele respondeu baixinho, mantendo-a contra si por um longo segundo.

Os pelos ao longo dos meus braços se arrepiaram em retaliação, descontente com essa proximidade. *Como ele ousa me trazer aqui para encontrar uma ex-amante?* Tentei me afastar quando o seu braço envolveu minha cintura, me mantendo ao seu lado.

— Juliet, gostaria que você conhecesse uma velha amiga, Ismerelda.

Ela sorriu de forma calorosa.

— Esse é um nome que só ouço quando você me visita, Darius. Todo mundo me chama de Izzy agora, até o Jace.

— É mais curto — Jace respondeu, como se isso explicasse tudo.

Izzy riu e seu lindo rosto se iluminou sob a lua. Os olhos verde-claros encontraram os meus e enrugaram nos cantos.

— Bem-vinda ao Clã Majestic.

Darius apertou a lateral do meu corpo.

— Era ela quem eu queria que você conhecesse, Juliet — ele murmurou. — A Ismerelda não é apenas humana, mas também é *Erosita*.

Meus lábios se entreabriam. *Uma Erosita? Na floresta? Cercada por lobos?*

Alguém que entendia meu destino? Ela poderia me dizer a verdade sobre o que me esperava ao lado de Darius?

Era quase bom demais para ser verdade. Algum tipo de truque. *Se ela é uma Erosita, onde está seu mestre?*

— É verdade. Cam é meu companheiro. — Seu sorriso era triste. — Você deve conhecê-lo como criador de Darius ou talvez como o primo de Jace.

Eu o conhecia como as duas coisas, mas espere... *É? No tempo presente?* Franzi a testa. A traição de Cam e sua morte eram bem conhecidas. O Coventus o descrevia como um vampiro corrupto que, sem sucesso, tentou assumir a Aliança e foi morto por isso.

Mas se ela é a Erosita dele, também deveria estar morta, não?

As palavras de Darius no avião voltaram aos meus pensamentos.

Juliet, a cerimônia nos une até que eu morra ou outro ser reivindique seu corpo.

Se Izzy era a companheira de Cam, sua morte teria rompido o vínculo e a devolvido a um status humano há várias décadas. No entanto, ela não parecia ter mais que trinta anos, sugerindo que sua imortalidade ainda existia.

— Ele ainda está vivo — Darius confirmou baixinho. — Mas ninguém sabe onde.

— Todos nós fomos levados a acreditar que Cam está morto, mas a existência de Izzy prova que não está — Jace acrescentou. — E, um dia, vamos libertá-lo.

Izzy sorriu, mas o riso não alcançou seus olhos.

— Bem, agora que as apresentações terminaram, talvez eu possa acompanhar Juliet de volta ao complexo? O amanhecer ainda não terá chegado quando alcançarmos nosso destino.

Darius beijou minha têmpora e perguntou com a voz baixa:

— Você está confortável em seguir ao lado da Ismerelda? —

A escolha é sua, Juliet, ele sussurrou através dos meus pensamentos. *Ela não ficará ofendida se você recusar.*

Não precisava pensar nisso, minha decisão foi tomada quando percebi quem e o que ela era.

— Sim. Eu gostaria de falar com ela.

Darius me abraçou.

— Imaginei que sim. — Senti outro toque de seus lábios. — Estarei logo atrás se precisar de mim. Pelo menos, até o amanhecer.

— O que acontece então? — perguntei, subitamente preocupada. A luz do sol não podia matar um vampiro, mas os enfraquecia muito. Daí a razão pela qual eles preferiam andar à noite.

— Voltarei ao caixão com Jace, onde é seguro. — Seus lábios se curvaram. — Você pode se juntar a nós novamente.

Um lobo uivou ao longe, fazendo com que todos levantássemos a cabeça e olhássemos na direção do som. Quando um segundo uivo soou no ar da noite, os lycans começaram a se mover.

— Precisamos ir — Darius disse, me empurrando para o carro com Izzy. Ela pegou minha mão e me guiou para o assento do meio entre ela e o motorista enquanto Jace e Darius se sentaram atrás de nós. O resto dos lycans desapareceram na forma de lobos ou em motocicletas.

— Não há nada com que se preocupar — Izzy murmurou. — É só um aviso de que há patrulheiros humanos no horizonte. Às vezes, eles gostam de andar pela fronteira, geralmente porque estão entediados. Mas não vão se aventurar muito longe no território, não sem repercussões da nossa própria patrulha.

— Você quer dizer a vigília? — perguntei, lembrando do termo formal que Darius havia usado.

— Sim, os patrulheiros humanos que atacam sua própria espécie para ganhar favores de vampiros e lycans. — Ela zombou. — A escória ambulante, se você me perguntar.

— Oportunistas — o motorista ao meu lado falou com a voz rouca e baixa. Definitivamente, um lycan.

— Claro. — Ela bufou. — De qualquer forma, você deve estar

muito impressionada.

Considerei sua declaração enquanto Jace e Darius conversavam baixinho atrás de nós. Suas palavras eram muito baixas para eu ouvir, mas sabia que eles não teriam dificuldade em me entender, mesmo que eu sussurrasse.

— Posso falar livremente? — perguntei, mais para os seres no banco de trás do que para os da frente.

— Pode dizer o que quiser, Juliet — Darius respondeu, confirmando minha suspeita de que ele estava ouvindo. — Na verdade, eu te encorajo a fazer isso.

— Que gentileza a sua — Izzy brincou.

— Ela vem de um mundo diferente do seu, Ismerelda. Ela pede permissão, porque a exigência foi incutida nela por anos de tormento. — Ele parecia irritado, me lembrando de quando me disse para parar de fazer reverências.

— Malditos vampiros — ela resmungou.

— Lycans não são melhores, querida — Jace comentou. — Sem ofensa, Hunter.

O lycan ao meu lado grunhiu.

— Sem problemas.

— Ignore todos eles e fale comigo — Izzy me encorajou. — Como está se sentindo?

Como me sinto? De repente, tive vontade de rir. As últimas dez, doze, vinte e quatro horas, haviam sido um turbilhão emocional. O jantar com Sebastian havia sido na noite anterior? Agora eu estava sentada ao lado de uma *Erosita* e um lycan, com um vampiro real e Darius atrás de mim.

Querida deusa, eu estava perdendo minha sanidade.

Eu tinha passado de querer morrer para não saber nada.

Um beijo de Darius confundia meu mundo inteiro, um toque de Jace me fez querer gritar num minuto e gemer no outro e, ainda por cima, saímos de uma cidade de vampiros para visitar um clã lycan.

Meus lábios se curvaram, apesar da minha cabeça estar cheia de pensamentos, e a risada que ameaçava aparecer explodiu em uma gargalhada. Era isso ou chorar. Não, espere, lágrimas estavam escorrendo dos meus olhos também.

E eu não conseguia parar, a explosão de energia encheu o carro silencioso com um som que eu raramente ouvia, e muito menos fazia.

— Ela está perdendo o controle, cara. — Mal registrei a voz de Jace, mas não me importei. Era bom demais deixar a emoção voar livremente.

Aqui, eu poderia rir. Chorar. Gritar. Fazer o que quisesse. Sem punição.

Estou segura, percebi. Darius me trouxe a um lugar seguro. Encontrei seu olhar preocupado no retrovisor. Era isso que ele queria que eu visse — a vida fora dos limites da sociedade dos vampiros. E eu não tinha ideia do que fazer a seguir.

Capítulo vinte e oito

A RISADA DE JULIET foi direto para o meu coração. Estava tão carregada de emoção, tão sentida, que tudo que eu queria fazer era puxá-la para meus braços. Mas um olhar penetrante de Ismerelda me manteve no lugar.

— Diga-me o que aconteceu com Viktor — Jace pediu, me ajudando a mudar o foco de volta ao nosso objetivo principal.

— Ele tentou tocar na minha virgem de sangue, então eu o matei.

Jace sorriu.

— Foi o que Sebastian relatou, mas o que realmente aconteceu? Dei de ombros.

— Posso ter indicado de forma discreta que ele tinha permissão para acariciar minha propriedade enquanto ninguém mais estava olhando.

Ele riu.

— Brilhante. E como você planeja lidar com Gaston?

Afrouxei a gravata, tirando o nó do pescoço. O traje formal se tornava cansativo depois de um tempo.

— Minha esperança é que este encontro improvisado com você em Lilith City chegue aos seus ouvidos ele recue quando Sebastian me nomear no Jantar de Gala do Parlamento. Caso contrário, ele pode sofrer uma morte fatal. Pura coincidência, é claro.

— Como Adrian, o meu ex-soberano? — ele perguntou em um tom divertido.

— Pena que aqueles lycans safados o pegaram. — Um bufo do banco do motorista seguiu minhas palavras, trazendo um sorriso aos meus lábios. Hunter era um excelente atirador, alguém que eu valorizava ter ao meu lado.

— Uma pena — Jace concordou, parecendo um pouco triste com isso. O que, é claro, ele não estava, já que todo o plano tinha sido seu. Jace foi o primeiro peão colocado como membro da realeza com posição herdada.

Quando ele assumiu o antigo noroeste dos Estados Unidos, escolhi morar em minha propriedade em Washington sob seu governo, esperando o próximo passo. Mais de um século depois, ele orquestrou o plano de me trazer como um de seus dois soberanos, me concedendo poder e autoridade sobre sua terra e vampiros.

Havia outras peças em jogo em outros lugares, todas alinhadas de forma estratégica para finalmente derrubar a Aliança. Minha ascensão era apenas o começo — um sinal para os outros de que o jogo havia começado.

E o tempo todo, procurávamos por Cam. Ele era o rei por direito entre nossa espécie. Não Lilith, a rainha vadia que roubou sua coroa.

— Há um século? — Juliet ofegou na frente, sua risada havia desaparecido há um bom tempo, graças às histórias de Ismerelda. Ela estava mergulhada na história de como conheceu Cam, sua voz sugerindo um momento muito mais feliz em sua vida. Não pude começar a imaginar como deveria ser para ela saber que seu amor estava em um lugar que ela não conseguia encontrar.

O vínculo mental deles havia se rompido — uma indicação de que ele o havia cortado — e de que, provavelmente, a esconderia de qualquer tormento que nossa espécie estivesse infligindo a ele. Sem mencionar que protegia sua existência.

Os membros da realeza achavam que Cam havia matado sua *Erosita* antes da revolta sobrenatural, uma cena que ele havia orquestrado de forma estratégica para protegê-la do futuro inevitável da escravidão humana. Ele a escondeu no Clã Majestic, junto com alguns de nossos aliados lycans, sabendo que os vampiros nunca pensariam em procurá-la ali.

E então ele foi capturado e julgado por traição. Não por causa da traição que Lilith alegou que ele havia cometido, mas por sua potencial ameaça ao poder dela.

Uma nota de admiração soou na voz de Juliet enquanto ela perguntava a Ismerelda sobre seu relacionamento com Cam. Ela queria saber sobre possessividade e se os vampiros normalmente mantinham mais de uma companheira.

— Acho que ela quer a sua fidelidade — Jace murmurou, escutando a conversa.

— Parece que sim. — Eu sorri. — Ela ficou bastante possessiva, mas não acho que ela entenda o porquê.

— O vínculo.

Assenti.

— Ela está canalizando minhas emoções para si. — Tive que manter todos os meus instintos protegidos por medo de que alguém pudesse testá-los e, ao fazer isso, coloquei alguns deles nela através da nossa conexão.

— Acho que pode haver mais do que isso. — Ele inclinou a cabeça para o lado, ouvindo enquanto Juliet falava baixinho sobre a progressão do nosso relacionamento. —Ela gosta de você.

— Porque ela não tem alternativa.

Ele levantou um ombro.

— Ofereci uma no caixão, e ela mal notou que eu estava lá, algo que nós dois sabemos que nunca acontece comigo.

Com seus cabelos escuros, olhos prateados e rosto marcante, ninguém jamais o recusava. Caramba, alguns dos humanos que pedimos para compartilhar pareciam aliviados por serem escolhidos por ele. Sem mencionar que a maioria dos enviados para os campos reais de treinamento sexual desejava ficar em seu harém acima de todos os outros.

— Ela tem medo de você — apontei. — O Coventus a ensinou a temer todos os membros da realeza e vampiros influentes.

— No entanto, ela não tem medo de você — ele refletiu. — Fascinante, considerando que você é um dos mais poderosos da nossa espécie. Você tem a essência de Cam fluindo em suas veias, marcando você como um verdadeiro príncipe.

— Algo que ela não entende.

— Ah, preciso discordar. Ela sente isso, mas confia em você, apesar de seus instintos, porque suas emoções estão dizendo que você é seguro.

Eu a observei através do espelho e vi suas bochechas coradas e olhos pensativos. Ela estava conversando com Ismerelda, completamente inconsciente que estávamos falando a seu respeito no banco de trás. Elas estavam analisando os benefícios de serem acasaladas, a imortalidade, a conexão mental que mal havíamos começado a explorar e os prazeres compartilhados entre vampiro e *Erosita*. Juliet corou com isso e sua voz se tornou um sussurro enquanto ela perguntava se Cam havia esperado muito tempo antes de tirar a virgindade de Ismerelda.

Sorri, sentindo a frustração de Juliet pela demora em culminar em nosso próprio vínculo. Agora que ela sabia de tudo, eu seria capaz de oferecer uma escolha adequada, algo que não havia considerado no começo, mas que agora desejava. Tê-la ao meu lado seria benéfico, desde que ela realmente quisesse estar lá. Se não, ela poderia viver o resto de seus dias aqui entre os lycans e outros humanos que eles mantinham em segurança.

Havia um clã inteiro de mortais vivendo como antes, com a liberdade e as famílias, escondidos entre as árvores pelos lycans que controlavam esse território. Ninguém pensava em explorar as florestas em busca de humanos perdidos, presumindo que todos tivessem sido capturados ou mortos. Além disso, que lycan permitiria que carne fresca vagasse livremente? Isso é o que os outros pensavam, marcando assim como o território mais seguro para os mortais. E minha Juliet deveria escolher se queria ficar.

— Como estão Ivan e Trevor? — Jace perguntou, me fazendo focar novamente no presente.

Respondi, incluindo os pensamentos de Ivan sobre os assuntos políticos atuais e quem poderíamos querer considerar para o nosso lado. Jace ouviu tudo, assentindo e adicionando suas próprias ideias. Raramente tínhamos a oportunidade de conversar livremente sobre nossos planos e aproveitávamos bem esse tempo. Jace me distraiu com sua conversa sobre a realeza e suas excentricidades e até mencionou que Kylan havia matado seu harém inteiro por estar entediado.

— Ele está caindo em uma loucura imortal? — me perguntei em voz alta, curioso. Alguns dos mais antigos da nossa espécie perdiam completamente o contato com a vida e começavam a se envolver na morte para passar o tempo. Parecia que Kylan poderia estar indo nessa direção.

— Seus motivos ainda não estão claros, mas algo não está certo. Ele se isolou por enquanto, afirmando que precisa de tempo para lamentar.

— Sebastian disse que ele tentou adiantar o ritual do Dia do Sangue para reabastecer seu harém.

Jace coçou o queixo.

— Sim, mas faltou entusiasmo. Ainda estou tentando descobrir o que aconteceu. Independentemente disso, ele perdeu a noção e claramente não se importa em matar por esporte.

— Um resumo da maioria da nossa espécie.

— Verdade. — Ele olhou pela janela, observando os últimos vestígios da noite. — Às vezes, me pergunto se conseguiremos consertar todos esses erros.

— Não vamos — respondi com calma. — Mas podemos tentar melhorar o futuro. — *Levando Cam de volta a seu trono por direito e tratando os seres humanos de uma forma melhor.*

Vampiros e lycans sempre governavam, nossa natureza sobrenatural nos colocando no topo da cadeia alimentar por um motivo, mas isso não significava que tínhamos que relegar humanos aos campos. Eles eram nossa fonte de vida. Precisávamos deles mais do que eles de nós, algo que a Aliança havia se esquecido quando quase os eliminou da face da terra.

— Sim — Jace concordou. — Podemos tentar.

O horizonte começou a clarear, indicando que o dia estava amanhecendo.

— Hora de tirar uma soneca — comentei. Não que precisássemos na nossa idade, mas velhos hábitos eram difíceis de mudar. Além disso, eu queria estar descansado e alerta quando Juliet se juntasse a mim mais tarde. Haveria uma discussão importante em nosso futuro próximo, e eu precisava estar preparado para o que quer que ela tivesse a dizer.

Capítulo vinte e nove

— É AQUI QUE O DARIUS GERALMENTE FICA — Izzy disse, acendendo as luzes em um quarto decorado em tons de marrom.

Passamos o caminho inteiro conversando sobre a vida dela, Cam, como era ser companheira de um vampiro e sua visão sobre os assuntos atuais. Minha cabeça girou com milhares de perguntas, mas meu corpo exigia descanso depois de todas as viagens e estresse.

— É adorável — eu disse a ela, tocando a moldura da porta de madeira. — Posso dormir aqui?

Ela sorriu.

— Não acredito que Darius fosse querer que você dormisse em outro lugar.

— Você sempre foi uma mulher inteligente. — A voz de Darius veio do final do corredor, e seus passo eram seguros e confiantes enquanto se aproximava de nós. Eu nunca o vi de pé durante o dia. Ele não parecia diferente, nem mesmo quando beijou Izzy na bochecha.

— Obrigado, querida. Posso assumir daqui.

— Seja legal, Darius. — Ela lhe deu um olhar severo. — Gosto dela.

Ele sorriu e seus olhos verdes encontraram os meus.

— Não se preocupe, Ismerelda. Também gosto.

Meu coração acelerou com a sinceridade de seu tom e minhas bochechas esquentaram. Ele nunca falou de mim dessa maneira com ninguém, nem mesmo com Trevor e Ivan.

— Bom — Ismerelda respondeu, satisfeita. — Cam também a aprovaria. — A última parte foi dita em um tom um pouco melancólico quando ela deu um tapinha no braço de Darius e se afastou, nos deixando parados sozinhos na entrada do quarto.

— Você está bem? — ele perguntou baixinho, com a expressão suave. — Imagino que tudo isso seja um pouco opressivo.

Um pouco opressivo? Eu queria rir, ou talvez chorar.

Havia humanos livres lá fora. Vagando. Rindo. Vivendo. Havíamos passado por eles no caminho dessa cabana de madeira enorme. Todos eles nos observaram com curiosidade. Alguns até acenaram.

E além deles havia lycans, alguns roupassem forma humana e outros em forma de lobo.

— *Bem-vinda ao centro do Clã Majestic* — Ismerelda havia dito.

Depois de tudo o que ela me contou, eu não deveria ter me surpreendido. Mas ver a realidade era muito diferente de ouvir sobre isso.

— Quero explorar mais tarde — falei. — Por favor. — Franzi a testa. não sabia como me comportar aqui, perto dele. O decoro ainda se aplicava? — Posso?

Darius colocou uma mecha de cabelo atrás da minha orelha e segurou minha bochecha.

— Pode fazer o que quiser aqui, Juliet. Não precisa de permissão.

Me inclinei em seu toque, buscando sua intimidade e calor. Seu outro braço me envolveu e me puxou para um abraço que eu não sabia que precisava. Ele me abraçou por um longo momento, um pé dentro do quarto, o outro no corredor, e não disse nada.

— Não tenho certeza de como agir — admiti em um sussurro. — Fomos de um jantar que havia sido um show de horrores para, bem, isso, e não sei o que você espera de mim. — Meus olhos ficaram úmidos com as palavras. — Me diga o que fazer. Por favor. — Eu precisava de sua orientação, seu entendimento, suas palavras.

Precisava *dele*.

— Shh, está tudo bem. — Ele me conduziu para o quarto e fechou a porta, depois me pegou em seus braços novamente, me abraçando com força. Sua força me envolveu, me dando a sensação de segurança e familiaridade que eu desejava.

— É muito para absorver. Nunca sonhei... nunca pensei em considerar... Darius, tem humanos lá fora. Vivendo com lycans. É assim com todos os clãs? Posso ficar aqui? — As palavras eram desajeitadas e apressadas enquanto as lágrimas escorriam pelo meu rosto.

Eu não tinha percebido o quanto me sentia exausta e oprimida até agora. Minhas pernas ameaçavam ceder, meu coração batia forte no peito. Tudo caiu sobre mim de uma vez — Sebastian, o jantar letal em Lilith City, Izzy, essa cabana cheia de ar fresco e felicidade...

— Darius. — Me agarrei a ele em busca de apoio, e ele me pegou no colo.

— Você está segura — ele murmurou, me carregando para a cama e me aconchegando em seu colo.

Me aconcheguei nele e parei de lutar contra as sensações que abalavam

meu ser.

Demais. Havia sido demais.

A conversa com Izzy foi esclarecedora, aterrorizante e muito, muito triste. Ela escolheu essa vida. Escolheu Cam. Nunca tive nem esperei por isso. E então, ver a vida dela aqui — um mero vislumbre — a liberdade, a felicidade, os humanos sorrindo enquanto eu vivia em um mundo controlado por vampiros... estremeci. Darius me mostrou tal existência como era há anos ao me fazer ler todos aqueles livros e percorrer a história da natureza humana.

Parecia ficção na época, mas agora, *agora* eu entendia. Havia testemunhado as diferenças em poucas horas, vendo Izzy rir e provocar sobrenaturais — como humana.

Eu nunca teria isso. Esta era uma visita, não a minha vida. E mesmo que fosse, eu não pertencia a esse lugar. Como me encaixaria em um mundo com escolhas? Eu nem podia pedir para passear sem permissão, e pior, não queria explorar o lugar sem a bênção de Darius. Porque uma parte de mim vivia para servi-lo.

Mesmo quando perguntei se poderia ficar aqui, sabia que realmente não queria. Minha cabeça se revoltou com a insanidade de tudo isso, manchando minha visão e enviando espasmos violentos pela minha coluna.

Chorar era uma fraqueza. Era proibido. Não era tolerado pelos vampiros. E no entanto, *meu* vampiro me abraçou durante todo o tempo. Sussurrou palavras estranhas em meu ouvido, em uma linguagem lírica e doce. Elas acalmaram meu coração dolorido, me distraindo da comoção na minha cabeça.

— O que você está dizendo? — perguntei contra seu peito. Sua camisa estava arruinada pelas minhas lágrimas.

— Estou recitando um poema antigo. — Ele passou os dedos pelos meus cabelos e pelas minhas costas. Várias vezes. — É sobre perdão e compaixão, mas não tem tradução verdadeira. A linguagem é muito antiga.

Funguei. Meus cílios ainda estavam úmidos.

— Por que você é tão diferente dos outros?

— Você quer dizer dos meus irmãos, como Sebastian e Brent?

— Sim. Você pode ser muito frio – como eles – mas também é caloroso. Por quê?

Ele se mexeu, esticando as pernas para cruzá-las enquanto me reposicionava em seu colo. Pressionei a bochecha em seu ombro enquanto olhava para a parede de madeira escura.

— A frieza é natural, um produto da idade. No entanto, ao contrário da maioria da minha espécie, não perdi meu senso de humanidade. Vampiros e lycans são raças superiores, mas os humanos são a fonte da nossa força vital. Sem o seu sangue, os vampiros morreriam. Sem a sua capacidade de procriar, os lycans também morreriam. — Ele esfregou minhas costas enquanto falava. Seu toque era pacífico e certo, me embalando em um estado de conforto que eu não havia sentido com mais ninguém.

— Tem que haver uma maneira de todos nós vivermos em harmonia sem relegar sua espécie a campos e tortura — ele continuou. — Conseguimos isso por milhares de anos, o que, é claro, mudou depois que os humanos descobriram nossa existência. Ainda assim, a solução posta em prática – a sociedade de hoje – não era a única opção. Essa é a crença do Cam e há muitos entre nós que concordam com ele. Incluindo eu.

— E Jace.

— Sim. Trevor e Ivan também, e vários outros que você ainda não conheceu. Temos nos posicionado de forma adequada em todo o mundo nas últimas décadas, na esperança de realizar um golpe de estado. Me tornar soberano abaixo de Jace é o sinal para os outros de que estamos prontos para começar a mexer as peças no tabuleiro.

— Por que agora? — Eu me perguntava. — Aconteceu alguma coisa para provocar a mudança?

Ele balançou a cabeça.

— Não exatamente. Esperávamos ter uma ideia melhor da localização do Cam antes de começarmos, mas ficou cada vez mais claro que precisamos de mais posições no poder para encontrá-lo. As mudanças que buscamos não acontecerão da noite para o dia, nem mesmo nas próximas décadas. Este é um jogo demorado e que começou há um século e continua até hoje.

Pisquei, sentindo a visão embaçada.

— Então, os humanos continuarão sofrendo.

— Infelizmente, sim. — Ele me abraçou. — Mas não são apenas os humanos, Juliet. As terras nômades são aterradoras, desesperadoras e muito piores do que a mais baixa das classes sobrenaturais. Nossa sociedade hoje é baseada na aristocracia e no poder, e é extremamente inadequada para todas as partes envolvidas. Somente os mais poderosos e antigos de nossa espécie

— a realeza, por exemplo — se beneficiam. O resto é deixado à própria sorte ou para morrer de fome.

Eu não tinha visto esse aspecto do nosso mundo. Os ensinamentos do Coventus se concentravam no estilo de vida influente, porque esse sempre foi o meu futuro — ser escrava de um vampiro rico. Como Darius.

Meu foco se voltou para o homem que me abraçava, para seu rosto bonito, olhar sedutor e lábios cheios.

— Por que você me escolheu?

Sua mão deslizou até o meu pescoço, seguiu por debaixo do meu cabelo e agarrou minha nuca.

— Quando alguém em minha posição se interessa em conseguir uma virgem de sangue, nos enviam portfólios de todas as candidatas. Solicitei meu primeiro conjunto há dois anos e recebi um dossiê mensal, mas nenhuma despertou meu interesse. Quase desisti da ideia, pois estávamos ficando sem tempo, mas então seu perfil apareceu na minha mesa. — Seu polegar acariciou a lateral da minha garganta e minha pulsação. — Sua aptidão intelectual e afinidade com idiomas foram as primeiras marcas a seu favor. Mas foram seus olhos – suas íris cintilantes com fogo verde – que selaram seu destino. Sabia que você seria capaz de colocar meus inimigos de joelhos com um olhar e se tornar minha própria arma perfeita, inteligente e linda.

Umedeci os lábios que ficaram secos de repente.

— O Coventus me ensinou a fazer o que meu mestre desejar, ou seja, eu tentaria ajudá-lo com qualquer coisa que você me pedisse, independentemente da cerimônia. Então, por que se preocupar com o ritual? É porque você precisa que eu seja imortal como a Izzy?

— A cerimônia nos oferece uma conexão mais profunda e uma maneira de nos comunicarmos, se for preciso. E sim, sua imortalidade tinha um propósito importante. Precisava de você menos frágil para as situações nas quais eu pretendia usá-la, e é também por isso comecei a treiná-la com armas e autodefesa. — A mão que não estava no meu pescoço desceu para a minha coxa e seus dedos se espalharam de forma possessiva sobre a calça jeans.

— Mas esses planos se mostraram impossíveis.

Engoli em seco.

— O que você quer dizer com isso?

— Não posso colocar você em uma situação como fiz com Viktor novamente. Caramba, não posso nem mesmo compartilhar você. — Essas últimas palavras foram ditas com uma pitada de frustração. — Tentei, até consegui um pouco com Ivan e Trevor, mas quando Sebastian nos visitou, não consegui. Foi por isso que te mandei subir,

Fiz uma careta.

— Mas eu pensei que havia te desagradado. Fui ao seu quarto esperando seu castigo.

— Ah, querida, não. — Ele pressionou seus lábios na minha testa e seus braços me envolveram. — Qualquer frustração que você sentiu foi dirigida a Sebastian, não a você. Minhas palavras faziam parte da farsa que devemos desempenhar para sobreviver. Eu pretendia te dar prazer até que você não pudesse andar, mas a encontrei arrasada. — Ele se afastou, e seu olhar encontrou novamente o meu. — Foi porque você pensou que eu pretendia te fazer mal?

— Eu... sim. Você disse que eu havia te decepcionado no início da noite e pensei que havia feito isso novamente com Sebastian. — Minha garganta doeu ao pronunciar as palavras e minhas emoções surgiram novamente. — Eu esperava dor.

Ele suspirou e apoiou a testa em meu ombro.

— Nunca desejei te machucar, querida. Não com crueldade. — Ele beijou meu pescoço e minha orelha. — Prefiro jogos sexuais a punição.

— Não sei mais como agir — admiti. — Você me perguntou se eu queria ser compartilhada com Sebastian, e eu não queria, mas sou treinada para fazer o que você deseja. Então, com o nosso último jantar, você prometeu não me compartilhar, mas Jace me mordeu. Estou tão confusa, Darius. Não sei como te agradar ou o que você quer de mim. Continuo cometendo erros, mas prometo fazer...

Seus lábios cobriram os meus, silenciando meu desespero. Ele me beijou suavemente, deslizando a boca contra a minha. Enrosquei os dedos em seus cabelos, segurando-o, desesperada por ele e respirando-o como ar.

Preciso de você, disse a ele. *Por favor, Darius.*

Ele respondeu, movendo minhas pernas até que eu o montasse e segurou meus quadris enquanto aprofundava nosso abraço. Minha língua separou seus lábios, exigindo mais. Ele não sorriu ou reagiu, apenas me deixou pegar o que eu queria, explorando sua boca como ele sempre fazia com a minha. Provei cada centímetro seu, reivindicando-o como ele havia feito comigo e marcando-o como meu.

Não vou te compartilhar, eu avisei. *A Izzy era a única companheira de Cam, então não me diga que não é possível. Não acredito em você.*

Ele interrompeu o beijo e seus olhos brilhavam como chamas esverdeadas.

— Você está exigindo minha fidelidade. — Não era uma pergunta, mas uma declaração.

Não hesitei, meu coração e alma se recusavam a desistir dessa ideia.

— Sim. Você disse que os vampiros podem ter mais de um *Erosita*, mas isso não é aceitável para mim. Se devo permanecer leal a você, espero o mesmo.

— E agora você está me dando um ultimato. — Ele me girou de cima dele e me deitou, prendendo meu corpo contra o seu no colchão. — Esqueceu quem é o mestre aqui, Juliet?

Estremeci embaixo dele, sua posição e tom reafirmavam seu domínio. Não que eu tivesse negado.

— Se você pegar outra, vou matá-la. — Quando falei, percebi que essa afirmação era verdadeira. Darius havia me ensinado autodefesa e manejo de armas o suficiente para que, combinadas com minhas emoções possessivas, eu pudesse matar. — Não vou te compartilhar — repeti, desta vez em voz alta. — Me recuso.

Ele riu e seus lábios tocaram meu pescoço.

— Puta merda, Juliet. — Ele pressionou a ereção no meu quadril, toda a força bruta do seu corpo estava em cima de mim. — Não sei se você está dizendo essas coisas porque minha possessividade está te influenciando através do nosso vínculo, mas está me provocando pra cacete. — Ele se encaixou entre as minhas pernas e estabeleceu sua ereção no ápice entre as minhas coxas. —

Você também é minha, Juliet. Mas a sociedade vai me forçar a te compartilhar. É por isso que te trouxe aqui – não só para aprender, mas para lhe oferecer uma fuga.

Parei embaixo dele, apesar do fogo escaldar minhas veias.

— O quê?

— Você pode ficar aqui, se quiser. Humanos, mesmo virgens de sangue, desaparecem todos os dias. Ninguém suspeitaria de nada depois de eu tê-la levado para a suíte com Jace. Na verdade, ficariam chocados por você ter sobrevivido. Seus lábios encontraram meu pescoço e ele me deu beijos cheios de reverência. — Você já fez o que eu precisava ao me ajudar com meu ressurgimento na sociedade. Consegui os resultados necessários, o que significa que você cumpriu seu lado do nosso acordo.

Sua respiração arrepiou minha pele.

— O que você está dizendo? — perguntei, meu ar preso nos pulmões.

— Estou dizendo que você poderia ter uma vida real aqui, Juliet. Ninguém ficaria surpreso com o nosso vínculo de curta duração. As pessoas assumiriam que eu me cansei de você, como minha espécie costuma fazer.

Semicerrei os olhos com suas palavras.

— De curta duração? — Agarrei seus ombros e o empurrei, precisando ver seu rosto. — Você está sugerindo que a nossa cerimônia tenha *curta duração*? — Ele não me prometeu imortalidade em troca do meu acordo em ajudá-lo a destruir a competição? Ou ele pretendia apenas me oferecer imortalidade temporária durante o processo e não além dele? — Não vamos completar o vínculo?

Ele me olhou.

— Você não deseja mais a cerimônia?

Não foi nada disso que eu havia dito. Balancei a cabeça confusa e em conflito. Qual era o sentido de iniciar o vínculo para me deixar aqui? Pensei que Darius queria a minha eternidade, que iria me treinar para ser seu veneno perfeito para sempre, não temporariamente. Eu o empurrei novamente, desta vez com a intenção de afastá-lo de mim, mas o vampiro não se mexeu.

— Juliet, você está rejeitando meu vínculo?

Ergui as sobrancelhas.

— Rejeitando o vínculo? — Ele estava brincando? — Acabei de dizer que não quero te compartilhar e você respondeu me informando que meu objetivo em sua vida está cumprido! — Não pude deixar de levantar a voz. Tudo isso era uma loucura completa e absoluta. — Você exigiu minha aceitação do nosso acordo, declarando que eu ganharia a imortalidade, depois me diz que os vampiros podem ter mais de um *Erosita*, e agora, pretende me deixar aqui. Sozinha. Em um mundo que não conheço, porque você não precisa mais de mim e nosso vínculo pode ter curta duração.

Eu odiava esse termo. Odiava com todas as minhas forças. Odiava tudo. Essa vida. Este mundo. Essa situação. Queria gritar — um ato proibido pelos vampiros. Mas por que eu me importava? Que propósito servia estar sempre em perfeita ordem? *Para agradar meu mestre.* Quase ri, mas em vez disso, outro som saiu de meus lábios.

Um grito cheio de todas as emoções e ódio que sentia por tudo e por todos. Meu mundo se despedaçou sob um véu de mágoa e tormento.

Não mais.

Darius queria me deixar aqui? Tudo bem. Mas não sem que ele percebesse primeiro o quanto me despedaçou.

Capítulo trinta

JULIET

— PUTA MERDA! — A mão de Darius cobriu minha boca, fazendo completamente o oposto do que eu desejava. Me contorci debaixo dele, lutando com todas as minhas forças para afastar seu corpo, muito maior, sem sucesso. — Pare! — ele exigiu.

— Não! — Meu grito saiu abafado contra sua mão. As lágrimas queimaram meus olhos quando o olhei. Ele podia silenciar minha boca, mas não minha mente.

Eu te odeio! Por que se preocupar com a cerimônia, se não tinha a intenção de que durasse? Para me deixar aqui? Sozinha? Sem você? Tentei inutilmente afastá-lo mais uma vez de mim e gritei internamente de frustração quando ele nem se mexeu.

Você deveria ter me obrigado a ajudá-lo sem todas as exigências extras! Seria um destino melhor do que forçar esse vínculo temporário entre nós para rompê-lo quando eu completasse meu objetivo. Ou é assim que você brinca com sua comida, vampiro? Promete a eternidade para roubá-la e deixá-la em um lugar com estranhos enquanto você sai e encontra uma nova companheira?

Ele me segurou. Seu olhar ardia de fúria enquanto eu tremia com raiva debaixo dele. *Me. Solte!*

Ele segurava minhas mãos acima da minha cabeça enquanto suas coxas prendiam as minhas na cama e a outra mão ainda cobria minha boca.

— Você entendeu errado — ele grunhiu.

Bufei.

Se entendi tudo errado é porque você prefere falar em enigmas a realmente se explicar.

Ele arqueou as sobrancelhas

— Quer uma explicação completa, Juliet? Então eu vou te dar uma. — Sua mão deslizou dos meus lábios para ser substituída por sua boca. Mordi sua língua em resposta, provocando um grunhido profundo dele. Mas ele não parou, apesar do sangue que escorria da ferida. Seus lábios devoravam os meus em um beijo punitivo que roubou meu fôlego.

Paredes caíram ao nosso redor, um fluxo de sons e vozes penetravam meus ouvidos.

O ataque me deixou tonta e flutuando em uma consciência que não me pertencia.

Darius.

Sua mente me cercou, me envolvendo em suas memórias, pensamentos, sentimentos e intenções. Ofeguei, sentindo meus pulmões inflamados com a necessidade de inspirar, mas tudo o que absorvi foram mais palavras e emoções.

Ternura, medo, posse, mágoa.

Levá-la daqui é a coisa certa a fazer, mesmo que me mate ter que deixá--la.

Não posso ficar com ela. Não neste mundo.

Estou perdendo o foco.

Puta merda, ela é incrível. Tão submissa, tão linda, tão minha.

Submetê-la será o ato mais gratificante e devastador que já cometi.

Este mundo é perigoso demais para ela.

Matarei qualquer um que a tocar, mesmo que não deva.

Cam está contando comigo. Mas tudo em que consigo pensar é nela.

Ela estará segura no Clã Majestic, mais ainda do que comigo, mas raramente a verei. Um sacrifício que tenho que fazer — por ela.

Ficarei infeliz sem ela, mas como posso ser tão egoísta?

E se ela permanecesse ao meu lado? Isso a machucaria ainda mais, a sociedade faria tantas exigências... não posso fazer isso com ela.

E o plano original? Me esqueci de tudo?

Isso nunca poderia ser a curto prazo, não entre nós.

O oxigênio queimou meu interior quando ele me soltou. Sua boca estava a um milímetro de distância da minha enquanto eu ofegava com sua invasão. Duas esmeraldas fervilhavam diante de mim, e suas bochechas estavam rosadas pelo esforço de me permitir entrar em sua mente.

— Darius — murmurei. Eu não tinha mais nada a dizer, apenas meus lábios nos dele importavam agora.

Cruzei o espaço entre nós, beijando-o com um fervor que foi amplificado por seus pensamentos. Ele havia deixado a porta aberta, me mostrando tudo. Seu desejo descontrolado, a restrição necessária para não reivindicar meu corpo, a raiva que sentia pela sociedade, seus instintos possessivos, seu coração...

Arqueei em sua direção, precisando de mais. Sua mão deslizou pelo meu quadril e depois entrou debaixo do suéter para segurar meu seio. Gemi em sinal de encorajamento. Minha exaustão não importava mais, nem todas as minhas emoções torturadas. Só ele.

— Me tome — sussurrei. — Nos complete.

Ele gemeu contra a minha boca, apertando meus pulsos.

— Vai doer, Juliet. Especialmente assim.

— Vai doer mais se você não fizer isso. — Me esfreguei contra sua excitação, esticando as coxas embaixo das dele. — Me reivindique, Darius. *Por favor.*

Sua boca dominou a minha com uma brutalidade que senti em minha alma. Me entreguei ao seu beijo. Meu cérebro não estava mais funcionando, meu coração não estava mais batendo, meus pulmões funcionavam sem pensar.

Darius estava em todo lugar. *Em tudo.* Minha obsessão, minha razão de ser, minha vida.

Ele se sentou, me puxou para si e tirou o suéter enquanto eu arrancava os botões da sua camisa, deixando nossos peitos nus um contra o outro. Nossas bocas continuavam a destruir um ao outro. Meu jeans foi o próximo, meus sapatos desapareceram ao longo do caminho, e ele me colocou na cama, nua para me observar.

— Nunca vou me cansar de vê-la assim. — Sua voz tinha uma nota de reverência e seus olhos ferviam com um desejo desenfreado quando ele descartou a camisa. Minha pulsação disparou em resposta, implorando por sua mordida. Eu queria tudo o que ele tinha para oferecer. Tudo. Para sempre. Ele deslizou o cinto pela fivela de forma lenta e provocante, depois deixou o couro cair ao seu lado. — Deveria fazer você desabotoar minha calça com os dentes.

Me apoiei sobre os cotovelos, ansiosa para tentar, mas ele abriu o botão e o zíper para revelar seu pênis ereto. A ponta estava úmida de um jeito sedutor. Adorava prová-lo, era viciada em seu sabor e prazer.

Suas pupilas dilataram.

— Você está me olhando como se quisesse me devorar, querida.

— Eu quero — gemi. Meus mamilos eriçaram de forma dolorosa.

Ele sorriu.

— Logo. — Ele baixou as e depois as jogou no chão junto com o resto das nossas roupas.

Me deitei novamente e encontrei seu olhar voraz. Meus braços se arrepiaram. *Darius vai finalmente me reivindicar.* Fogo e gelo apertaram meu estômago com o pensamento. Queria isso, ansiava e temia, tudo ao mesmo tempo.

— Você está molhada para mim, Juliet? — ele perguntou, pairando sobre meu corpo e me prendendo na cama.

— Sim — sussurrei.

Ele se ajoelhou entre as minhas pernas abertas.

— Me mostre.

Abri as pernas para ele, exibindo minha intimidade.

— Use os dedos. — Uma ordem, não um pedido. — Mergulhe-os em sua boceta e traga a umidade aos meus lábios.

Um rubor tomou conta de mim com a ordem sensual, mesmo

quando levei a mão ao meu monte depilado e um pouco mais para baixo. Arqueei contra a palma da minha mão, desesperada pelo contato. Era tão bom, mas não o suficiente. Gemi com a contradição, mordiscando o lábio. A tensão envolveu meus membros. *Estou tão perto...*

Deslizei dois dedos dentro da boceta apertada, esperando um alívio doce, mas tudo o que fiz foi piorar a dor que pulsava entre minhas coxas.

— Vá fundo por mim — ele insistiu, olhando a minha mão.

— Sim, senhor. — Meu toque fez pouco para aliviar a necessidade em meu interior. Na verdade, apenas aumentou o tormento, provocando uma nova onda de calor em minha boceta já molhada.

— Isso parece delicioso, querida. — Seus polegares roçaram em minhas coxas muito perto de onde eu mais desejava sua presença, provocando um som gutural. Ele se inclinou para dar um beijo na mão que eu usava para me acariciar. — Me deixe provar, amor.

Estremeci e levei os dedos aos seus lábios. Ele gemeu quando os levou a boca com carícias fortes e luxuriosa de sua língua. Queria que ele fizesse isso no meu clitóris, que me levasse para o lugar que me apresentou, aquele onde deixava de lado todos os meus pensamentos e apenas sentia.

— Darius, por favor...

Ele sorriu.

— Humm, eu amo quando você implora. — Ele abaixou minha mão e deu um beijo no meu sexo. — É disso que você precisa?

— Sim — sussurrei, e meus pulmões pareciam ter se esquecido de como funcionar.

— Não goze — ele avisou, provocando uma descarga de calor do abdômen até meus seios. Meus mamilos endureceram enquanto sua boca pairava sobre o centro do meu desejo, me inspirando.

— Eu... — Nenhuma palavra saiu. Fiquei tão excitada com a antecipação que não sabia dizer se queria gritar ou chorar. Não sabia mais como implorar. Não entendia mais as palavras...

E então sua língua tocou minha entrada.

Segurei o edredom mas laterais dos meus quadris enquanto

gritava seu nome. Um toque contra meu ponto sensível me fez estremecer à beira de uma explosão. Mas sua língua foi na direção errada, traçando um caminho até os seios, onde mordiscou meus picos intumescidos.

— Darius — ofeguei, meu corpo exigindo o clímax. Toda a agitação emocional, as provocações no carro, a concepção da sua mente... — Sinto como se estivesse pegando fogo...

— Bom — ele murmurou contra meu mamilo. — É exatamente o que preciso de você.

Abri a boca para perguntar o que ele quis dizer quando sua excitação encontrou minha entrada. Ele segurou meus quadris e manteve a boca em meu peito.

— Você tem permissão para gritar, Juliet. — Suas presas perfuraram minha aréola, explodindo êxtase através da minha corrente sanguínea e se concentrando na dor entre minhas coxas. Gritei – confusa e *aquecida* – e ele empurrou para frente.

Esqueci como respirar. Meu corpo estava muito chocado e dolorido pela invasão para funcionar. Lágrimas brilharam em meus olhos e meu corpo congelou.

Esse era o ato que temi por tantos anos —ser rasgada ao meio por um vampiro. E desejei fazer isso com Darius.

Ele passou as mãos pelas laterais do meu corpo, mantendo a parte inferior do seu imóvel enquanto minhas paredes estremeciam ao redor da sua ereção. Mal percebi a ardência no mamilo ou a maneira como sua língua corria pelos filetes de sangue escorrendo pelo meu peito.

— Respire fundo — ele instruiu baixinho e flexionou os quadris de forma sutil.

Estremeci. Não estava pronta. Ele segurou minha cintura com força e senti seus dedos machucarem minha pele como se ele estivesse lutando para se impedir de buscar mais atrito. Sua boca se moveu para o meu pescoço, seus incisivos alongados percorreram minha pulsação.

— Preciso me mexer — ele sussurrou com a voz em agonia. — Preciso te comer, Juliet.

Tentei falar, mas nenhum som escapou dos meus lábios. Queria pedir mais um minuto, implorar para que ele fosse devagar comigo.

— Puta merda — ele gemeu, afundando os dentes na minha carne.

Eu me encolhi, assustada.

Doeu, mas, ah, isso foi bastante interessante.

Inclinei os quadris novamente, sua ereção alcançando um lugar que disparou adrenalina em minhas veias.

— Darius — murmurei.

Ele deslizou para fora de mim e voltou — com força —, e eu gemi em apreciação. Ele repetiu a ação, seu próprio gemido adicionado ao meu. O calor espiralou de onde nossos corpos se juntaram, reacendendo uma descarga de excitação. Sua boca permaneceu na minha garganta enquanto suas presas buscavam meu sangue.

Inclinei a cabeça, lhe concedendo acesso total e convidando-o a beber.

— Estou pronta, Darius. Me faça sua.

— Ah, querida — ele sussurrou. — Você não percebe? Você é minha desde o início. — Seus incisivos perfuraram minha pele novamente quando a parte inferior do seu corpo começou a se mover. Ele já estava brincando antes, testando meus limites. Agora ele não se importava mais, seu corpo tomava o meu do jeito que ele precisava.

Suas mãos passeavam entre meus seios e meus quadris, sua sanidade era um fio solto em seus pensamentos.

Minha.

Finalmente.

Tão apertada.

Tão bom.

Mais...

Gritei enquanto ele se alimentava de mim, acompanhando seus pensamentos famintos e as sensações que seu corpo criava, me levando ao ápice.

Cravei as unhas em suas costas, me segurando enquanto ele me possuía do jeito que mais ninguém podia. Seus quadris se moviam com violência contra os meus, sua boca sugava a essência da vida do meu corpo para o seu e suas mãos possuíam cada centímetro da minha pele.

Gritei embaixo dele. A brutalidade do seu ataque era o que eu esperava e, no entanto, muito melhor. Ele me tomou com uma ferocidade conhecida por sua espécie, mas emoções quentes obscureceram a nuvem de fome. Sua mente permaneceu aberta para a minha, seus pensamentos e sentimentos aumentando nossa união.

Você agarra meu pau com tanta força que mal me encaixo... puta merda, não consigo parar. Nunca vou parar.

Ele me segurou, envolvendo minhas pernas em sua cintura. Eu o montei, forçando-o a me penetrar ainda mais fundo enquanto ele continuava com os impulsos.

— Darius — gemi, sentindo meu corpo se despedaçar sob o ataque de prazer e dor. Ele já havia me levado a um clímax e outro já estava em construção.

— Beba de mim — ele exigiu, levantando o pulso. Enfiou as presas em sua pele, fazendo o sangue brotar da ferida. — Termine a cerimônia.

Era uma escolha. Se eu escolhesse não beber, a conexão falharia. Só entendi isso porque ele me mostrou como o processo funcionava. Seu corpo reivindicava o meu com uma necessidade selvagem para terminarmos isso e completarmos o vínculo, mas não sem o meu consentimento.

Eu nunca iria recusar.

Aceitei seu pulso, coloquei a boca na laceração e suguei profundamente. Seu sangue doce se acumulou na minha boca e seu grunhido preencheu meus ouvidos.

Minha, eu o ouvi gritar. Em voz alta ou não, não sabia dizer, muito perdida na sensação dos nossos corpos, mentes e espíritos se unindo em uma promessa eterna.

Ele acelerou o ritmo, machucando meus quadris com seu aperto punitivo e os movimentos firmes, mas o prazer aumentou profundamente a cada estocada. Soltei seu pulso e minha boca encontrou a sua enquanto seu braço envolvia minhas costas. A outra mão segurou minha cintura com firmeza enquanto ele gozava em meu corpo.

Me comendo. Me amando. Me aniquilando.

Me concentrei nos movimentos, precisando apostar na minha

reivindicação também, e o senti sorrir contra a minha boca.

— O encaixe perfeito — ele falou, capturando minha língua com uma carícia ousada. — Você é incrível.

— Mais — implorei. — Me dê mais.

Ele me empurrou na cama, com o pau encaixado profundamente dentro de mim.

— Se segure em mim.

Passei os braços ao redor do seu pescoço, mantendo o equilíbrio enquanto ele me levava a um novo nível de existência. Meu coração disparou, senti o suor escorrer pela testa e uma dor quase excessiva demais para suportar.

Mas era muito, muito bom. Melhor do que jamais imaginei.

Meu corpo tremia, o fogo nas minhas veias atingindo um ponto de fusão. E ainda assim, eu precisava de mais. Do que, eu não sabia. Estava perdida em seus movimentos, sua velocidade. Ele moveu os quadris de um jeito que acariciou meu clitóris, mas não foi suficiente.

Tão quente.

Não, muito quente.

Ah, Darius.

Ele era meu dono. Todo o meu ser existia para essa união de almas e corpos. Me queimou por inteiro, chamuscando meu coração. Não conseguia respirar. Meu corpo estava preso na agonia de um espasmo iminente.

Isso dói...

— Goza para mim, Juliet — Darius exigiu de forma severa contra os meus lábios. — *Agora.*

Afastei a boca da sua com uma respiração selvagem. Apenas o seu nome era murmurado enquanto eu me despedaçava sob seu comando.

Seu grunhido retumbou em meu peito, abrindo caminho para o meu coração e alma. Isso me destruiu de dentro para fora, solidificando nossa reivindicação enquanto meu corpo tremia de forma violenta na agonia feliz da nossa paixão viciante.

— *Minha.* — A feroz proclamação de Darius me fez estremecer enquanto ele me seguia no delicioso clímax, seu êxtase queimando através da nossa conexão e provocando outra explosão dentro de mim.

Luzes em preto e branco brilhavam em meus olhos, fazendo meu mundo virar de cabeça para baixo em um instante. Perdi a consciência, absorvida demais pela felicidade da minha alma, me elevando a um novo plano de existência para permanecer entre os vivos.

É assim que é voar...

Flutuava cada vez mais, mais feliz do que nunca e me vi olhando nos olhos verdes sorridentes de Darius. Seu pau grosso pulsava dentro de mim, quente e muito duro.

— Você está pronta para continuar? — ele perguntou baixinho. — Ou precisa de mais um minuto?

— Tem mais? — perguntei, atordoada.

— Ah, Juliet. — Seus lábios se curvaram em um sorriso deslumbrante. — Isso foi só o começo.

Capítulo trinta e um

JULIET DORMIU DE FORMA tão pacífica que eu odiava ter que acordá-la. Passamos o dia todo transando e já estava de madrugada. Ela era uma excelente aluna, seguindo minha direção sem hesitar e confiando em seus instintos.

Sorri, pensando em como ela se ajoelhou para mim, com as mãos na cabeceira da cama enquanto eu a comia por trás. Meu pau pulsava contra sua bunda firme pedindo por mais.

Ainda não.

Ela precisava se recuperar antes de nos aventurarmos naquele território. Sua imortalidade estava firmemente estabelecida, sua força vital prosperando dentro de mim, mas ela ainda precisava de alimento para se manter saudável.

Mordi seu pescoço com gentileza, deslizando a língua sobre a sua pulsação. Ela gemeu. Suas costas pressionaram a minha virilha ansiosa enquanto ela se esticava e bocejava.

— Darius? — ela murmurou, sua voz grogue de sono.

— Juliet. — Beijei seu ombro nu. — Já passa da meia-noite.

— Humm. — Outro gemido que me fez grunhir baixinho.

— Continue fazendo isso e não sairemos deste quarto hoje.

Ela parou e depois repetiu a ação.

Pequena rebelde. Eu a virei de costas e me ajoelhei entre suas pernas abertas.

— Juliet, pareço alguém que está brincando? — Minha ameaça foi séria. Ela poderia passar um dia sem comida, especialmente com meu sangue correndo por suas veias.

— Hum, não. — Ela umedeceu os lábios, e seus olhos castanhos focaram na excitação entre as minhas pernas. Suas bochechas coraram e as pupilas dilataram de fome.

— Não me olhe assim, a menos que você planeje fazer algo a respeito. — Segurei meu pau e o acariciei com firmeza, fazendo meus músculos tensionarem com a necessidade.

Ela estremeceu de forma visível e se apoiou nos cotovelos.

— Eu, hum... — Seu estômago roncou, fazendo meus lábios tremerem.

— Sim? — Inclinei a cabeça. — Deseja um aperitivo, querida?

Ela gemeu e caiu de volta na cama, cobrindo a cabeça com um travesseiro. Seus mamilos intumescidos e a boceta brilhante me disseram exatamente como ela se sentia sobre a minha oferta. Dei um beijo no ápice entre suas coxas.

— Você não pode se esconder de mim, Juliet.

Ela se arrepiou e seu desejo espessou o ar. Dei uma lambida longa e profunda antes de me deitar sobre ela e prendê-la na cama. Ela estremeceu quando minha ereção se acomodou em sua entrada escorregadia.

— Está dolorida? — perguntei baixinho.

Seu murmúrio era ininteligível debaixo do travesseiro. Tirei a barreira com um movimento do meu pulso e olhei para seu rosto corado. Tão bonita e excitada, mas outra estocada suave contra sua entrada confirmou minhas suspeitas.

— Eu deveria transar com você para provar um ponto. —

Mordi o lábio inferior. — Você precisa me dizer quando eu a pressionar demais.

Ela engoliu em seco.

— Como?

— É só abrir seus pensamentos — murmurei. — Vou ouvir.

Ela ergueu a sobrancelha, permitindo que eu notasse a dúvida pelo do vínculo.

Curvei os lábios com diversão.

— Eu não disse que pararia, mas vou ouvir.

Deslizei para dentro dela devagar, seu calor doce envolveu meu pau em sua excitação úmida. Suas bochechas coraram em um tom de vermelho profundo e delicioso. Passei o nariz por sua pele macia, inspirando o aroma doce enquanto estabelecia um ritmo sensual. Ela revirou os olhos com um gemido e toda a hesitação anterior desapareceu.

Beijei seu pescoço, mandíbula e o ponto sensível abaixo da orelha.

— Nem sempre tem que ser intenso, amor. — Outro beijo em sua têmpora. — Também posso ser gentil.

Ela deslizou as mãos pelos meus braços e segurou meus ombros.

— Acho que prefiro intenso.

— Sei que prefere. — Me apoiei nos cotovelos novamente para encontrar seu olhar. — Mas você precisa de mais energia antes que eu a tome assim novamente. Quero uma parceira no quarto, não uma boneca inconsciente.

Seus quadris se ergueram para encontrar os meus, me levando mais fundo.

— Vou voltar com você — ela pronunciou as palavras em um gemido.

— Vai? — Minha pergunta suave não coincidiu com o impulso forte dos meus quadris enquanto eu testava sua tolerância à dor.

Ela mordeu o lábio, arqueando as costas.

— Vou — ela ofegou. — Você não vai me deixar aqui.

— Você estará segura. — Um fator importante considerando minha agenda política. — E se optar por permanecer fiel, poderemos estar juntos no futuro.

Ela cravou as unhas na minha pele. Com força.

— Você é meu.

Sorri com a sua ferocidade.

— Eu sei, querida. Mas você tem escolha.

Ela se ergueu contra mim novamente, guiando minha ereção para o lugar que ela desejava.

— Não, Darius. Vou com você. — Ela fechou os olhos. Sua expressão era a imagem perfeita de prazer e agonia.

— Dói, não é? — perguntei, me mantendo dentro dela.

— Sim — ela sussurrou. — Mas quero mais.

— Com mais força?

— Sim — ela repetiu. — E me diga que posso ir com você. Que posso ficar com você. — Ela me encarou nessas últimas três palavras. — Diga, Darius. Por favor.

Dei a resposta em um beijo, permitindo que ela sentisse minhas emoções e as pontuasse com o meu impulso aumentado. Seu coração batia rapidamente contra o meu peito e sua respiração estava irregular. Não demoraria muito tempo para que ela gozasse e o pensamento me levou um pouco mais para perto do clímax. Sentir sua boceta apertar minha ereção foi uma das experiências mais incríveis da minha vida muito longa. Nunca me cansaria disso, nunca me cansaria *dela*.

— Ah, Juliet — sussurrei contra seus lábios inchados. — Você não entende o que significa ser minha companheira. — Apoiei o peso em um cotovelo enquanto usava a outra mão para inclinar seus quadris para uma conexão mais intensa.

Um som gutural entreabriu seus lábios e deixou sua aprovação evidente na maneira como suas costas se curvavam para fora da cama.

— Dói pra cacete te deixar aqui — continuei e minha voz ficou mais rouca pela necessidade crescente. — Mas eu faria o que você me pedisse, o que quisesse. — Minha língua encontrou a sua, desejando provar meu argumento, reivindicar o que eu possuía e retribuir em espécie. Ela estremeceu embaixo de mim, seu prazer atingindo o auge, aguardando minha aprovação e toque final.

— Puta merda, seu corpo é perfeito — falei, impressionado. — *Você* é perfeita.

— Darius — ela murmurou com um toque de urgência em sua voz. — *Por favor...*

Me afastei um instante e penetrei de volta em um frenesi, aproveitando seus membros imóveis enquanto ela lutava para manter a sanidade. Um leve brilho de suor marcava sua pele. Pelos olhos fechados com tanta força, ela devia estar vendo estrelas.

Linda.

— Vou te levar para onde você quiser, Juliet — prometi. — Desde que você me leve com você. — Eu a beijei profundamente enquanto seus membros tremiam com violência ao meu redor. — Goza para mim, querida. Me abrace.

Seu grito atravessou a noite, meu coração e alma, e eu a segui pelo penhasco com um orgasmo alucinante que deixou todos os outros envergonhados.

Puta merda.

Grunhi seu nome. Meu sêmen a preencheu profundamente, delimitando minha reivindicação. Meus braços tremiam com o esforço de permanecer sobre ela e minhas pernas estavam fracas pela força com que tomei seu corpo. Seu prazer se contraiu ao meu redor, apertando cada gota em sua pequena boceta gananciosa.

Apoiei a testa em seu pescoço e meus olhos brilharam com lágrimas pelo impacto. Eu nunca desejaria outra, não depois de Juliet. Todos esses anos duvidando do vínculo *Erosita*, me perguntando por que Cam escolheria se envolver nele e finalmente entendi.

Juliet é a outra metade da minha alma. Poderia ser o vínculo que faltava, alguma reviravolta mágica do destino, mas eu duvidava disso. Não com a maneira como meu corpo e mente reagiam à sua presença. Ela fez tudo o que eu queria, lutou comigo quando precisei, se submeteu quando pedi e ainda queria ficar ao meu lado.

— Nunca vou te deixar em qualquer lugar que você não queira ficar — murmurei. — E se ficar ao meu lado for demais, vou encontrar uma maneira de te trazer para cá. Por segurança.

Ela segurou minha bochecha, me afastando do seu pescoço para olhar nos meus olhos. Parecis atordoada.

— Seu mundo me aterroriza, mas posso sobreviver com você.

Me movi para beijar a palma da sua mão e apoiei o rosto nela.

— Não será fácil. Lilith City foi apenas o começo.

— Eu sei e isso teria sido mais suportável se você tivesse me dito o que ia acontecer.

— Eu precisava que suas reações fossem genuínas.

— Então confie em mim para saber como agir, Darius. — Seus olhos queimaram nos meus. — Passei vinte e dois anos aprendendo sobre política e decoro de vampiros. Você quer que eu seja sua arma, certo? Me use, mas se comunique comigo. Posso fazer isso se você acreditar em mim.

Tão feroz e inteligente, minha Juliet.

— Não mereço você. — Não nesta vida, mas talvez em uma mais antiga. — Mas ficarei ao seu lado mesmo assim.

Seus olhos brilhavam com uma felicidade que tocou meu coração. Então seu estômago roncou, me lembrando das suas necessidades.

Eu sorri.

— Te prometi um aperitivo, não foi? — Eu a puxei devagar e me ajoelhei entre suas pernas. — Sua boceta está maravilhosa vertendo meu sêmen — disse a ela enquanto passava os dedos pela macia. — Abra.

Ela abriu os lábios, aceitando meu dedo encharcado de sexo. Suas pupilas queimaram quando ela sugou minha pele.

— Quero que você faça isso com o meu pau — falei, impressionado.

— Sim, senhor — ela respondeu com a voz rouca. Ela se ajoelhou e segurou meus quadris.

Gemi quando ela se inclinou para me levar em sua boca. Seus cabelos estavam despenteados por causa do nosso amor.

— Puta merda — grunhi, enroscando os dedos em seus cabelos para forçar seus lábios até a base. Sua língua me acariciou por completo, lambendo cada gota. Meu pau praticamente brilhava quando ela terminou e sua boca estava inchada pelas minhas atenções fortes.

Aumentei meu aperto em seus fios escuros, dando um puxão forte para inclinar sua cabeça para trás para o meu beijo de gratidão. Ela merecia muito mais, mas primeiro precisava se alimentar. Sei que adoraria que ela vivesse só do meu gozo, mas isso parecia improvável e um pouco cruel.

Ela arfava quando me afastei e estava com os olhos arregalados.

— Definitivamente vou transar com você de novo — prometi. — Depois que comermos.

Algo semelhante a decepção brilhou em seus olhos.

— Outro jantar.

Eu ri, sentindo meu peito leve com humor. É claro que ela iria temer tudo que tivesse a ver com comida depois da última semana.

— Não será nada parecido com os outros, amor. — Me levantei da cama e a peguei em meus braços. — Mas vamos tomar um banho primeiro. — A água quente seria boa para seus músculos, assim como alguns cuidados em suas regiões mais sensíveis.

Ela não discutiu, seu corpo cedeu à minha vontade enquanto eu a banhava e a vestia. Apenas seus olhos me disseram que ela não se importava muito com a roupa.

— Isso me deixa quente — ela murmurou.

— Esse é o propósito de um suéter. — Puxei a bainha. Ismerelda havia organizado para que algumas roupas do tamanho de Juliet fossem entregues durante o dia. Minhas roupas já estavam no quarto, onde eu as mantinha. Teríamos que adicionar um guarda-roupa para ela nas raras ocasiões em que pudéssemos visitar.

Vesti a camisa de mangas compridas azul-marinho e o jeans que combinava com o conjunto de Juliet. Seus olhos me observaram com interesse, e eu levantei uma sobrancelha.

— O quê?

— Nada, é só que, bem, gosto desse visual para você.

Segurei a parte de trás do seu pescoço, por baixo dos cabelos úmidos.

— Humm, o sentimento é mútuo, Juliet. — Eu a beijei por um segundo mais do que o necessário. — Vamos encontrar comida para que eu possa te despir novamente mais tarde.

Sua expressão suavizou.

— Então esse é o objetivo das roupas.

Eu ri.

— Não, mas podemos fingir que é, se isso te faz se sentir

melhor. — Nenhuma mulher que conheci preferia andar nua. Queria culpar o Coventus por isso, realmente, mas não podia. Ter minha companheira andando nua por aí por toda a vida não iria me aborrecer. Nem um pouco.

Entrelaçamos os dedos enquanto eu a guiava pelo corredor em direção à cozinha. Jace estava lá, com a cabeça inclinada sobre o ombro de uma lycan loira e os lábios na orelha dela. O que quer que ele tenha dito fez suas bochechas ganharem um tom de vermelho profundo, sua atração e excitação mais que evidentes.

Ao nos ver na porta, ela riu e saiu correndo da sala, deixando Jace sorrindo.

— Vai ser divertido persegui-la mais tarde.

Balancei a cabeça.

— Você realmente quer morrer.

Ele pressionou a mão no peito.

— O quê? Ela não é uma lycan acasalada e, definitivamente, tem idade para tomar suas próprias decisões.

— Ela é a filha do alfa — lembrei-o enquanto abria um armário para pegar duas tigelas e Juliet se apoiava no balcão. — Com certeza, ele tem algum arranjo político para ela.

Jace acenou com desdém.

— Não por mais alguns anos. Está tudo bem.

— Lycans preferem companheiras virgens.

— Há coisas que posso fazer com ela sem tirar sua virgindade — ele falou devagar. — Você deve ter descoberto algumas com a Juliet, não é?

Ela pigarreou ao meu lado e seu rosto corou em um delicioso tom de vermelho. Passei os dedos pela sua bochecha antes de abrir a geladeira.

— O que acha de sopa? — perguntei, olhando um pote de canja na prateleira de cima. *Comida afetiva.*

— Pode ser — ela respondeu com os olhos ainda em Jace.

Ele tinha um brilho curioso quando nos olhou. Em seguida, seus lábios se curvaram.

— Vocês dois tiveram um bom dia. Dormiram muito?

— Pare de constrangê-la — repreendi, servindo a sopa nas tigelas. — Quero mantê-la, não assustá-la.

— Isso significa que ela vai voltar conosco? — ele perguntou, ciente dos meus pensamentos sobre deixá-la aqui.

— Sim — Juliet respondeu antes que eu pudesse fazê-lo. — Posso desempenhar meu papel conforme necessário.

Meus lábios tremeram com a certeza em seu tom quando olhei para Jace.

— Ela pediu que eu me comunicasse mais.

— Gostei disso. — Jace sorriu. — Bem, então tenho uma ideia para conversar com vocês dois.

Coloquei as tigelas no micro-ondas e me virei.

— A respeito de?

— Gaston — ele respondeu. — Acho que sei de uma forma de fazê-lo renunciar e garantir sua vitória sem mais derramamento de sangue. Isso também resolverá seu problema de compartilhamento.

Arqueei as sobrancelhas.

— Tudo bem, você tem minha atenção. Qual é a ideia?

Capítulo trinta e dois

ESTE PLANO ERA HORRÍVEL. Matar Gaston teria sido muito mais fácil e muito mais agradável.

— Relaxe — Ivan murmurou ao meu lado. — Ou vai quebrar esse copo.

— Vou quebrar alguma coisa — murmurei. *Como a cara de Jace, se ele beijar Juliet mais uma vez.*

Estou bem, Darius, ela respondeu com a voz suave. Estava sentada no colo de Jace do outro lado da sala. Usava um vestido preto com recorte no umbigo. O braço dele estava em volta dos ombros dela e a outra mão estava enfiada sob a fenda do vestido e apoiada na coxa nua.

Concordei em fazer isso, ela me lembrou. *É a melhor forma e também o meu propósito como sua companheira. Confie em mim para desempenhar meu papel.*

Soltei as mãos. Seu tom calmo relaxou meus instintos masculinos. Jace havia sugerido essa cena como uma maneira de demonstrar à sociedade minha falta de afeto e carinho pela minha virgem de sangue.

"Tirar o fascínio proibido acaba com toda a diversão deles", ele havia dito. *"E também é uma maneira de você me mostrar benevolência, algo que as massas apreciarão neste jogo político. Gaston não tem chance, porque não tem nada de interessante para me oferecer e sabe disso".*

Terminei a bebida e a coloquei em uma bandeja próxima. A notícia da minha indicação já havia se espalhado. Sebastian estava fazendo questão de dizer a todos na sala que era a ele a quem deveriam agradecer por minha aspiração política. Eu gostaria de matá-lo algum dia, uma vez que não tivesse mais utilidade.

— Parece que o Gaston acabou de receber a notícia — Ivan informou, acenando com o queixo para o vampiro em questão. Sua careca brilhou sob as luzes do candelabro e seu rosto empalideceu enquanto falava com Sebastian.

— Ele parece emocionado — Trevor disse, me entregando uma flûte. — Não quebre isso.

Eu bufei.

— Estou calmo.

— Claro. — Ele sorriu. — Continue dizendo isso a si mesmo.

— Ela tem você nas mãos desde que a trouxe para casa. — Ivan parecia estar se divertindo demais. — Foi muito engraçado de assistir.

Suspirei, secretamente agradecido pela distração.

— Por que estou sempre cercado por crianças?

— Por que você é muito velho? — Trevor sugeriu. — É só uma sugestão.

Ivan riu.

— E é verdade. — Seus lábios tremeram. — Você está sendo convocado, Darius.

Olhei para a mesa de Jace, notando sua sobrancelha levantada.

— Humm. Isso deve ser divertido. Se vocês me dão licença. — *Vou te beijar, Juliet*, disse a ela quando me aproximei. *Prepare-se.*

Por que isso parece uma ameaça?

Porque você me conhece bem. Tomei outro gole de champanhe antes de entregá-lo a um servo humano sem dizer nada.

— Vossa Alteza — cumprimentei Jace formalmente e enrosquei meus dedos nos longos fios de Juliet. — Um momento. — Eu a puxei e a beijei como prometi, meus dentes arranhando sua língua de forma possessiva. Sua doce essência encheu minha boca. — Humm, assim é melhor — murmurei, liberando-a tão repentinamente quanto a agarrei.

Jace riu e passou os dedos pelos fios, agora emaranhados.

— Isso foi um convite para prová-la novamente, Darius? — Uma referência brilhante ao nosso tempo em Lilith City para o benefício da sala. Havia dias em que suspeitava que Jace sabia jogar esse jogo melhor que eu, talvez por causa de sua experiência na corte real.

Dei de ombros, fingindo indiferença.

— Pode fazer o que quiser com ela. — Palavras frias que só pude dizer porque confiava nele. Talvez este fosse um bom plano, afinal.

Seu olhar prateado brilhou.

— Posso aceitar a oferta mais tarde.

Passei os dedos pelo braço exposto de Juliet, provocando arrepios.

— Ela ficaria feliz em aceitar o que você tiver em mente.

Jace beijou seu pulso acelerado e depois sua bochecha.

— Estou ansioso por isso. — Ele suspirou, relaxando na cadeira. — Junte-se a nós, Darius. — Ele apontou para a cadeira ao seu lado. — A Gloria pode se sentar com a Lisa.

A expressão de Gloria permaneceu indiferente quando se levantou e se moveu para outra cadeira, se sentando no colo de Lisa em silêncio. As duas humanas eram membros do harém real de Jace. Elas usavam lingeries de cor azul-marinho sensuais, mas a beleza conjunta não era nada comparada a minha Juliet.

— Obrigado — murmurei, me sentando ao lado dele.

O simbolismo não passou despercebido. O convite para me sentar ao seu lado indicava o favoritismo ao me aceitar para a posição como seu novo soberano. Encontrei o olhar furioso de Gaston do outro lado da sala. *A mensagem definitivamente havia sido recebida.* Sebastian estava ao lado dele, com os lábios curvados em triunfo. O vampiro sedento por poder assumiu que eu o beneficiaria de alguma forma. Ele ficaria muito decepcionado.

— Estava contando ao Benedict como estou animado com o seu interesse em, finalmente, ingressar no meu conselho político — Jace falou, puxando conversa. — Adrian deixou uma grande lacuna na minha equipe e será bom ter alguém competente ao meu lado para substituí-lo.

— Espero que eu possa corresponder às suas expectativas. — Uma resposta decorada que ele sabia seria sarcástica, apesar do meu tom respeitoso.

— Ah, acredito que você já corresponde. — Outra carícia no cabelo de Juliet, indo até a cintura. — Nunca entendi o fascínio por adquirir uma virgem de sangue – talvez porque eu tenha meu próprio harém –, mas não consigo parar de pensar no sangue da sua Juliet há semanas.

Eu me permiti dar um sorriso.

— Ela é bastante viciante.

— Imagino que esse seja o motivo pelo qual você a escolheu como *Erosita* — Jace acrescentou, pensativo. — Outro aspecto que nunca compreendi, mas que definitivamente posso respeitar em relação a ela. — Ele sorriu para os outros aristocratas sentados ao nosso redor. — Ela grita lindamente.

Suas expressões movidas pela luxúria diziam que eles mesmos desejavam provar, mas de jeito nenhum isso aconteceria.

— Vossa Alteza — uma voz familiar falou atrás de nós. — Posso ter uma breve palavra?

Jace esperou um pouco antes de se virar.

— Gaston. Claro. — Ele passou um dedo na garganta de Juliet. — Volte para o seu mestre como uma boa escrava.

— Sim, Alteza — ela murmurou obediente, saindo do colo dele e vindo para o meu. Passei um braço na parte inferior das costas exposta e estendi a mão ao lado dela. Seu cabelo caiu para um lado enquanto ela me provocava com a base do pescoço.

Desejando uma mordida, querida?

Só sua, ela respondeu.

Beijei seu pulso e mordisquei a pele macia. *Vou tomar sua artéria femoral mais tarde.*

Ela estremeceu. *Sim, por favor.*

— Como posso ajudá-lo, Gaston? — Jace perguntou, com o corpo angulado em direção ao vampiro mais velho. A fúria brilhou nos olhos do meu oponente diante do flagrante desrespeito à sua posição. A maioria dos nossos irmãos ficaria de pé na presença dele, mas alguém da realeza poderia deixar isso de lado e permanecer sentado. E Jace aproveitou ao máximo esse direito, ao mesmo tempo em que lhe dava uma mensagem muito clara. *Não te apoio.*

Gaston pigarreou.

— Como deve saber, apresentei meu nome para a posição de seu soberano.

— Sim, estou ciente. — Jace manteve a voz curiosa, sua farsa impecável.

— À luz dos eventos recentes, acredito que é melhor retirar minha candidatura. — Parecia que dizer essas palavras era doloroso para Gaston, mas ele as disse de forma adequada. — O Darius é muito mais adequado para a posição. — Ele não conseguiu esconder sua careta enquanto pronunciava as palavras. Escondi meu sorriso no cabelo de Juliet.

— Quanto a isso, Gaston, concordamos — Jace respondeu. — Aceito sua retirada. É tudo o que você precisa? — A rápida despedida fez com que algumas cabeças curiosas se virassem em nossa direção. Os membros da realeza geralmente eram rudes com seus constituintes, mas ser rude com alguém tão antigo quanto Gaston certamente alcançaria o circuito de fofocas.

— Sim, Vossa Majestade. Isso é tudo o que tenho a dizer.

— Excelente. Foi um prazer falar com você, Gaston. — Jace se virou antes que o homem pudesse responder. — Agora, onde estávamos? Ah, sim, discutindo sobre mais tarde e as coisas que quero fazer com sua Juliet...

* * *

ENTREI NA LIMUSINE AO LADO de Juliet e prendi sua mão na minha. Ela não disse nada quando Jace se juntou a nós, sua expressão era impassível para aqueles que estavam assistindo nossa partida. Os dois membros do harém dele iam com seu motorista e nos seguindo de volta à minha propriedade.

— Bem, as coisas seguiram como previsto — Jace disse assim que a porta se fechou. — Mas precisamos ficar de olho nele.

— Sim, sua rejeição flagrante machucou um pouco o ego dele. Jace deu de ombros.

— Cada um colhe aquilo que planta.

Eu não poderia concordar mais com essa afirmação. Juliet relaxou ao meu lado quando a limusine seguiu e seu braço envolveu meu abdômen. Uma reação muito diferente de todos aqueles meses passados, quando a comprei no leilão.

— Cansada, querida? — perguntei baixinho, acariciando seus cabelos.

Ela assentiu.

— Que pena — murmurei. — Tenho planos para você mais tarde.

Senti a sua excitação através da nossa ligação, aquecendo nosso sangue. Claramente, ela não estava tão cansada.

— Ainda que eu goste de voyeurismo, precisamos discutir sua ascensão.

Suspirei.

— E assim começa minha vida na política.

Não importava que a coroação não fosse ocorrer antes de três meses. Aqueles que importavam estavam presentes hoje à noite no jantar de Gala do Parlamento, e todos eram a favor da minha ascensão como novo soberano de Jace. Não haveria contestação em minha nomeação à posição.

Os convites para o jantar já haviam começado, bem como os eventos da alta sociedade. Minha agenda rapidamente passou de calma para cheia em questão de horas.

Estarei com você, Juliet sussurrou, meus pensamentos completamente abertos para ela.

Apertei sua mão. *Eu sei.*

Jace começou a discutir o futuro, suas ideias, como poderíamos trabalhar juntos e também comentou a farsa em andamento com Juliet. Enquanto nossos irmãos pensassem que eu a dividia abertamente com ele, ninguém se importaria em pedir uma prova. Ela era usada, o que a tornava menos excitante. Era mais como um belo ornamento que tinha um cheiro delicioso.

Ele vai ficar na propriedade hoje à noite? ela perguntou em pensamento.

Sim, com seu harém e, possivelmente, por alguns dias.

Para solidificar seu apoio a você como o novo soberano?

Isso e se esconder por alguns dias. Havia poucas pessoas com quem Jace poderia ser ele mesmo. Também ajudava o fato de que minha casa não tinha dispositivos de escuta, permitindo que ele dissesse e fizesse o que desejasse.

Isso vai ser bom, ela admitiu com a voz suave.

Meus lábios se curvaram. *Você gosta dele, não é?*

Senti que ela dava de ombros mentalmente. *Estou começando a gostar.*

Contanto que você não o convide para a nossa cama mais tarde, estou bem com isso.

Nunca. Somente você, Darius.

Por toda a eternidade, eu a lembrei.

Por toda eternidade.

Fechei os olhos enquanto Jace falava sobre a Aliança de Sangue, listando os nomes daqueles que ele achava que poderíamos influenciar para o nosso lado e por quê. Logo outros começariam a se juntar a nós, suas identidades conhecidas apenas por alguns.

Minha ascensão serviu como um sinal de que a diversão estava prestes a começar.

Pois o rei havia pisado no tabuleiro de xadrez acompanhado por sua rainha.

Está na hora de jogar.

Epílogo

JULIET

Dia do Sangue

A MÃO DE DARIUS APERTOU a minha. Seu corpo estava rígido quando os rituais começaram.

Os cânticos e as orações dos humanos, alinhados em fileiras no campo se espalhavam pelo ar e a própria deusa estava sentada no alto da plataforma. Nos sentamos atrás dela, ao lado de Jace e de todos os outros membros da realeza, soberanos e regentes. Alta sociedade vampírica, um grupo do qual oficialmente participamos após a aceitação formal de Darius à posição de soberano na semana anterior.

Os líderes do clã Lycan — incluindo Mira e Luka — preencheram a outra plataforma. Suas expressões de tédio enquanto assistiam aos procedimentos.

Palavras em latim ecoaram ao nosso redor enquanto os humanos comprometiam sua devoção eterna a Lilith. Nunca a havia visto pessoalmente, mas ela era tão linda quanto eu imaginava. Cabelo comprido e loiro acinzentado, pele clara, olhos verdes afiados.

Ela não se sentou com ninguém, seu trono estava mais alto no palco.

— Meus filhos — ela murmurou com um sorriso na voz. — Hoje marcamos nosso centésimo décimo sétimo Dia do Sangue. Assim como os anteriores, doze almas sortudas foram escolhidas para competir pelo status imortal do sangue. Desses doze, dois serão escolhidos para a imortalidade.

O silêncio caiu sobre a multidão, a ânsia de conhecer esses nomes claros em suas posições e expressões de antecipação.

Isso era o que Darius havia me explicado, a arte de colocar humanos um contra o outro. Ao forçá-los a competir, eles falhavam em trabalhar em conjunto. E isso mostrava como todos ficavam separados um do outro, ninguém consolando o outro.

— Os demais serão enviados para suas respectivas facções — ela continuou com a voz muito gentil para uma vampira. — Que a cerimônia comece oficialmente. Magistrado?

Um lycan de cabelos escuros, envolto em vestes azuis royal, estava com um grande livro na mão.

As classificações humanas, Darius explicou. *Ele vai chamar um de cada vez para informá-los do seu destino. Prepare-se, Juliet. Isso vai ficar feio rapidamente.*

Engoli. *Sim, senhor.*

Um silêncio nervoso caiu sobre a multidão quando ele se posicionou atrás de um pódio, abrindo o livro para começar.

Olhei para todos os rostos abatidos e o exército de vigílias cercando-os com armas. Um calafrio percorreu minha coluna.

Por vinte e dois anos, entendi meu destino. Eu conhecia meu futuro antes mesmo de ele chegar, fui treinada para ser a virgem perfeita e senti medo quando fui leiloada.

Enquanto observava esses humanos aguardando seu próprio futuro, percebi o quanto o meu havia sido melhor. Pelo menos, naquela época, eu sabia o que esperar. Esses pobres seres não tinham ideia de para onde iriam e, pior, não tinham escolha. Tudo era ditado por um livro, um magistrado e uma deusa falsa.

Vamos buscar justiça para todos eles, Darius prometeu, sentindo a direção dos meus pensamentos.

Sim, concordei quando o primeiro nome foi chamado.

Ouvi sons de salto subindo as escadas de pedra quando o primeiro cordeiro se aproximou da sua morte iminente. Seu pesadelo estava prestes a começar. Eu sobrevivi ao meu. Se ao menos ela pudesse ter a mesma sorte. Mas eu sabia que ela não teria. Nenhum desses humanos teria.

Ansiava chorar por eles, mas em vez disso, mantive minha posição — de escrava ao lado de Darius. Um dia, eu teria permissão para lutar e quando esse dia chegasse, eu estaria pronta.

Ao futuro, Darius murmurou.

Ao futuro, ecoei.

A história continua em Liberdade Perdida...

Caro leitor,

Obrigada pela leitura! Esta série é minha indulgência secreta, aquela em que eu dou rédea livre ao meu lado sombrio.

Sempre me perguntei o que aconteceria se os sobrenaturais realmente existissem. Há tantas histórias sobre eles se escondendo na vida real (eu mesma escrevo duas séries), mas por que seres tão poderosos se espreitam nas sombras quando podem governar? Desenvolvi essa ideia e a Aliança de Sangue nasceu.

Eu tenho muito mais planejado para todos vocês. Vai ser sombrio, perverso e muito divertido. A menos que você seja humano, nesse caso, a vida é realmente uma merda. *Trocadilho.*

Liberdade Perdida é o próximo. Não será sobre Jace, e sim sobre Kylan. Sei que provavelmente você não esperava ouvir sobre o nobre que mata seu harém, mas confie em mim, ele vai te chocar. Adorei saber o que se passava na cabeça dele.

Mais uma vez, obrigada pela leitura!

Beijos,
Lexi

SOBRE A AUTORA

Lexi C. Foss é uma escritora perdida no mundo do TI. Ela mora em Atlanta, na Geórgia, com o marido e seus filhos de pelos. Quando não está escrevendo, está ocupada riscando itens da sua lista de viagem. Muitos dos lugares que visitou podem ser vistos em seus textos, incluindo o mundo mítico de Hydria, que é baseado em Hydra nas ilhas gregas. Ela é peculiar, consome café demais e adora nadar.

www.LexiCFoss.com
https://www.facebook.com/LexiCFoss
https://www.twitter.com/LexiCFoss

MAIS LIVROS DE LEXI C. FOSS

Série Aliança de Sangue
Inocência Perdida
Liberdade Perdida

Império Mershano
O Jogo do Príncipe: Livro 1
O Jogo do Playboy: Livro 2
A Redenção do Rebelde: Livro 3

Outros Livros
Antologia: Entre Deuses

9 781950 694471